키메라

키메라 2

ⓒ홍수연 2022

1판 1쇄 인쇄	2022년 8월 17일
1판 1쇄 발행	2022년 8월 30일

지은이	홍수연

펴낸이	박대일
교정	박준용
편집	이문영 · 박지해 · 박현주 · 임유리 · 이지영 · 김하랑 · 임지원
마케팅	임유미 · 백소연
디자인	김은희

펴낸곳	파란미디어
출판등록	2004년 9월 14일 제313-2004-00214호

주소	03992 서울시 마포구 동교로23길 14 국제빌딩 6층
전화	02.3141.5589 영업부 070.4616.2012 편집부
팩스	02.6499.5589
전자우편	paranbook@gmail.com
카페	http://cafe.naver.com/paranmedia
인스타그램	@paranmedia

ISBN	979-11-92591-06-3(04810)
	979-11-92591-04-9(전3권)

키메

라

2

홍 수 연
장 편
소 설

파란

차례

<u>네가 아니면 아무하고도</u>

회장 사위 후보가 '꼴통 대주주'의 사무실을 치우고 팀장석으로 쫓아냈다는 소문이 회사 내에 파다했다. 게다가 문안 인사를 지시해 놨다는 소식 때문인지, 정은이 한 걸음 한 걸음 걸을 때마다 주변의 속닥거림 속에서 자신과 신현의 이름이 같이 언급되었다. 꼭 나쁜 기분만은 아니었다.

정식 발령일은 12월 1일이지만 그 와중에 현 본부장이 인수인계를 위해 신현과의 면담 일정을 잡아 놓았다. 신현이 처음 찾아오는 금요일 오전 10시, 정은은 팀장석에 앉은 채 신현을 기다리고 있었다.

복잡한 마음으로 고개를 드는데 사무실을 들어서는 사람과 눈이 마주쳤다. 그레이 정장에 단출한 넥타이, 신현이었다.

때마침 안내를 해야 할 본부장의 비서가 자리를 비웠다. 직원들은 모두 업무에 열중해 있었다. 어쩌나 고민하다가, 정은은 자리에서 일어났다. 다른 팀장들은 이렇게 할 것이다. 제대로 된 팀장 코스프레나 해 볼까, 그런 심사였다.

본부장실로 안내하자 신현이 그 뒤를 말없이 따랐다. 정은이 똑똑 문을 두드리니, 본부장이 책상에서 얼굴을 들었다.

"본부장님, 차신현 상무입니다."

직접 안내하는 정은의 모습을 본부장이 입을 헤벌린 채로 쳐다본다. 그러고는 후다닥 자리에서 일어났다.

"아, 신 이사님. 아, 어서……, 모셔요."

어색하게 분위기를 살핀 본부장이 신현과 정은을 번갈아 보며 과장스럽게 인사했다.

"아이코. 어서 와요, 차 전무. 그나저나 우리 신 이사님이 직접 안내도 해 주시고. 정말 감사합니다."

평소에 오가던 '신 이사님'이라는 호칭에 뜨끔해졌다. 쳐다보는 시선이 느껴졌다. 신현이 안으로 들어갈 수 있게 정은이 살짝 비켜서고는 정중히 물었다.

"커피 드릴까요, 상무님?"

눈이 마주쳤다. 환대하듯 웃었지만, 가식적인 웃음이라는 것을 신현이 눈치챌 수 있을까 싶다. 이 어색한 상황에 본부장은 흠흠, 목을 가다듬었다.

신현이 미소를 띤 채 대답했다.

"마셨습니다."

정은에게는 한 번도 보여 준 적 없는 부드러운 미소였다. 마치 곧 함께 일할 부하 직원을 대면하는 따뜻한 웃음. 정은이 좋아서 웃어 준 게 아니라는 걸 아는데도 뱃속 근처가 아릿해 왔다.

그 바람에 나가기 위해 뒷걸음을 치던 정은이 잠깐 멈칫했고, 본부장실로 들어가던 신현의 몸과 가까워졌다. 더 당황한 정은이 빨리 피하려다가 도리어 살짝 부딪쳤다. 비틀거리던 정은의 어깨를 커다랗고 단단한 손이 얼른 잡아 주었다. 놀란 정은이 얼른 떨어졌다.

다시 시선이 마주쳤다. 분명 정은의 실수였는데 신현이 한발 물러서며 인사했다.

"미안합니다."

심장이 뛰는 걸 들킬까 봐 정은은 의도적으로 기분 나쁜 웃음을 지어 보였다. 부드럽던 그의 눈길에 다시 익숙한 싸늘함이 더해졌다.

안에서 본부장이 재촉했다.

"아, 어서 들어와요, 차 전무."

정은에게 눈을 맞춘 채였다. 자리를 뜨는 동안, 여전히 정은에게 떼지 못하는 시선이 느껴진다.

뭐야, 왜 쳐다봐.

"차 전무."

괜히 오해하게.

신현이 집무실 안으로 들어서며 본부장에게 몸을 숙여 인사했다. '하하, 우리 신 이사님이 워낙 격의가 없으셔서.', '그나저나 승진 축하해.', '물론 이 자리가 쉬운 자리는 아니네만.' 하는 본부장의 농담이 등 뒤로 들렸다.

마침내 신현에게 업무 보고를 하는 날이 다가왔다.

사무실, 정은의 자리였다. 김 과장이 만든 초안을, 이틀 밤에 걸쳐 조 전무와 검토하고 수정했다. 보고할 내용을 외우던 중 정은은 잠시 꿈을 꾸었다. 턱을 괸 채 눈을 감은 동안 떠오른 장면이었으니 엄밀히 말하자면 백일몽이었다.

'눈이……, 예쁘네. 속눈썹이 길어.'

바짝 붙어, 놀리듯 던진 말이었다. 김천댁이 시켜서 음료수를 갖다줬던 날이었다. 흔들어 손해 볼 거 없지. 흔들리면 내가 저 사람 인생 책임지지, 뭐. 그땐 그런 자신감이 있었더랬다.

정은을 쳐다보지는 않았지만 희미하게 붉어지던 뺨을 분명 보았다. 눈이 커다래지고 가슴은 소녀처럼 두근거렸다. 어머어머, 나 때문에 붉어졌어. 세상에.

되게……, 귀여운 면이 있네.

"이사님."

부르는 소리에 눈을 떴다.

발표할 자료를 든 김 과장이 정은을 기다리고 있었다. 허탈한 웃음이 났다. 나이 서른이 넘어도, 갖지 못한 남자에겐 여전히 아쉬움이 남는 건가.

"이제 출발하시면 됩니다."

시계를 내려다보던 정은도 자리에서 일어났다. 거울을 보고 마지막으로 옷차림과 화장을 확인했다. 임원용 엘리베이터 앞에서 기다리고 있던 조 전무가 엘리베이터 문을 열어 주며 브리핑했다.

"좀 전에 보고한 라이센싱팀 김 부장 말로는, 차 본부장 이미 내부 업무 파악 다 끝냈답니다. 그러니 현황은 간략하게 하시고 추가 요청 온 내용 중심으로 보고하시는 게 낫겠습니다."

정은이 고개를 끄덕였다. 보고는 항상 받아만 봤지, 해 보는 건 처음이었다. 이 상황이 당황스러워도 이왕 하는 거 잘해야 했다. 조 전무가 29층을 누르자 엘리베이터의 숫자가 하나씩 변했다. 아직 부임 전이라 기조실에 딸린 회의실에서 보고를 하기로 되어 있었다.

"이미 말씀드렸듯이 보고라는 건, 보고자가 누구냐에 따라 전부 바뀌어야 합니다. 상대는 지금 기조실장도 제치고 김 회장 직보를 하는, 이 바닥 에이스예요. 어떻게 해도 그 눈높이엔 못 맞춥니다. 그래도 지피지기 백전백승인데, 이사님은 차 본부장에 대해 누구보다 잘 아신다는 거죠. 다만 업무 스타일은 아직 모르시니까, 제가 파악한 걸 말씀드리면……."

정은은 문득 신현이 발표하던 모습을 떠올려 봤다. 어조, 톤, 움직임, 당당함……. 그때 좀 더 일찍 들어갔다면 보고 순서까지 다 볼 수 있었을 텐데.

"스피디하게 보고하는 걸 선호하고, 장황한 건 질색한답니다. 이쪽 전공이라 질문이 꽤 날카롭다고 하고요."

엘리베이터 숫자가 20, 21, 22……, 그렇게 차례로 움직였다.

"그리고 HI-603 건은, 날짜 언급 없이 최대한 빨리 넘어가셔야 합니다. 어차피 현업에서 벌어지는 일이고, 식약처와 어떻게 업무 처리하는지까지는 알 수 없을 테니까요. 굳이 첫 보고에 깨지실 이유가 없습니다."

29층. 띵 소리와 함께 엘리베이터가 멈췄다.

"다 때려치울까?"

정은의 혼잣말에 조 전무는 물끄러미 쳐다봤다. 조 전무도 회사 익명 게시판을 본 모양이었다. '꼴통 대주주'가 차 본부장에게 보고하는 날이라고. 무식한 여자라, 회의실 뒤엎고 그 자리에서 차 본부장 날릴 거라고. 지금 그런 유혹을 느끼는 건 사실이었다.

"그러시죠."

그렇게 결정해도 그냥 그 뒤를 따르겠다는 사람처럼 조 전무는 쉬이 답했다. 김 과장이 그런 양쪽의 눈치를 살피며 재빠르게 입을 열었다.

"불편하시면, 제가 발표를……."

조 전무의 눈짓에 김 과장이 얼른 입을 다물었다. 엘리베이터 문이 열리자 조 전무는 정은의 얼굴을 검토했다.

"차 본부장 앞에선 더 표정 관리 잘하셔야 합니다."

조 전무는 언젠가, 신현 앞에서는 유독 정은이 기분을 드러낸다는 말을 한 적이 있었다. 낯빛을 바꾸자 엘리베이터 안에선 조 전무가 안심한 얼굴로 배웅했다.

"이사님은 잘하실 겁니다. 이제까지 그래 왔으니까요."

상은은 신 팀장이 줄곧 궁금했었다.

언론이나 회사 익명 게시판에 수시로 등장해서만은 아니었다. 그런 신정은 팀장을 지금 기다리는 중이었다. 회의실 안에서는 신임 본부장을 향한 업무 보고가 한창 진행되고 있었다.

팀장들은 차례대로 불려 왔다. 라이센싱팀, 개발팀, 인허가팀, 약가팀 순이었다. 인허가팀 신정은 팀장은 10분 일찍 도착했다. 중형 회의실 대신 소형 회의실을 준비해 둔 터였다. 신현이 왜 불편함을 감수하고 이 회의실을 준비시켰는지 이제야 이해가 됐다. 회사 최대 주주가 신임 본부장에게 보고를 하게 된 이 초유의 사태에 아침부터 주변을 얼쩡거리는 직원들이 많았다. 그런데 이 회의실은 다른 통로를 지나야 해서 신 팀장이 들어오는데도 직원 중 아무도 눈치채지 못했다.

첫인상은 연예인 같은 외모를 가진 여자였다. 상은의 느낌으론 '꼴통 대주주' 같지 않았다. 유명 과학자의 딸이고 현일바이오 공동 최대 주주이자, ㈜현일의 주식도 보유한 실세라고 했다. 현일바이오 경영진을 목표로 차근차근 실력을 다지며 사원부터 업무를 배웠다고 한다. 소문과 다르게 제약업계에 대한 이해도가 상당하다고.

남자 잘 꼬이게 생겼다는 말은 동감이었다. 갸름한 얼굴이나 깊은 눈매에 남자들이 홀릴 만했고, 옅게 마무리한 화장 솜씨도 프로급이었다.

그 부서로 이동하게 되면 상은이 가장 잘 보여야 할 사람이라고 들었다. 까다롭고 이상한 여자이니 먼저 달려가서 인사부터 하라고.

"안녕하세요."

회의실로 향하던 정은이 멈추고 돌아봤다. 옆에 있는 사람은 김 과장인가 보다.

"차신현 본부장님 비서, 신상은입니다. 처음 인사드립니다."

"네, 안녕하세요."

고혹적인 외모에 반해 똑 떨어지는 목소리다. 같은 여자가 듣기에도 매력적이었다. 상은은 정신을 차리고 시간 안내를 했다.

"앞 회의 끝나고 5분 휴식 뒤 바로 보고가 진행될 예정입니다."

상은이 이번엔 회의실 사용 방법에 대해 이것저것 설명했다. 다른 사람들 말로는 김 과장이나 경영기획 조 전무에게 전달하면 된다는데, 꼭 그런 것만은 아닌지, 정은이 주의 깊게 듣는 게 느껴졌다.

설명을 마무리하고 난 상은은 들고 있는 서류를 만지작거리며 잠깐 머뭇거렸다. 사원부터 올라왔다지만 현업 업무는 전혀안 했다고 들었다. 이건 역시 나중에 김 과장에게 전달하는 게맞지 싶었다.

자리를 뜨려던 정은이 그 서류에 눈짓을 했다. '뭐예요, 그건?' 그런 눈빛이었다. 눈치가 빨라서 깜짝 놀랐다.

"아……, 이건."

김 과장을 흘낏한 상은은 쭈뼛쭈뼛 서류를 정은에게 건넸다.

맨 앞 서류의 제목을 확인한 김 과장의 얼굴은 창백해졌지만 의외로 정은은 담담했다.

"12월 본부장님 업무 계획 일정입니다. 다른 팀장님들에게도 공유된 자료이긴 한데 공장 시찰 일정 수립은…… 원래 인허가 팀에서 하던 일이라고 들어서요."

회사 최대 주주에게 이 '잡일'이 그쪽 팀 업무라고 말해 준 셈이다. 엄밀히 말하자면 본부 내 다른 팀장들도 하는 부가적인 일들을 팀 역할에 맞게 분담해 준 거지만 말이다.

불안한 마음으로 기다리는데 정은은 선선히 고개를 끄덕였다.

"차 상무님 지시예요?"

부드러운 목소리였지만 가슴은 뜨끔했다. 아직 부임 전이긴 하지만 '상무'라는 호칭도 괜히 마음에 걸렸다. 그럼에도 상은은 신현이 응당 기대할 만한 대답을 했다.

"네."

사실은 사실이었다. 팀 부가 업무 내역을 올리자 해당 팀장 이름들을 옆에다 적어 주었는데, 신 팀장 이름도 있었으니까.

정은이 서류로 눈길을 내렸다.

"신사업개발 계획 들고, 내 사무실에 부임 인사 오라고 시켰었는데. 그건 왜 아무 연락 없어요?"

아무렇지 않게 물어 온, 더욱 곤란한 질문이었다. 상은은 '아.' 소리를 내며 우물거렸다. 본부장의 답을 묻는 것이리라. 이 보고를 했을 때 본부장은 의외의 반응을 보였었다. 화를 낼 거라고 예상했는데, 안경을 올리고 잠시 팔짱을 낀 채 곰곰이 생각하다가 도리어 빙긋 웃기까지 했었다.

신현이 그 즉시 전달한 답을 상은은 들은 그대로 읊었다.

"현일바이오의 대주주로서 요청하실 일이 있으시면 회사 정관에 따라 주주 회의체를 통해 요청해 주시라고. 타 주주의 동의를 얻은 적법한 절차에 따른다면 어떤 업무든 시키는 대로 하시겠다고. 그렇게 전달하라고 하셨습니다."

서류를 넘기던 정은의 손이 멈칫했다. 눈길은 서류에 둔 채였다.

이상한 여자다. 보기 좋게 거절당한 셈인데, 이번에도 표정하나 변하지 않았다. 화를 내거나 신경질을 부리지도 않았다. 아주 짧은 시간, 마찬가지로 이쪽도 빙긋 웃은 것 같은데 확실하지 않다. 어리둥절해서 쳐다보는 동안 정은은 다시 신현의 일정표에 신경을 집중했다. 직원들 면담 일정까지 하나하나 꼼꼼히 체크하는 모양새가 신현의 스케줄에 제법 관심이 많은 눈치였다.

"차 상무님 어때요?"

평이한 어조의 질문에 놀란 표정을 짓자 정은이 부연했다.

"그냥, 앞으로 모시려면 궁금해서요. 어떻게 하면 혼나지 않을지."

어, 어라? 이상하다. 최대 주주가 본부장을 더 높게 대우해서 그런 게 아니었다. 신현으로부터 들은 말과 달라서였다. 상은은 갸웃하며 쳐다보다가 우선 답변부터 했다.

"직원들 안 혼내세요. 어려운 부분도 있는데, 사려 깊고 젠

틀하고. 음, 멋진 분이세요."

서늘한 시선에 괜히 상은의 얼굴이 붉어진다. 상은이 신현에 대해 좋은 말을 할 때면 다른 여직원들이 보내던 시선과 똑같아서 오히려 놀랐다. 손사래를 치며 상은은 설명을 덧붙였다.

"아, 그런 뜻 아니고요. 그냥, 상사로서요."

왜인지 모르겠으나, 정은의 얼굴에서 어떤 차가움이 걷힌 느낌이었다.

"나도 그런 뜻 아니었어요."

심드렁한 어조로 말한 정은이 다른 질문을 했다.

"참, 상무님 짐은 상은 씨 혼자 못 옮기잖아요?"

복잡한 마음에도 상은은 얼른 정신을 차렸다.

"본인께서 직접 하신다고 해서요. 이동 전 주말에 같이 옮길 예정입니다."

"김 과장, 직원 두 명 붙여 주세요. 차 상무님이 직접 물건 옮기는 건, 있을 수 없는 일이에요."

"네."

김 과장과 상은이 동시에 대답했고 정은은 매끄러운 말투로 덧붙였다.

"집기 더 필요한 거 있으면 김 과장한테 전달하고. 그런데 이거…… 이상하네."

일정표를 같이 살피기 위해 가까이 다가서자 정은에게서 향긋한 냄새가 풍겼다. 꽃 냄새 같은데 이게 무슨 꽃이더라.

"네? 뭔가요?"

"하나 빠져서요. 실수하실 분은 아니실 텐데. 왜 내 면담 일정은 없어요?"

이번엔 상은이 웃었다.

"팀장님하고는 서로 오랫동안 알아 온 사이라고, 굳이 면담은 필요 없겠다고 하셨어요."

정은은 서류를 내려다보며 한동안 시간을 두었다. 상은이 '팀장님'이라고 지칭해서 그런 건 아닌 눈치였다. 정은은 천천히 고개를 들었다. '역시 그렇지.' 하는 눈빛.

엷게 웃은 신 팀장이 반문했다.

"개인 면담이 아니라 육성 면담인데? 그것도 안 하신대요?"

대주주여서 불편해서 그런가, 여성 직원이어서 처음부터 경계하는 건가 싶어서 상은도 짚었던 질문이었다. 그때 신현도 지금 신 팀장처럼 단조로운 어조로 답했었다.

"네. 앞으로 현일에서의 커리어 계획 다 알고 있고, 그것에 맞게 뒷받침할 테니 신 팀장 불편하게 굳이 면담까진 할 필요 없겠다고. 그렇게 언급하셨어요. 아, '서로 불편하다.'라고 말씀하셨나?"

그래서 신 팀장이 궁금했었다. 신현이 어떤 누군가를 '잘 아는 사이'라고 언급한 게 신기하기도 했고, 이쪽 부하 직원들의 전화번호를 신현의 휴대폰에 입력하다가 '이미 입력된 번호입니다.'라는 문구를 보기도 했다.

몇백 개의 전화번호 중 어떤 그룹에도 속해 있지 않고, 성도 붙지 않은 유일한 이름. 입사 때부터 궁금했던 그 '정은'이 '신

정은'이었다는 걸 마침내 알게 되어서.

앞의 보고가 끝났는지 회의실 문이 열리고 개발팀 팀장이 나왔다. 정은이 그쪽을 바라보고 난감하다는 듯 살짝 웃었다.

"난 모른 척하고 차 상무님에 대해 물은 건데, 곤란해졌네요. 아무튼 부족함 없이 잘 모셔 주시고. 난 보고하러 들어가요."

정은이 몸을 돌려 회의실로 향했다. 직원들 모두 대주주가 신임 본부장에게 보고를 하게 된 상황에 이런저런 말이 많았는데 당사자인 신 팀장은 오히려 느긋해 보였다.

그나저나 저 옷. 흰 블라우스에 기하학적인 무늬의 남색 실크 스커트.

정은이 회의실로 들어서는 뒷모습에 상은은 눈을 크게 떴다.

스커트가 마치 스카프처럼 얇았다. 그런데 진짜 몸매가……. 우와, 어떻게 태어나면 저런 몸매가 되지? 탄력 있는 엉덩이, 스커트 아래로 드러난 긴 다리.

혹시 스커트가 명품인가?

되게……, 예쁘네. 웬만한 남자들은 회의는커녕 내내 침만 흘릴 차림이다. 서서 발표를 할 텐데……. 아무리 철벽이라지만, 우리 본부장님 정신은 차릴 수 있을까.

저렇게 고급스럽고, 저렇게 야한데.

정은이 회의실로 들어서자 신현은 자리에 없고, 대신 연결된 그의 집무실에서 통화 소리만 들려왔다. 쉬는 틈을 타 밀린 통화를 처리하는 듯했다.

김 과장이 서둘러 보고 준비를 했다. 프레젠테이션 자료를 먼저 띄우고 신현이 앉을 자리에 인쇄물을 놓았다. 상은이 차를 내왔고 신현의 자리엔 생수병만 교체되었다.

곧 집무실과 연결된 문이 열리고 신현이 들어왔다. 인기척에 돌아보던 정은과 눈이 마주쳤다. 훑어보는 눈길도, 통쾌한 눈길도 아니고 속을 알 수 없는 건조한 눈길이다.

현일이 제조업인 만큼 보통 보고를 받는 임원들은 현일 로고가 새겨진 공장 점퍼를 입고 슬리퍼 차림인 경우가 많은데, 신현은 풀 정장 차림이었다.

먼저 인사가 오갔다. 껄끄럽고 어처구니없는 자리였다. 언제나 신현에겐, 적어도 사회적으로는 자신이 우위에 있을 줄 알았다. 성공하라고 기껏 날개를 달아 줬더니 이 건방진 남자가 어느새 그녀의 머리 꼭대기로 올라왔다.

"시작합시다."

신현이 자리에 앉으며 지시했고, 정은이 고개를 끄덕였다. 이 상황을 받아들여야 했다. 못 할 것도 없었다.

"보고받으셨다시피, 현재 우리 회사의 파이프라인은 총 여덟 개입니다."

스크린 앞에 선 채로, 표를 가리키며 정은은 여느 팀장처럼 보고를 시작했다. 각 파이프라인별로 허가 일정이 나와 있는 표였다. 조 전무가 짚어 준 대로 개략적인 내용이나 업무 현황은 짧게 훑고 지나가고, 현재 허가 진행 중인 약품 위주로 보고를 시작했다.

정은이 내용을 정리할 때마다, 듣고 있던 신현은 자신이 들고 있는 장표에 신속하고 빠르게 무언가를 적어 내려갔다. 나쁜 기분만은 아니었다. 정은이 전달하는 말을 진지하게 듣고 정은의 움직임에 시선이 따라오기도 했다. 신현이 알고 있는 수준을 바로 파악하고 그것에 맞게 구두 보고 내용을 재빠르게 바꿨는데, 그 사실을 신현도 느낀 눈치였다.

마침내 조 전무가 주의를 준, HI-603에 대한 보고까지 마쳤을 때였다. 간신히 그 부분을 넘겼다고 믿고 다음 보고인 중요 제도 변화로 장표를 넘길 때였다.

"잠시만요. 다시, 봅시다."

신현이 펜을 쥔 손가락 끝으로 관자놀이를 짚으며 인쇄물을 앞으로 다시 넘겼다. 온종일 회의를 해서인지 목소리 끝이 살짝 갈라져 있었다. 정은은 선 채로 말없이 기다렸다. 장표를 내려다보며 펜으로 하나하나 짚던 신현이 부드럽게 질문했다.

"현재 임상 1상 신청 중인, HI-603. 백혈병 치료제. 이거 날짜 맞습니까?"

시선이 마주쳤다. 등 뒤로 긴장이 흘렀다. 저걸 지나칠 거라고 예상한 조 전무도 그녀도 둘 다 안일했다.

"네, 맞습니다."

정은이 아무렇지 않게 쳐다보았고 신현도 아무렇지 않게 마주 보았다. 잠시 침묵이 흘렀다. 김 과장도 긴장하고 있는 게 그대로 느껴졌다. 일부러 자세한 날짜들을 장표에서 다 빼고 간략하게 '사전 상담 진행 중'이라고만 넣어 뒀었다.

"언제 처음 사전 상담 신청했습니까?"

신현이 그 자세한 날짜를 물어 왔다.

"10월 첫째 주입니다."

거의 두 달이 된 셈이다. 그의 미간이 좁혀졌다. 등을 의자에 기대며 정은을 응시한다. 팔짱을 끼자, 흰 와이셔츠가 당겨지며 탄탄한 어깨 근육이 드러났다.

정은은 손을 올려 드러난 목을 쓰다듬었다. 그 움직임에 시선이 꽂힌 것도 같다. 검지로 안경을 올리고 잠깐 갸웃하던 신현은 또 질문했다.

"사전 상담 총 몇 번 진행했습니까?"

"세 번입니다."

본부장이 듣기엔 다소 황당한 내용을 정은도 막힘없이 대답했다.

"세 번이나 승인 거절당한 이유는?"

"독성, 부분입니다."

저 사람은 제약 회사에서 근무를 안 해 봤으니, 가끔 거지 같은 공무원이 있다는 사실을 모를 것이다. 현일바이오 오너가 이 부서에 있다는 걸 알고, 얼굴 마주하기 전까진 승인 안 해 줄 거라고 버티는 미친 공무원들이 현실에 존재한다는 사실을. 그런데도 계속 자료 보완을 하고 무식하게 또 제출만 계속했냐는, 다소 현실감 없는 질문이 나올 차례였다.

신현은 살갗이 따끔거릴 만큼 정은을 뚫어지게 쳐다봤다. 마치 쳐다보는 것만으로도 정은의 속을 알아낼 수 있다는 것처럼. 그럴 리가.

충분히 그녀를 쳐다본 신현이 이내 고개를 끄덕이고는 의외의 질문을 했다.

"식약처 쪽 담당 공무원이 누굽니까?"

당황스러웠지만 왜 묻냐는 질문 대신, 정은도 깍듯이 답했다.

"강보현 주무관과 백성현 연구원입니다."

정은이 그 아랫사람 이름을 답하자 '아니.' 하며 신현이 고개를 저었다. 목이 아픈지 생수를 한 모금 마시고 이어 캐물었다.

"그 위의 책임자급."

정은은 담담히 답했다.

"김훈 과장입니다."

신현이 고개를 끄덕이며 이름을 받아 적고는 짧게 지시했다.

"다음 내용으로 넘어갑시다."

앞 부서도 오래 걸렸지만, 왜인지 정은의 보고는 가장 길어졌다. 중요한 부분인 만큼 미국 FDA나 유럽 EMA의 실사 내용에 대한 질문이 가장 많았다. 쉬운 질문도 있었고 원칙과 관련한 질문도 있었다. 그간 조 전무에게 붙들려 철야를 하며 과외를 받은 시간이 근 8년에 가까웠다. 굳이 발톱을 드러낼 필요가 없어서 꼴통 대주주로 알려져도 내버려 뒀지만, 제약·바이오 산업에 대해선 이 바닥 누구보다 빠삭했다. 어떤 날카로운 질문에도 막힘없이, 매끄럽게 대답하는 정은에게 신현은 아무 내색도 하지 않았다. 다만 숫자를 물어보는 질문에 김 과장이 만든 엑셀 표를 만지다가 레퍼런스를 어떻게 확인하는지 몰라서 버벅거리는 정은을 잠시 물끄러미 쳐다봤을 뿐.

짧은 시간 동안 신현도 정은의 실력을 평가했겠지만, 마찬가지로 정은도 남자로서가 아니라 직업인으로서의 신현을 파악했다. 신현에 대한 다른 사람들의 평이 어떤 뜻인지 이제야 제대로 깨닫게 된 느낌이었다.

예정된 모든 보고가 끝나고 짤막한 침묵이 있었다. 신현이 업무 수첩에 무언가를 빠르게 적고 있었다. 몇 줄 적더니 문장마다 앞부분에 체크를 하고는, 차례대로 읽어 내려갔다. 앞으로 보고받을 자료에 대한 내용이었다. 이 막 나가는 남자가 앞으로도 정은을 일개 팀장으로 대우할 예정인지 말 한마디 할 때마다 보고서가 계속 늘어났다.

"마지막. 이건 회의에 제가 언급하지 않은 사항인데."

업무 수첩을 읽어 내려가던 신현이 펜을 든 채, 손바닥으로 눈가를 꾹 눌렀다. 피곤하면 눈이 뻑뻑해진다는데 항상 저렇게 사나, 문득 그런 생각이 들었다.

"식약처 관련한 대관 업무는 앞으로 대응 전에 모두 보고해 주십시오. 사소한 거라도 괜찮습니다. 대관 업무는 아직 제가 익숙하지 않아서요."

거리를 두는, 깍듯한 존대였다. 다시 또 무언가 생각났는지 펜으로 수첩에 적어 내려가며 바쁘게 덧붙였다.

"하나 더. 아까 내용 중, 인쇄물 3페이지, 파이프라인별 해외 승인 현황은 세부 자료 보고받겠습니다. 단계별 소요 날짜와

피험자 현황, 보완 사유, 부작용 내용 등등. 되도록 자세하게. 보고 형태는 뭐가 되든 상관없습니다."

그러니까 앞으로 내가 너한테 보고해야 할 보고서가 총 여섯 개. 김 과장이 숨을 들이켜는 소리가 귓가에 들려왔다.

이 기막힌 상황에서 정은은 조용히 되물었다.

"언제까지 보고 드릴까요?"

신현이 수첩에서 느릿한 동작으로 펜을 뗐다. 납기일 언급이 없는 본부장급의 지시는 보통, '바로 즉시'가 관례였다.

신현이 팔짱을 끼고 정은을 주시했다.

"언제까지 보고하시겠습니까?"

오히려 느긋하게 되물어 왔다. 정은이 엷게 웃자 입술 끝에 시선이 꽂혔다. 열 좀 받았나. 저 남자를 건드렸다간 또 찬란히 부서질 텐데.

하지만 지금 당장은 열기를 띤 그의 눈빛이 마음에 들었다.

"정식 부임 날짜에 맞추겠습니다. 현 본부장께 올릴 보고 자료도 아직 많아서요."

정은이 정중하지만 다소 권태로운 어조로 대답했다. 유치하다는 걸 안다. 자신은 특별 대우를 받아야 한다는 뜻도 아니었다.

왜 그러냐고 누군가가 물었으면 괜스레 자극하고 싶어져서라고. 딴 여자 쫓아 '사위 후보', '부마'라는 별명까지 달고 내 앞에 찾아온 너의 부임을 호락호락 반겨 주고 싶진 않아서라고, 그렇게 대답했을 것이다. 또는 날 두고 감히 다른 여자를 바라보는 네가 내 딴에는 너무 괘씸해서. 값을 빚은 인생을 다 걸어

네게 다 갚더라도, 한 번쯤은 나도 네게 성질이라는 걸 부려 보고 싶어서.

굳어진 턱을 쓰다듬던 신현은 우선 흔쾌히 고개부터 끄덕였다.

"그럽시다. 대신 그땐."

말을 고르듯 신현은 가볍게 이맛살을 찌푸렸다.

"일은 좀 제대로 합시다."

들고 있던 자료를 신현은 툭 던져두었다. 정은이 작성한 자료였다.

"첫째, 보고서 수준부터 올려 주세요. 제가 궁금한 건 현황이 아니라 대책입니다. 보고서 분량은 현황 70%, 대책 30%. 이해됐습니까?"

똑똑한 상사들이 그러하듯 오해가 없도록 자신의 의중을 하나하나 짚어서 알려 준다.

발표가 마무리된 터라, 정은은 여전히 선 채였고 신현은 상석에 앉은 채였다. 다른 사람에게는 그렇게 젠틀하다는 사람이, 이번에도 정은에게는 져 주질 않는다. 하긴 원래도 정은에게만 잔인하게 굴었다.

공기 중에서 시선이 날카롭게 부딪쳤다. 주먹을 꼭 틀어쥐면서도 정은은 건조하게 답변했다.

"네, 상무님."

정은의 호칭에 신현의 입가엔 대수롭지 않다는 미소만 어렸다. 연이어 신현은 가르치듯 충고했다.

"둘째, 상세하고 거짓 없이. 어차피 해야 할 일, 서로 두 번 하지 말고."

이게 가장 거슬렸던 듯, 이번엔 살짝 신경질적인 어조였다.

"보고란 소통을 위해 하는 겁니다. 뭔가 숨기거나 겉만 핥은 내용만 보고할 거면, 이 모든 과정은 의미가 없습니다."

고분고분한 답변을 기다리며 정은을 바라본다. 세상 누구에게도 이런 식의 대우는 받은 적이 없었다. 그럼에도 정은은 유연히 대답했다.

"네, 알겠습니다."

만족스러운지 신현은 고개를 끄덕였다. 모두 마무리됐으니 보고를 끝내자는 뜻이다. 다음 보고할 약가팀 팀장이 밖에서 기다리고 있을 것이다.

신현이 자리에서 일어섰다. 집무실로 돌아가기 전 눈을 마주쳐 왔다. 사적인 감정이 일절 남아 있지 않은 눈빛을 보며, 그 순간 신현이 그녀의 사무실을 치운 이유를 깨달았다. 그녀를 그냥 팀장으로 대하기 위해서라고. 과거의 여자도 아니고, 대주주도 아니고, 회사 내의 공식적인 직책인 '팀장 신정은'으로. 그게 업무의 효율을 위해서도 두 사람의 관계를 위해서도 최선이므로.

"불편한 자리였을 텐데."

신현이 아무 표정 없는 얼굴로 인사했다.

"고생 많으셨습니다. 특히, 신 팀장."

부하 직원을 대하는, 질릴 정도로 깔끔하고 정중한 어조였다.

집무실로 들어가는 등에서 눈을 떼는 동안 김 과장이 자리를 정리했다. 투정 부리다가 오히려 매 맞은 기분이다. 하긴 정은의 성질을 받아 줄 남자는 아니니 서운할 것도 없다.

속 뒤집힐 만큼 분하지만 사실 기특한 웃음도 났다.

순진해 빠져서 항상 걱정했는데.

매섭게 혼내며 위계 정리할 줄도 알고, 어르고 달랠 줄도 안다. 그새 처세가 많이 늘었다.

"내 자리 빼앗긴 걸 떠나 재밌어서 그러지. 진짜 팀장처럼 대한다며. 차 본부장이 불쾌해할 만한 과거라도 있는 것 아냐?"

태준이 마침내 그 주제를 꺼낸 건, 정은을 집에 바래다주면서였다. 둘은 북한산 어딘가에 위치한 작고 은밀한 식당에서 술 네 병을 비운 후였다.

길고 커다란 차였다. 다리를 쭉 뻗어도 될 만큼 편안했다. 기사가 운전을 했고, 태준은 정은의 옆에 앉아 있었다.

"글쎄, 과거라 부를 만큼 대단한 사건이 없어서요. 만날 계기도 딱히 없었고."

태준이 정은에게 와인 잔을 건넸다.

"하긴 그렇겠네. 살던 곳이고 학교고 겹치는 게 하나도 없으니."

정은은 감흥 없는 얼굴로 잔을 받았다. 태준이 정은을 살피며 잔을 채우는 동안, 태준의 자세한 말을 기다렸다. 오늘 이 자리에 나온 이유였다. 태준의 소식이라면, 어느 정도 신빙성이 있었다.

체리빛 와인이 또르르, 잔의 반을 채웠다. 태준은 천천히 말문을 떼었다.

"박준용 전무가 말하기로는."

병의 입구를 잔에서 떼어 내 빙글 돌리며 태준은 잠시 말을 멈췄다. 붉은 액체가 병 끝에서 떨어질 듯 말 듯 맴돌았다.

"사업개발 본부장 자리 주면 남겠다고 한 게 맞는다지. 본인이 직접 그 자리 언급해서 지원했다고."

차 안은 조용했다. 차창 밖으로 서울 강북의 풍경이 휙휙 지나갔다. 가을도 끝나려는지, 울긋불긋하던 단풍도 그새 다 사라지고 없었다.

"당사자가 진짜……."

상황이 계속 이쪽으로 기우는데도, 결국 직접적으로 묻게 된다.

"……태희 때문에 온 거래요?"

몇 번이나 확인하려는 자신의 저의를 알 수가 없다. 혹은 믿어지지 않아서일까. 나한테 흔들린 전적이 있으니 다른 여자에게도 흔들릴 수 있는 건 당연한 건데.

"태희 때문에 입사했다고 인정했다던데. 차 본부장도 태희 마음 모를 리 없고. 여기에 더 장래가 있겠다 판단했으니, S바이오 그 조건도 고사했겠지."

차가 흔들리며 잔 안의 붉은 와인이 출렁거렸다. 시큰거리는 마음에도 정은은 객관적인 사실만 언급했다.

"그 자리에 적임자이긴 해요. 예측 능력이 뛰어나잖아요."

태준이 수긍하며 와인을 한 모금 마셨다. 기억을 더듬듯 태준의 미간에 주름이 섰다.

"예전에 정 회장님께도 똑같은 능력이 있었지. 그분 별명도 인간 컴퓨터였어. 사실 그 능력으로 현일 크게 키운 거잖아."

정필경 회장은 태준의 양부이기도 했다. 와인을 산화시키기 위해 태준의 손이 천천히 술잔을 돌렸다. 생각에 잠긴 태준의 눈빛이 날카로워졌다.

"듣기론 정 회장님은 선대로부터 물려받았다던데. 그런 능력이 설마, 길러진 건 아닐 테고."

태준의 낯에 의심스러운 빛이 서렸다. 무슨 말을 하려는지 짐작이 갔다. 정은은 바짝 오른 경계 태세를 시니컬한 웃음으로 감췄다.

"그래서? 그 능력 때문에 혹시 차 상무가 정 회장 아들이라도 된다는 거예요?"

자신의 상상력이 과도했다고 여겼는지 태준이 계면쩍은 표정을 지었다.

"차 상무는 지독한 노력파예요. 그 노력이 유전이라면 할 말 없지만."

"친부모는?"

아무리 조사를 해도 알아낼 수가 없으니 묻는 것일 테다. 꽃계집에서 독대까지 했다니 안 그래도 김 회장 쪽이 불안하던 차였다. 오히려 이 상황을 역으로 이용하면 되지 싶었다.

정은은 와인을 한 모금 마시며 가볍게 태준의 의심을 잠재 웠다.

"친모 쪽이 교수라고 들었어요."

사실 완벽한 거짓말도 아니었다. 태준이 김 회장에게 이 말을 흘려주면 한 번은 덮을 수 있게 된다.

"교수인데 대체 왜?"

"미혼이라고 했던가. 잘 기억나지 않아요. 복지 재단 일은 어머니께 일임해 둔 터라."

태준이 고개를 끄덕였다. 눈을 내리깔며 정은은 조심스럽게 화제를 돌렸다.

"차 상무, 현일바이오 크게 키워 놓긴 할 거예요."

"장내 주식이라도 사 놔라, 그러시던데. 어지간히 믿으시나 봐. 차 전무가 화술이 좋은 편인가?"

화술이라. 그런 것과는 한참 거리가 먼 사람이다.

"반하신 거죠. 눈치 못 챘어요? 그 사람, 여자 잘 흘려요."

"그런 거에 넘어갈 분 아냐."

"여자 다 똑같아요. 나이가 몇 살이든, 잘난 남자한테는 그냥 끌리는 거예요. 본능이죠."

"그런가."

몸이 나른했다. 정은은 차에 등을 기대며 눈을 감았다.

"강 상무님이랑 전, 갖고 태어난 것들로 여기까지 올라왔지만, 그 사람은 제 실력으로 우리보다 위에 올라섰어요. 생물학적으론 더 뛰어난 부류인 거죠."

"너마저 차 전무 편을 들면, 기분 나쁜데."

신현이 꼭대기에 오르기 전까지 강태준의 반감은 방해만 될 뿐이었다.

"굳이 사사건건 날 세울 필요 있어요? 한집안 사람 될지도 모르는 사람한테."

"그래서 경계하는 거야. 내 승계권을 위협할 상대로 차 전무보다 더한 사람이 있어?"

전체 네 병 중 정은이 마신 양은 두 병이었으니, 제법 알딸딸했다. 눈을 감은 채 정은은 조심조심 말을 골랐다.

"한편에 두고 이용하세요. 쓸모 많은 사람이에요."

"차신현을 나한테 미는 이유가 뭐야? 왜? 신 이사하고 한집안 되면 도움 줄까 봐?"

그런 식으로 신현과 가족이 되고 싶진 않다. 그런 언급조차 속이 따가워서 정은은 오히려 까칠하게 대꾸했다.

"회장님 말씀대로 그냥 장내에서 주식 사세요. 어설프게 저한테 혼테크 시도하지 마시고."

태준이 하하 웃었다.

"서로에게 이득 되는 일이지. 우리 둘이 합쳐지면."

결혼을, 강태준은 깃털보다 가볍게 제의했다. 이 바닥에서 세상 골치 아픈 게 결혼인데도 말이다. 정은이 억지로 눈을 떠 태준과 시선을 맞췄다.

"난 남편한테도 내 의결권 넘길 생각 없고."

"또?"

"결혼, 별로 생각 없어서요."

"그럼 애인은?"

여전히 가벼운 눈빛이다. 섹스야말로 사실 무거운 제안은 아니었다. 운전석의 기사를 흘낏하고는 정은이 되물었다.

"왜요?"

같이 자자고 했을 때 신현도 이유를 물었었다. 이제 왜 그렇게 물어 왔는지 알 것도 같다. 그건 굳이 같이 자고 싶지 않다는 뜻이기도 했다. 관심 없는 상대가 전화하면 '왜?'라고 묻는 것처럼.

고요한 차 안에서 눈길이 마주쳤다. 태준이 기사와의 사이에 유리 칸막이를 올렸다. 이제 밀폐된 공간엔 둘뿐이었다.

"손해 볼 것도 없고……."

가끔 놀랍도록 솔직해지는 남자였다. 태준이 흥미롭게 정은을 훑다가, 어깨를 으쓱했다.

"남자가 예쁜 여자랑 자고 싶은데 다른 이유가 있어?"

거리가 가까워졌다. 태준이 정은의 얼굴에 손을 뻗어 왔다. 적당한 체온의 손이 귀부터 뺨까지 부드럽게 감쌌다. 키스를 하려는 눈치였다.

그냥 넘어가 볼까.

애인으로서의 태준. 나쁘지 않다. 잘생기고 매력적이고 비슷한 유형의 사람이라 그 속이 잘 보인다. 워낙 차갑고 실리적이어서 쉽게 마음을 주지 않을 타입이었다. 게다가 태준과 자게 되면, 신현과의 밤들을 잊을 수 있을지도 모른다. 상대가 누가 되든 대체 무슨 상관이야. 너도 다른 여자를 안을 거면서.

가까워질수록 신현의 얼굴이 겹쳤다. 그러자 감흥 없던 몸에 살짝 열기가 돌기 시작했다. 입술을 부딪치면 혀가 섞일 것이다. 깊고 거칠었던 첫 입맞춤이 기억난다. 단정한 넥타이에 흰 와이셔츠를 입고 내내 벽을 세우며 살지만, 그 아래 누구보다 뜨거운 본성이 숨겨져 있는 걸 정은은 알고 있었다. 지금 손을 뻗으면 널 떠올리며 따뜻한 몸을 만질 수 있고 그때처럼 쾌락도 느끼게 될 테지만, 그래도 진짜 너는 아닐 테지.

또다시 반복되는 느낌이었다. 다른 남자들과도 늘 시작부터 이랬다. 태준의 숨결이 코끝에 느껴지고 입술이 닿던 때였다.

정은은 그의 입술에 손가락을 올린 채 조용히 의사 표시를 했다.

"원하는 게 많아서 친해 두긴 해야겠지만……."

태준의 미간에 슬쩍 조급함이 스쳤으나 정은은 속삭이듯 말했다.

"섹스까진 별로예요."

"왜?"

"성적 매력을 만들어 봐요. 그럼 고려해 보죠."

"원하는 절차가 있어야 되나? 설마, 결혼?"

여자들은 다 청혼 반지가 인생 목표인 줄 안다. 정은은 빙그레 미소만 지었다.

"아까 말했잖아요. 결혼은 별로라고."

결혼은……, 네가 아니면 아무하고도.

헤어지며 했던 다짐이었다. 그렇게 멋대로 상처 입히고 버렸으니, 네가 아니면 아무하고도 결혼 따위 안 할 거라고.

신현은, 이미 그때 받은 상처들을 털어 냈을 것이고 다른 사람을 만날 거였다. 언젠간 꼭 가정을 이룰 계획을 갖고 있을 것이다.

그렇게 설령 다른 여자와 행복해지더라도⋯⋯, 나는.

술에 취하긴 취했나 보다. 오랫동안 눌러만 뒀던 본심이 자꾸 수면 위로 튀어나온다. '강태희의 남자'라는 말이 자꾸만 신경을 긁어낸다.

"그러니까 기다리면 된다는 건가?"

정은이 고개를 돌리는 것으로 그의 손을 떼어 내며 담담하게 거절했다.

"글쎄요. 그게 되려나."

애매하게 대답한 정은은 자세를 바로 했다.

"언제 같이 운동이나 해요. 차를 마시든가, 미술관을 가든가."

애인이든, 배후든, 태준과는 좀 더 친해질 필요가 있었다. 뻔한 데이트 제의에 태준이 정은에게서 몸을 뗐다. 긴 한숨을 쉬며 태준이 투덜거렸다.

"미술관이라. 난 계약서가 더 편한데. 전초전은 귀찮아서."

뚱한 목소리에 정은은 간신히 웃음을 참았다. 다가올 때도 깔끔하더니 물러서는 것도 깔끔했다. 알아 갈수록 괜찮은 남자였다.

강태준이 집을 사 줬다는 연예인 이름이 뭐였더라. 아, 기억났다.

"그동안 현정이랑 놀고 계세요."

나라면 중국에서의 입지를 더 강화하기 위해 유통 회사 딸을 택하겠지만.

정은을 쳐다보는 뜨악한 시선이 느껴졌다.

"아아, 그건, 음, 내 소싯적에."

"그냥 둘 다, 어장 관리 하는 거라고 생각해요."

그렇게 말하고 정은은 상황을 정리했다.

"애인을 할지 말지는, 우선 좀 만나 보고 판단해도 늦지 않으니까."

정은의 입장에서는 강태준이라는 배후를 잡는다면 카티나 신약 개발처럼, 그동안 하고 싶었던 사업도 설득해서 진행하게 할 수 있을 거였다. 무엇보다 신현이 강태준과 부딪칠 때, 큰 도움이 될 수도 있을 거고.

그렇게 정은은 계산을 마쳤다.

한 달에 한 번 신현은, 혜조에게 인사 겸 찾아와 생명공학계 동향과 현일바이오의 중점 사업 등을 이해하기 쉽도록 정리해 주었다. 그런 날마다 혜조는 신현이 직접 작성한 서류를 보며 브리핑을 듣곤 했다.

날짜가 되자 신현은 어김없이 찾아왔고 혜조는 평소처럼 내용을 들었다. 이번에 가장 중요한 보고는 세간에 알려지게 된 형욱의 '유전자 조작 아기' 관련이었다.

형욱이 불임 부부로부터 배아를 얻어 유전자 편집에 성공했고 이 부부가 쌍둥이 아이를 출산했다고 세간에 알려진 게 얼마 전이었다. 특히 형욱은 이 아이들의 모계에 유방암 환자가 많았던 것과 관련하여 특정 유전자를 제거했고, 이로 인해 이 아이들은 유방암에 걸릴 위험이 현저하게 사라졌다고 밝혔다. 아직까진 불법이어서 공식적인 발표를 못 하고 있지만 과학이 인간의 유전자를 수정한 일로 전 세계의 이목이 집중되어 있었다.

아이들은 모두 건강했다. 몸무게와 키도 정상이었다. 신현이 직원으로부터 구해 온 사진을 아무리 꼼꼼히 훑어봐도 여타 아이와 다른 점은 보이지 않았다.

자랑스럽게 웃는 혜조에게 신현은 담담한 목소리로 보고했다.

"중국 과학기술부에서 연구 중단을 권고해 왔습니다."

과학기술부는 중국의 주무 부처였고, 인간의 수정란을 '감히' 편집한 신 박사의 연구가 생명 윤리법을 위반했으니 법에 따라 처리되어야 한다는 입장이었다.

"뭐, 한두 해도 아니고."

혜조는 가볍게 넘겼다. 그들이 섣불리 건드리기에 장차 이 사업과 관련한 이권은 거대했고, 현재 형욱의 위치도 공고했다.

"시간이 지나면 그들도, 아이의 유전자를 교정해 달라고 찾아올 거다. 박사님께 감사해하며."

뿌듯함을 나누고 싶어 건넨 말이었다. 아무 반응이 없어 혜조는 신현을 올려다보았다.

"내 아이를 더 완벽하게 만들 수 있는데 망설일 이유가 없어.

생명을 재창조할 수 있는 권리가 신에게만 있는 건 아니잖니?"

신현은 안경을 올리던 손을 멈춘 채 답을 고르고 있었다. 곤란할 때의 버릇이었다.

"상용화가 멀지 않은 건 맞습니다만, 법적, 윤리적 문제로 곧 당국의 조사를 받게 될 겁니다."

비위를 거스르지 않는 적당한 대답이었다. 원래도 대놓고 의견 표현을 하지는 않는 애였다. 형욱의 연구에 대한 신현의 입장을 짐작해 보며 혜조는 잠시 신현을 바라만 봤다. 그의 얼굴, 큰 키의 체격까지.

어느 순간 혜조는 인터뷰 일정이 나온 서류로 시선을 내리며 유연하게 화제를 전환했다.

"좋네. 황금 시간대 뉴스인데 메인에 들어가는구나. 인터뷰는 장민희 책임이 대신할 테고, 문제는 원고 내용이겠지."

전문적인 내용이다 보니 지루하지 않게 진행하는 게 관건이었다.

"연구에 대한 부정적 인식을 바꾸려면 언론을 효과적으로 이용해야지. TV 방송 촬영도 곧이고."

신현을 올려다보며 혜조는 조심스럽게 요청했다.

"네가 원고를 한 번 더 만져 주면 어떻겠니?"

형욱을 돕는 일에는 늘 한 발짝 물러서 있는 신현이지만 혜조의 부탁을 거절한 적은 없다. 잠시 머뭇거리다가 신현은 혜조에게 부드럽게 웃어 보였다.

"네. 그러겠습니다."

순순한 대답에 혜조는 한시름 던 기분이었다.

"언제나 투자금이 문제지. 이런 방송이 반복되면 투자가 늘 것도 같은데."

회사도 연구도 그 규모가 커졌지만, 고위험의 연구인 데다가 윤리적인 문제가 걸려 있다 보니 적당한 투자자를 찾기가 힘들었다.

"아까 김 회장이 연구소를 합병할 예정이라고 했던가? 이름이 뭐였더라?"

"샤피에 연구소입니다."

한국 제약·바이오업계에서 수백, 수천억 원의 투자를, 눈 하나 깜짝하지 않고 할 수 있는 사람은 딱 두 사람뿐이었다. 현일 김 회장, 그리고 딸 신정은.

혜조의 시선이 습관처럼 책상 위, 낡은 액자로 향했다. 복지원 이사장실에 있었지만, 은퇴할 때 집으로 가져온 액자였다. 딸이 한 해 한 해 자라고 변화하는 모습을 보기 위해 매년 바꾸는 사진이었다. 신현이 오는 날이어서 잠깐 엎어 두었지만, 세월이 빠르긴 한 건지 백일 사진으로 시작한 게 어느새, 언론에 난 사진으로 바뀌어 있었다.

사실 정은이 투자를 더 해 주는 게 최선이지만 대한민국에서 가장 현금 보유액이 많다는데도 돈 문제에 있어선 한 푼도 허투루 쓰는 법이 없이 철저한 데다가 외할아버지의 영향 때문인지 형욱의 연구에는 경계심을 갖고 있었다. 그렇다면 남은 해답은 김 회장이었다.

가만 그러고 보니.

"샤피에 연구소? 네가 며칠 전 프랑스에 다녀온 게 그 연구소 실사 아니었니?"

"맞습니다."

맞물리는 기억이 있어서 잠시 혜조의 말문이 막혔다. 신현이 어딘가를 다녀오고 연이어 김 회장이 투자 결정을 하던 경우가 종종 있었다.

"이상하네. 우연 같기도 하고. 네가 내리는 결정에 자꾸 김 회장이 힘을 실어 주는 느낌이라서."

김 회장은 모든 큰 결정을 혼자 한다고 들었다. 사실 얼마 전까지 신현은 회장실도 못 드나드는 위치였었다. 그런데 이번 인사 건도 그렇고.

혜조의 엄지손톱이 검지 손톱을 파고들어 톡톡 소리를 냈다. 고민스러울 때의 습관이었다. 어차피 그냥 지나칠 수는 없는 일이었다. 모르는 척, 혜조는 매년 이맘때쯤 하던 질문을 했다.

"그러고 보니 임원 인사철이지? 혹시 이동했니? 참, 승진은?"

혜조와 눈을 맞춘 신현은 표정 없이 대답했다.

"전무로 승진했고, 현일바이오 사업개발 본부장으로 이동했습니다."

혜조는 준비했던 것처럼 놀라운 웃음을 지었다. 정은을 언급하지도 않았다. 오히려 자리에서 일어나며 신현에게 가까이 다가갔다.

"대견하구나. 역시 그럴 줄 알았다. 승진 축하한다."

대견한 건 진심이었다. 30대에 대기업 본부장이라니. 가까이 있으면서도 신현이 이뤄 내는 것들이 간혹 믿어지지 않았다. 어떤 집념이 이 아이를 그렇게 달리게 하는지 알아서 잠시 불안해진 것도 사실이지만 말이다.

"감사합니다."

혜조는 버릇처럼 그의 팔에 손을 얹었다. 양복 위였는데도 불구하고 움찔하는 게 느껴지자 혜조는 손을 뗐다. 그렇게 오래된 사이인데도 여전히 뻣뻣했다.

멋쩍게 웃으며 혜조가 제안했다.

"곧 맛있는 밥이라도 사 먹자. 네가 뭔가 이뤄 낼 때마다 내 일처럼 기분이 좋단다. 참 고맙기도 하고."

이런 자리에서는 늘 그랬듯 신현은 어색하게 그 말을 들었다. 그러고는 다른 말로 답을 대신했다.

"곧 담당 피디와 약속 잡겠습니다."

방송 이야기였다. 부탁한 일을 더 잘해 내겠다는 뜻이었다. 달콤한 말 몇 마디 해 주는 게 더 쉬울 텐데 항상 힘들여 일하는 거로 답을 하곤 했다.

"장 책임과 직접 연락하고. 너랑 가까운 사이라며."

이번엔 대답 없이 듣기만 한다.

"어디 아픈 덴 없고?"

"없습니다."

혜조가 지나가는 어투로 확인했다.

"어깨는? 요즘도 일 많이 하느라 아플 텐데."

수험생 시절 종종 비정상적인 통증이 있어 치료를 받곤 했었다. 너무 오랜만에 꺼낸 화제인지 얼굴에 의문이 스쳤지만 신현은 침착하게 대답했다.

"괜찮습니다."

정기 검진 결과에서도 한 번도 이상이 없었다. 혜조가 고개를 끄덕이는 동안 신현이 벽시계를 확인했다.

"그래, 출근해야지."

"네."

혜조는 의자에 놓인 쇼핑백에 눈길을 주었다. 프랑스 출장에서 사 왔나 보다. 어느 나라로 출장을 가든, 신현은 꼭 두 개의 쇼핑백을 들고 왔다. 명품 로고가 찍힌 주황색 쇼핑백에는 혜조를 위한 스카프나 귀금속이 들어있을 거였다. 나머지 다른 쇼핑백은 분홍색이었다.

사업개발 본부장 자리를 김 회장에게 직접 요구했다고 들었다. 분홍색 상자를 향한 혜조의 눈길에 근심이 서렸다. 혜조는 오늘 해야 할 말을 떠올렸다. 저번에 왔을 때도 조기 선물 때문에 결국 못 한 말이었지만 이번엔 반드시 해야 했다.

혜조는 우선 다른 말로 운을 뗐다.

"돈 벌어 다 나한테 쓰는구나. 딸한테도 못 받아 본 효도를 늘 네게 받는단다."

혜조의 차를 바꿔 준 게 한 달 전이었다. 옷을 사 주기도 했고, 형욱의 연구와 관련된 신간이 나오면 그 주에 바로 집으로 배송해 주었다. 좋은 음반이 나와도 마찬가지였다. 뒷바라지해 주어 감사하다는 낯간지러운 말은, 단 한 번을 하지 않으면서도 말이다.

이제 이 화제를 꺼내도 무리가 아닐 듯싶었다.

"너, 혹시 김세연이라는 후배 기억나니?"

낯선 여자 이름에 반갑지 않은 표정이 스치다가 신현은 이내 고개를 저었다.

"아뇨."

혜조는 폴더에서 사진을 꺼내 그에게 건넸다. 반할 만한 인물이라 사진을 보여 주면 호감을 느끼겠지 싶었다.

"너희 학교 법대 졸업했다는데. 너랑 교양 수업 몇 개를 같이 들어서 네가 잘 알 거래."

사진엔 눈길도 주지 않는다.

"미술관 가는 프로젝트도 같이했으니 분명 기억할 거라던데. 모르겠어?"

혜조의 끈질김에 신현은 그제야 난처한 얼굴로 사진을 내려다봤다. 열심히 기억을 더듬는 눈치였지만 이내 처음 보는 사람이라며 고개를 저었다.

답답한 마음에 혜조가 다시 물었다.

"너 유학 갔을 때 편지도 보냈다던데?"

수줍음이 많은 여자애인데도 물어물어 주소까지 알아내 편지까지 보냈다고 했다. 그제야 '아.' 하는 곤란한 깨달음이 그의 얼굴에 스쳤다.

"만나 볼래? 그 집 어머님이 직접 연락해 왔어."

혜조는 오히려 농담처럼 가볍게 덧붙였다.

"너도 이제 연애도 하고 결혼도 해야지."

낯빛에 불편한 감정이 짙어졌다. 혜조를 마주 보다가, 신현은 어수룩한 웃음으로 얼버무렸다.

"아, 저는."

"만나 볼 거지?"

결국 목소리에 초조함이 묻어 나왔다. 빨리 어떤 여자든 만나서 정착했으면 싶었다. 시선을 놓지 않고 기다리자 이번에는 혜조의 의지를 꺾기가 어려울 것을 깨달았는지 신현은 담담한 결심이 어린 얼굴로 혜조를 응시했다.

"매번 거절해서 죄송합니다. 하지만 세상 누굴 만나도……."

어렵게 꺼낸 말일 텐데도 흔들림 없는 어조였다.

"소용없을 것 같아서요."

예상한, 또는 예상치 못한 말이기도 해서 혜조의 명치 언저리가 무거워졌다.

십수 년 만에, 예고도 단서도 없이 등장한 화제이지만 둘 다 누구에 관한 이야기인지, 무슨 이야기인지 잘 알았다. 뭐라 말하려 입을 열었던 혜조의 입이 다물렸다.

"접으려고, 저도 많이 노력했습니다만……."

얼마나 노력했는지는 사실 혜조가 더 잘 알았다. 내성적인 아이가 오장육부를 다 드러내는 말을 하면서도 그 어조가 평소처럼 건조해서 오히려 당황스러웠다.

"그런데?"

혜조는 반사적으로 되물었다.

"아무리 발버둥 쳐도 도저히 포기되지 않아서요."

딱히 할 말이 없어 혜조는 어색하게 대답했다.

"그렇구나."

덮을 수 없는 말을 듣게 될까 봐, 혜조는 화제를 바꿔야겠다고 생각했다. 그런데 아마도, 혜조가 조금 섣부르게 행동했나 보다.

"제가 만나고 싶은 여자는, 정은이뿐입니다."

차라리 이 화제를 건드리지 말았어야 했다. 놀라는 법 없는 혜조조차도 순간 냉정함을 잃고 쳐다보기만 했다. 내성적인 애가 설마 이렇게까지 대놓고 말할 줄은 예상 못 했다.

혹시 정은이의 마음을 알고 있는 건가, 아니면 벌써 정은이와 만나고 있는 건가 싶어 살폈지만 그건 아닌 것 같다. 혜조의 허락을 받지도 않고 구애를 하는 건 옳지 않으니 벽이라도 세울 아이였다.

"정은이와 만나고 싶습니다. 허락하실 조건만 말씀해 주시면, 어떤 조건이든 다 해내겠습니다."

꾸밈없는 담백한 요청이어서 더 간절하게 느껴졌다. 혜조는 자신도 모르게 덜컥 겁이 났다.

"신현아."

혜조는 우선 그의 말을 끊었다.

"그럴 필요 없어."

혜조가 고개부터 젓는 모습을, 신현은 조금 당황한 얼굴로 쳐다보았다. 신현에게도 예상한, 또는 예상치 못한 반응이었을 것이다.

혜조는 최대한 부드럽고 단호하게 말했다.

"안 돼."

저 눈빛을 본 적 있었다. 길을 잃은 아이 같은 저 눈동자. 갑자기 닥친 일인지 표정이 정리되지 않는 듯했다. 손으로 입가를 문지르며 생각에 잠겨 있다가 신현이 다소 어수선한 표정으로 물었다.

"왜 안 됩니까?"

순간 그 질문이 혜조의 가슴에 푹 꽂혔다. 미련하게도 저 질문을 지금에서야 한다.

하지만 그때 말을 분명히 해 두지 않아 엉뚱한 고생을 시켰을 수도 있겠다. 힘들어도 지금은 제대로 말해 두어야 했다.

"그냥, 안 돼. 네가 아무리 노력해도."

가끔 정은이 미울 때도 있었다. 하지만 그래도 딸이었다. 이것만은 끝까지 반대할 수밖에 없었다.

"제가 채워야 할 게 무언지 말씀만 주시면 그게 어떤 거라도, 저는 반드시 해낼 겁니다."

생전 처음 들어 보는 절실한 어조였다. 저런 말 하지 않아도 이미 알고 있었다. 의사가 되라고 하면 다 때려치우고 오늘이라도 의대 입학을 할 아이였고, 대통령이 되라고 하면 오늘 당장 출마를 할 녀석이었다. 별을 따 오라고 시키면 '몇 개를 따 올까요?' 물어볼 아이였다.

혜조는 냉정한 표정을 만들어 냈다.

"미안하다. 안 돼."

세 번째로 한 '안 돼.'라는 소리에 시선이 마주쳤다. 딱딱해서, 그래서 깨어질 것 같은 눈동자가 혜조를 말끄러미 응시했다.

한참의 침묵 뒤에 신현이 질문했다.

"혹시 제 출생 때문입니까?"

목이 잠겼나 보다. 가라앉은 목소리였다. 어떤 사람이 되어도 안 된다면 결국 출생 때문이라는 결론을 내릴 수밖에 없었을 것이다.

짧게 숨을 들이켜고 혜조는 대답했다.

"그래, 그래서, 안 돼."

완전한 거짓은 아니니까. 혜조는 그렇게 자신에게 변명했다. 그리고 이 이야기는 그렇게 끝나는 거로 이해할 때였다.

"그 부족한 부분을 제가 알아내서 어떻게든, 채운다면요?"

실내를 휘감는 팽팽한 긴장은 자신만이 느끼는 것일 테다. 혜조의 등 뒤로 냉기가 흘렀다. 지금 당장 이곳을 나가, 출생을 뒤질까 봐 두려워졌다.

이 순간을 잘 넘기기 위해 혜조는 얼굴에 남은 감정을 싹 감추었다.

"네가 바꿀 수 없는 것들이야. 그리고 난, 지금 이대로가 좋단다."

자애롭고 담담한 미소를 지으며 혜조가 당부했다.

"난 널 키우다시피 했어. 이 부탁만큼은 꼭 들어주리라 믿는다."

부드럽게 말했지만, 이 말을 어긴다면 '배신'이라는 뜻이란 걸 잘 알아들었을 거였다. 신현의 눈빛에 까마득한 절망이 서렸다. 그 절망이 혜조를 안심시켰다.

안도의 숨을 참으며 혜조는 안타까운 표정을 지어 보였다.

유전자 교정 아이

혜조가 형욱을 만나기 위해 중국으로 출국했다.

그런 주말이면 정은은 김천댁을 보러 청담동 집에 오곤 했다. 소파에 누워 김천댁이 챙겨 주는 차나 샐러드를 먹다가 뒹굴거리며 낮잠을 자는 게 일상이었다.

TV에선 '유전자 변형 기술, 어디까지 왔나?'라는 다큐멘터리가 재방영 중이었다. 식물을 대상으로 시작했던 유전자 변형 기술이 현재 인간의 유전자를 임의로 바꿀 수 있는 데까지 도달했다는 게 방송의 큰 뼈대였다. 신형욱을 비롯한 여러 과학자의 연구 덕분에 유전자 질환 치료의 길이 열렸다는 긍정적인 효과도 언급되며, 그가 베이징에 차린 연구소, 슈퍼 진도 소개되었다. 반쯤 딴생각을 하며 방송을 흘려들었다.

유전자 가위에 대한 설명이 나올 무렵이었다.

"장 책임이네."

김천댁의 목소리에 정은이 흘끗 TV를 응시했다.

장민희 책임. 형욱의 오랜 추종자 중 한 명이었다. 형욱은 언론에 나오는 법이 없었고, 아무리 중요한 자리여도 연구원 중 한 명을 골라 보내곤 했다. 키는 작지만 빼어난 용모의 장 책임은 홍보용으로 내세우기에도 적당했다.

"네. 요즘 많이 컸네요."

신현을 들여오기 위해 민희와 통화하던 기억이 문득 뇌리를 스쳤다. 형욱의 연구 실적에도 많은 기여를 했지만, 민희는 여타의 경쟁자들과 비교할 수 없이 형욱의 비위를 잘 맞춘다고 했다. 하여 아마존 베스트셀러 1위를 예측한다는 형욱의 자서전 집필도 민희가 진행하고 있었다.

과학계는 정치계와 그 생리가 비슷하다. 상위 연구자의 신뢰를 받게 되면 유명 논문에 이름을 올릴 수 있게 되고, 명예와 성공을 거머쥘 수 있게 되니 모두 노예처럼 사는 건지도 모르겠다.

"밥 좀 먹어야지. 그러다 굶어 죽겠다. 아주 빠짝 말라서는."

김천댁이 만든 음식들이 머릿속에 떠오를까 봐 정은은 눈을 질끈 감았다.

"입맛이 없어요."

"그럴 리가 있니? 아니면 연애라도 하든가. 늙는 거 금방이야."

김천댁이 잔소리를 하며 차를 갖다 주는 동안, 정은은 다시 TV를 응시했다.

"예쁘고 돈 많은 독거노인으로 죽으려고요."

화면에 장민희 책임의 학력과 연구 이력이 떠올랐다. 핵 치환이나 유전자 교정, 크리스퍼 카스—9이 뭔지 일절 모르는 사람들이 봐도, 신형욱과 함께 논문을 썼다는 소개 하나로 충분했다. 그 이야기는 곧 '유전자 조작 분야에서 세계적인 권위자 중 한 명이구나.'라는 뜻이었으니까. 진행자가 《네이처셀》을 발음하다 실수를 하고서도, 그곳에 연구 논문을 싣는 게 얼마나 어려운지 강조하고는 이런저런 질문을 시작했다.

— 놀라운 이야기입니다, 장 교수님. 쉽게 말하면 크리스퍼 카스—9이라는 게 우리 유전자에서 질병을 일으키는 부분만 잘라 낼 수 있는 '가위'라는 거죠. 그렇게 되면 태어나기 전부터 질병을 예방할 수 있다는 거죠? 맞습니까, 박사님?

민희는 부드럽게 고개를 끄덕였다.

— 이번에 출산된 아이들은, 그래서 평생 유방암에 걸릴 걱정을 안 해도 되는 거고요? 부모가 유방암 환자였는데도 말이죠?

진행자가 놀라서 되묻자 고개를 끄덕인 민희는 그 과정과 결과를 간단히 설명했다.

질병 교정뿐만 아니라, 작은 키의 유전자는 큰 키의 유전자로, 나쁜 두뇌의 유전자는 좋은 두뇌의 유전자로, 인간의 유전자 전체를 바꿀 수 있다는 설명은 뺀 듯했다. 엄청난 돈을 투자하고도 경영에는 관여 안 한다고 했더니 정은의 사업 목표와는 정반대되는 엉뚱한 연구만 계속해 대고 있었다.

"그럼 박사님이 만든 아이들이, 저런 아이들이라는 거야?"

감탄이 담긴 목소리로 김천댁이 물었다.

"네. 아직 돌이 안 됐을 거예요."

"근데 배 속에 있는 난자를 어떻게 교정해?"

이 집안에서 일한 게 몇십 년이다 보니, 김천댁도 서당 개가 되었다.

"수정 전에 교정시킨 거죠. 그걸 배 속에 착상시켜요. 그다음부터 출산까지의 과정은 다 똑같고."

저게 현재 생명 윤리는 물론이요 관련법까지 위반한 거라 전 세계가 난리이고, 사실 형욱은 조사 대상인데 막강한 영향력 때문에 모두 눈치만 보고 있다는 사실을 정은은 말하지 않았다.

"신기하네. 그럼 현재 갖고 있는 질병도 고칠 수 있다는 건가?"

김천댁은 아들인 경호를 떠올리는 것일 테다. 미국에서 공부하는데 어쩐 일인지 요즘 국내에 머무는 참이었다.

"뭐, 그런 거죠. 하지만 아직까지 부작용 사례가 많아서요."

경호는 희귀 망막 질환을 앓고 있었다. 심하게 안 좋은 시력 때문에 불이익이 많았고 약값도 상당했지만, 선천적인 병이라 고치기 쉽지 않았다. 이 병을, 형욱의 연구원들과 함께 유전자 가위를 이용해서 여러 명을 치료한 한국인 의사가 미국에 있긴 했다. 김천댁 모르게 조 전무가 계속 접촉 중이었으나, 아무리 숙련된 사람이라도 환자에 맞는 유전가 가위를 만들고 검증하는 데 닷새 이상이 걸리다 보니 순번을 기다리는 사람이 끝도 없었다.

김천댁의 눈가에 상심이 어렸다. 오늘따라 유난히 마음이 힘든가 보다. 도와줄 거 없냐는 말이 쏙 들어갔다. 김천댁이 소파에서 일어나 주방으로 걸어가며 한숨처럼 한마디 했다.

"누가 뭐래도 박사님은 진짜 위대한 사람 맞다. 얼마나 많은 사람이, 저런 연구로 혜택을 보고 있겠니?"

소파에서 뒹굴거리면서도 정은은 현실적인 답을 했다.

"저런 기초 과학 덕분에 저 같은 약장사들이 먹고살긴 해요."

성의 없이 대꾸했지만 부정할 수 없는 사실이기도 했다. 모든 제약·바이오업계는 생명 과학의 발전을 기반으로 한다. 그 기술의 선두에 형욱이 있었다. 형욱이 만든 기술로 질병을 물리치고 더 나아가 사람을 살려 내기도 했다.

주방에서 나온 김천댁이 간식을 들고 왔다. 소파에 늘어져 힐끗 쳐다보던 정은은 벌떡 일어났다. 분홍색 상자 안에 주황색, 노란색 과자 봉지가 현란했다. 보자마자 웃음이 나올 정도로 고급스럽고 예뻤다.

"아, 경호가 사 왔나 봐요."

경호는 한국에 들어올 때마다 종종 김천댁에게 이런 것들을 사서 안겨 주곤 했다. 예상한 질문처럼 김천댁은 자연스럽게 답했다.

"응."

분홍색 상자 위에 찍힌 상표를 본 정은은 갸웃했다. 영어를 싫어하지만 불어와 구분 못 할 정도는 아니었다.

"근데 이건 프랑스 건데요?"

순간 김천댁의 등이 굳었다. 그럼에도 당황함을 감추며 능숙하게 대꾸했다.

"인터넷으로 주문했다던데. 네가 말했던 그 뭐냐, 휘나, 그거로 유명한 데래. 그냥 먹어."

휘낭시에구나. 아이, 좋아라.

정은은 자세를 바로 하고 어떤 걸 고를까에 집중했다. 원래도 포장지 화려한 과자를 좋아하는 그녀였다. 어떤 맛이 날까, 뜯는 재미가 쏠쏠했다. 그나저나 이 칼로리를 어쩌나. 20g을 먹으면 2kg이 찔 테지. 눈을 질끈 감았다가 뜨고는 그중 주황색을 집어 뜯었다. 원래 칼로리는 맛의 단위인 거다. 먹고 싶은 걸 참으면 먹을 때까지 먹고 싶은 법이고.

"우리 정은이도 어릴 땐 소녀 같고 명랑했는데."

정성껏 비닐을 뜯는 정은을 바라보며, 김천댁이 아쉽게 중얼거렸다.

"재미없어요, 사는 거."

힘들어서 그렇다. 밤에는 조 전무한테 혼나며 과외받으랴, 낮에는 일하랴. 건물 관리, 주식 관리, 회사 관리. 숨 막히고 머리는 터질 듯했다. 그래도 지금 이 순간은 버터 향 휘낭시에 덕분에 모든 우울함이 한꺼번에 사라졌다.

"맛있어, 맛있어. 세상에, 이건 어디서 주문했대요?"

신기한 경호였다. 정은이 좋아하는 간식 스타일을 기가 막히게 안다. 저번에 정은이 집에 왔을 때도 이런 색색의 과자들이 한 박스나 기다리고 있었다.

"응. 프랑스 뭐라드라. 뭐, 제일 비싼 데겠지. '휘나'까지만 말했는데도 한 번에 맞춰 사 오드라. 암튼, 여하튼 걔가 너한테는, 그래."

프랑스라. 가끔 삶에서 마주치는 것들에서 신현을 연상할 때가 있다. 프랑스는 신현이 얼마 전 기조실장과 출장을 다녀온 곳이다.

"그러게. 내가 좋아하는 거 이렇게 자꾸 주문해 주는 거 보면 아드님이 진짜 나 좋아하는 거 아니에요? 주변에 단것 먹는 사람도 없는데?"

아기 때부터 봐준 사람이어서 그런가, 김천댁에게는 가끔 이런 편한 농담도 하곤 했다. 김천댁이 심상한 눈길로 쳐다보다가 빙그레 웃었다.

"어, 그런가 보다. 내가 맺어 줄까?"

경호는 정은보다 일곱 살인가 연하였다. 하긴 내가 저 집안 다 먹여 살렸으니 사다 주는 거겠지. 어찌 됐든 이런 거 챙겨 줄 때마다 경호에게 마음이 자꾸 끌리는 기분이다.

"좋죠. 나 다정한 남자 좋아하는데. 나 먹고 싶어 하는 거 챙겨 주고, 나만 사랑해 줄 남자."

"어휴, 딱이네. 걔가 겉은 좀 **빡빡**한데 세상 다정해. 평생 너만 사랑해 줄 거다."

빡빡하기는 무슨. 보들보들, 바람기 많아 보이던데. 피식 웃음이 났다. 아들이라고 사기당하고 사나 보다.

"또 말이나 해 봐. 먹고 싶은 것."

"무지개떡, 라면, 딤섬. 아, 딤섬. 눈물 나."

조 전무가 홍콩에서 헬기로 공수해 줬지만 딱 반 접시만 먹고 눈물을 참으며 젓가락을 내려놓은 일이 벌써 몇 년 전이었다.

문득 '아.' 하고 소리를 낸 김천댁이 장식장 서랍을 열고 서류를 꺼내 왔다. 혜조의 비용 내역서겠거니 했다. 모두 정은이 결제해 주고 있어서 매번 김천댁이 조 전무에게 보내 주곤 했다.

"온 김에 가져가라고."

그런데 혜조의 비용 내역서가 아니었다. 내역이 다르고 더 길었다. 알면서도 정은은 표지를 넘기고 휘익 내용을 훑었다. 매일 밤 재무제표에 사업보고서 등을 보다가 잠드는 정은이었다. 돈과 관련된 것들은 세상 누구보다 감이 빨랐다. 문득 한 가지 항목에 정은의 시선이 멈췄다.

'지방세 대납 217만 5,467원. 납부일 9월 17일.'

9월 초에 내는 지방세, 대납. 재산세일 거고, 금액이 200만 원대. 재빠르게 계산을 끝낸 정은은 서류를 다시 김천댁에게 돌려주었다.

"이건 아버지 거예요. 엄마 거는 다른 폴더에 있을 텐데."

"아, 그러니?"

김천댁이 다른 서류를 찾아왔다. 정은이 TV 쪽으로 고개를 돌리자 김천댁이 말했다.

"이번 프로그램은 질문이나 설명이 참 체계적이야. 나 같은 무지랭이도 이해하기 쉽고."

그렇긴 하다. 약간 교과서적인 흐름이어서 그렇지 전반적으로 일목요연하고 목차도 잘 잡힌, 요즘 들어 가장 괜찮은 다큐멘터리였다. 아마도 질문지와 답변까지 다 수정해 줬을 거라고 짐작되는 이 일의 기획자는 바른 자세로 책상에 앉아 몇 번이고 원고를 검토했을 것이다. 나도 이제 저렇게 보고서를 작성해야 하나. 그런 생각에 정은의 입가에 시니컬한 웃음이 걸렸다.

"너무 범생이 같아요, 내용이. 시청률 꽝이었겠어요."

"신현이가 그럴 리가 있니. 이 계통 다큐멘터리로는 최고 시청률 찍었다드라."

뭐든 교과서대로, 시키는 대로 하고, 뭐든 1등. 여자도 1등 신붓감 고르겠네. 왜 그렇게밖에 살지 못하니. 너도 참 피곤한 인생이다.

"원래 잘났잖아요. 그래서 콧대도 높으시고."

비꼬는 어조로 중얼거리며 정은은 이번엔 분홍색을 집어 들었다. 불쾌한 기분을 이 아이로 달래야 했다. 이미 오늘 흡수할 칼로리를 넘치게 흡수해서 먹지는 못하고 재차 만지작거리기만 했다. 그래도 고급스럽고 예뻐서 갖고 있는 것만으로도 기분이 몽글몽글해졌다.

김천댁이 넌지시 질문했다.

"너희 부서 상사로 왔다고? 그 자리, 신현이가 가기엔, 음, 높은 자리 아닌가?"

의뭉스러운 목소리였다. 정은이 행한 인사인가, 그렇게 묻고 싶은 모양이었다.

"회장 눈에 띈 듯해요. 이제 앞날 트인 거죠."

김천댁이 '그렇구나. 그럼 그렇지.' 하며 반색했다.

"말주변 없고 낯가리는 애가, 사실 회사 일 하기 어디 쉬웠겠니. 그 성격에 또 악바리처럼 아등바등했겠지."

지금도 출근했을 것이다. 본부장은 일하고 팀장은 놀고. 다른 팀장들도 출근했다고 들었다. 혼자만 비어 있을 자신의 책상을 떠올리며 정은은 심술궂게 웃었다.

"아무튼 우리 신현이가 특출 난 게, 윤 사장님 눈썰미가 정확하긴 했어."

'수 · 과학 영재 후원 사업'은 윤 사장이 어린 조 전무를 지원하는 일이 그 시작이 되었지만, 나중엔 정은이 자금을 대며 그 뜻을 이어 나갔다. 어렸을 때부터 각종 경시대회나 시험에서 영재 두각을 나타내는 어려운 환경의 아이들을 지원했고, 결과적으로 의대에 합격하거나, 서울과 해외 주요 연구소에 입사해서 빛을 내고 있는 인재들도 꽤 많았다. 그런 거 보면 그중 가장 빼어났던 차신현은 사실 연구직으로 갔어야 했는데. 가끔 공부 대신 성공을 택한 신현이 잘 이해되지 않는다.

눈 좀 붙이기 위해 정은은 근처에서 안대를 챙겼다. 소파에 길게 몸을 뻗으며 조용히, 참았던 말을 꺼냈다.

"어젠 반포동 다녀오셨겠어요."

주에 두 번꼴로 김천댁은 신현의 집안일을 해 줬다. 입맛에 맞아서라고 신현은 말했다지만, 경호 유학비에 고생하는 김천댁 내외에게 경제적인 도움을 주기 위해서라는 걸 김천댁도 잘 안다. 그리고 정은이 이렇게 말하면, 신현에 관한 사소한 소식들을 전해 주곤 했다. 조 전무가 미처 조사하지 못하는 것들. 아침은 뭘 먹는지, 운동은 언제 하는지, 어디가 아픈지 등등.

"아, 요즘엔, 내가 바쁜 일이 있어서. 그래도 지난주에도, 지지난 주에도 두 번, 윤기 것까지 반찬 갖다 주고 아침도, 음, 차려 주고."

뭔가 생각난 듯 혼자 당황하며 머뭇거리자 정은이 김천댁을 흘낏했다. 곤란한 눈을 피하는 모습에 온몸의 신경이 곤두섰다. 차신현에 관련해선 촉이 빠른 게 문제라면 문제였다.

누군가가 감추고 있는 게 무언지 궁금하면 불시에, 아무렇지 않게 정곡을 찔러야 했다.

"왜요? 그 집에 여자 드나들어요?"

귀신을 봐도 그렇게 놀랄까. 김천댁이 눈을 크게 뜨고 바로 고개를 저었다.

"무슨 소리를. 걔가 어디 그럴 애야?"

칫솔, 화장품, 침대 시트, 휴지통, 욕실 배수구에 걸릴 머리카락. 정기적으로 드나드는 여자가 있다면 김천댁이 모를 수가 없었다.

"한창때인데 없는 게 비정상이죠. 요즘 남녀들, 다 그렇게 살아요."

연애하는 여자가 없는 건 알고 있었다. 하지만 섹스는 다른 문제였다. 얌전하고 단정한 척 위장하며 살지만, 침대에선 불같은 남자였다. 쌓이는 욕구를 참고만 살기엔 여자 꼬이기 참 쉬운 외모와 능력을 갖고 있었다. 정은하고도 몰래 섹스만 했던 것처럼 다른 여자들하고도 충분히 그러고 살았을 것이다. 그 남자만큼은 깨끗하다 믿을 정도로 정은은 천진난만하지 않았다.

요즘엔 어떤 여자를 안고 사나……. 후보 군에 있는 여자는 알고 있지만.

다시금 속이 쓰리고, 모르는 게 낫다 싶으면서도 한편으론 죽을 만큼 궁금해진다.

"연말이라 그런지 술자리 많아서. 술은 냄새도 못 맡는 애가, 맨날 빈속에 약 먹고 출근하더라."

시선을 피하며 김천댁은 괜히 화제를 돌렸다.

"그러다 또 위염 도지면 어쩌려고."

의심스럽게 계속 꿍얼거리는 김천댁의 얼굴을 정은은 다시 한번 살폈다. 불안하지만, 차신현 문제는 자신이 지나치게 과민한 것도 사실이었다. 적극적으로 나가겠다던 태희의 말을 떨칠 수 없어 그런 것일 테다.

어쩌겠어. 지금 여자가 있든 없든 어차피 정은이 끼고 살지는 못할 남자였다. 정은은 안대를 끼고 소파에 누웠다. 하루하루 포기하는 방법을 배워야 했다.

"저 과자나 집에 가져가. 남은 거 다."

"네."

아예 빨리 다른 여자가 생겼으면 좋겠다는 바람도 들었다. 꼭 끌어안고 살아야 내 사람인가. 다시 손에 쥘 순 없어도, 영원히 내 소유라고 생각한다. 결혼해서 애 낳고 행복하게 사는 모습을 보면 차라리 다 늙은 기분으로 포기할 것도 같았다.

누운 채로 정은은 느른한 눈을 감았다. 생각만 해도 신나네. 그럼 나는 이 지겨운 회사도 그만두고 하루 종일 달달한 음식만 먹어야지.

그렇게 되면 뚱뚱해져서, 아예 영원히 네 근처에 가지도 못할 것 같고……

몸이 소파 밑으로 한없이 가라앉는 느낌. 정은은 그렇게 잠에 빠져들었다.

윤혜조 이사장이 베이징에 있다고 들었다.

전화로 지시받는 일은 여러 번 수행했지만 마주치는 건 역시 떳떳한 마음으로 할 수 없었다. 하여 민희는 방송이 끝났는데도 한 이틀 서울에 있는 자신의 아파트에 머물 예정이었다.

지금 민희는 어느 정도 떨어진 거리에서 아이를 관찰하고 있었다. 정확히는 아이의 다리를 보는 중이었다. 아이는 혼자 미끄럼틀에 오르고 있었다. 한 발 두 발 올라가다가 역시 또르르 굴러 매트 위로 떨어졌다. 또 실패했다. 아이가 으앙, 울음을 터뜨렸다.

곁에 있던 유모가 달려가 아이를 안아 주었다.

"괜찮아."

아이는 계속 울음을 터뜨리며 유모에게 안겨 들었다. 눈물이 그렁그렁해져서는 유모의 가슴에 머리를 비볐다. 어눌한 말로 실패를 말하는 아이를 유모가 다독였다.

"괜찮아. 다시 하면 되지."

아이의 울음이 잦아들었다. 민희는 여전히 시선을 못 뗀 채였다.

유모가 다시 한번 민희에게 말했다.

"박사님, 애 발달이 너무 늦은 것 아닐까요? 애 친구들은 다들 잘 뛰고 말도 잘하는데."

유모는 계속 아이의 등을 반복적으로 쓸어내렸다. 아이가 유모의 가슴에 머리를 비비고 있었다.

"괜찮아요. 조금 더 지켜보죠."

시간이 지날수록 울음은 잦아들었고, 아이는 또 다른 도전을 위해 주변을 두리번거리기 시작했다. 어차피 또 실패할 테지만.

병원을 찾아갈 순 없었다. 주변 아는 의사들과도 의논할 수 없었다. 민희는 휴대폰을 응시했다. 윤기. 그 이름을 떠올리다가 민희는 고개를 저었다. 그 정도 양심은 있었다. 그다음으로 떠오르는 이름은 역시 신현이었다. 하지만 몇 번을 걸어도 신현은 전화를 받지 않았다.

'인생 똑바로 살 수 없어?'

싸늘하게 후려치던 말이 귓가에 울렸다. 이번 방송 일도 그녀와 연락을 해서 진행하면 훨씬 수월했으련만 원고만 전달한 것으로 끝이었다.

언제까지 이러려나. 민희는 가늠해 보았다.

한 번 더 연락을 해 볼까? 집 앞에 찾아가 볼까? 현일바이오 사업개발 본부장으로 부임했다는 기사를 본 게 얼마 전이었다. 분명 그녀의 도움이 필요할 일이 생길 것이다. 아쉬워지면 혹시 내 말을 들어주지 않을까.

12월 1일, 신현이 정식으로 출근하는 날 아침이었다.

팀장석에 앉은 채 정은은 무심한 눈길로 본부장실을 바라보았다. 주말 동안 신현의 짐이 다 들어왔는지 본부장실은 사뭇 다른 분위기였다.

8시 반. 그런데 비서도 아직 도착 안 했고, 본부장실은 아무도 없이 비어 있었다. 상은은 비서인데도 불구하고 원래 늦게 출근하고, 신현은 현재 기조실장실에 있다고 조 전무가 보고했다. 아마 부임 인사 중일 것이다.

새 본부장을 기다리며 직원들은 모두 긴장한 분위기였다. 여기에 앉아 있으면 자신도 기다리는 직원 중 하나처럼 느껴져서 마음에 들지 않았다. 자리에서 일어선 정은은 천천히 사무실을 나섰다. 직원들의 시선을 등 뒤로 받으며 비상계단으로 향했다. 9층 대표이사실 옆에 붙어 있는 자신의 사무실에 간다는 핑계였다.

어차피 한 층만 올라가면 되니까 엘리베이터 대신 비상계단을 이용할 생각이었다. 무거운 비상구의 문을 열어젖혔다. 주광색의 등이 켜진 계단을 한 걸음 한 걸음 별생각 없이 올랐다. 계단을 서너 개쯤 올랐을 때 문득 위에서 걸어 내려오는 묵직한 발걸음 소리가 들렸다.

정은이 고개를 들었다. 피한다고 했더니 오히려 마주쳤다. 심장이 두근, 박동했다.

비스듬히 난간 너머로 힐끗 내려다보다가 정은을 알아본 신현의 발걸음이 느려졌다. 먼저 인사를 해야 하나 정은은 망설였다. 조 전무가 진지하게 충고하기를, 회사라는 조직은 직책과 직위로 위아래가 결정되는 거라고 했다. 그래서 나이 마흔 넘은 자신도 정은 앞에선 고개를 숙인다고. 차 본부장 만나면 이제는 먼저 인사를 하셔야 하는 거라고.

진짜 그래 볼까. 그 인사 받을 때 그녀는 비위가 틀리던데, 이 사람도 그런 기분을 느끼게 하고 싶기도 했다. 그렇게 스쳐 지나 볼까, 아니면…….

거리가 가까워진다. 자신에게 꽂히는 시선이 느껴졌다. 정수리, 콧대, 입술, 그리고 얇은 실크 블라우스와 딱 붙는 그레이 스커트를 지나 다리까지 훑어 내리는 눈빛은 분명 차갑기만 한데, 왜 그 시선에 몸이 뜨거워지는지 알 수가 없었다.

몇 계단 떨어진 곳에서 정은은 걸음을 멈췄다.

"꽃이라도 뿌려 줄까?"

네가 내 꼭대기로 온 것은 속 쓰리지만, 꽃을 뿌려서라도 환영해 줄까? 앞뒤 말 다 빼고 말했는데도 어찌나 영리한지 잘도 알아들었다.

"고맙지만."

신현은 걸음을 멈춘 채 딱 그다운 답변을 했다.

"일이나 잘해 줬으면 좋겠는데."

낮고 무심한 목소리가 찬물처럼 느껴졌다. 네게 아무런 감정도 남아 있지 않으니, 그냥 공적인 관계로 주어진 일이나 서로

잘하자는 뜻이었다.

의미 없는 도발에는 말리는 법이 없는 남자다. 정은의 수를 빤히 읽고 그들의 현실을 짚곤 했다. 우린 끝난 사이라고.

그리고 정은은, 그런 꼿꼿함이 무너질 때까지 흔들고 또 흔드는 취미를 갖고 있었다.

"김 회장 발탁이라며. 여러모로 재주가 많네."

매끈한 미소를 지어 보이며 정은은 이어 말했다.

"아니면 같은, 재주인 건가."

조롱이기도 했지만 직접적으로 태희를 언급하지 않고, 그의 뜻을 묻는 거였다. 이 말이 사실인지, 그의 입을 통해 직접 답을 듣고 싶었다. 사람들 말대로 더 나은 조건을 두고도 태희 때문에 여기에 남은 건지.

물끄러미 쳐다보는 신현의 표정엔 변화가 없었다.

"……설명해야 하나?"

무신경한 대응에 슬슬 화가 치솟았다.

사실 도발에 잘 반응하지 않는 남자라면, 더 좋을 수도 있겠다. 그럼 맘껏, 될 때까지 도발해도 된다는 뜻이기도 하니까.

"그냥, 질투가 나서."

느릿하게 말하며 정은은 그에게 다가갔다.

정은의 힐 소리가 조용한 비상구를 울렸다. 신현이 서 있는 계단을 밟았을 때 정은은 걸음을 멈췄다. 서로의 숨소리가 들릴 만큼, 피부 결마저 다 보일 만큼 가까운 거리였다.

신현의 시선이 정은을 따라왔다. 정은이 그를 올려다보며 궁금하다는 표정을 지었다.

"이미 잤던 남자인데……, 난 왜 또 자고 싶지?"

무안해질 만큼 잠잠한 눈빛으로 정은을 바라본다.

역시 이 남자는 안 흔들리는 건가. 예전처럼 경멸하는 말로 물리쳤더라면 더 나을 것도 같은데. 고개를 한쪽으로 기울이며 정은은 잠시 망설였다.

아마도 지기 싫은 마음 때문이었을 것이다. 정은이 그의 뺨으로 손을 뻗은 것은.

관자놀이부터 귀까지의 살갗을, 정은의 손이 가볍게 감싸 안았다.

……따뜻하다.

단단하고, 또 부드럽다.

그렇게 오랜 시간이 지났는데도 손바닥 아래 그의 살갗 느낌이 너무나 익숙해서 놀라웠다. 그 손이 떨린 걸 신현이 느꼈는지 알 수 없다. 암갈색의 눈동자가 짙어지고 손바닥 밑으로 뺨이 움찔했다.

두려움을 감추며 정은은 손을 떨어뜨렸다.

"뭐가 묻은 것 같아서."

시선이 살갗을 찌를 것 같다. 놀리듯, 변명하듯 정은은 해사하게 웃었다.

"아닌가?"

정은이 여전히 웃는 얼굴로 그에게서 시선을 뗐다. 그리고 아무렇지 않게 계단을 올랐다. 등에 꽂히는 시선이 느껴졌으나 돌아보지 않고 느릿하게 걸었다.

　문을 열고 마침내 정은은 그 공간을 나섰다. 복도로 나섰지
만 이내 밭은 숨을 내쉬며 걸음을 멈췄다.

　얼굴에 열이 오르는 걸, 무릎이 떨리는 걸 그때 깨달았다.

카티 CAR-T

부임 후 출근길마다 김 회장의 지시가 그의 머릿속을 복잡하게 했다.

큰돈을 투자하겠노라 약속했고 그를 시험하겠다는 목적도 있으니, 김 회장은 수십 일 내에 사업 계획서를 들고 오라고 할 것이다.

첫 출근 당일부터 신현은 그 준비에 집중했다. 현일바이오가 향후 어떤 사업에 뛰어들어야 할지, 운전을 하면서도 밥을 먹으면서도 골똘히 연구했다. 수십 가지의 신약 개발안, 사업 개발안을 보고받았고, 계속 가지치기를 해서 결국 세 가지 가능성을 추려 냈다.

첫 번째, CMO*의 설립. 업계 공룡인 만큼 현일바이오는 제조 기술과 마케팅이 장점이다. 이미 현일 자체 내의 약품들만 계약해서 제조, 판매해도 일정 수익이 보장된다.

두 번째, 난치병이나 희귀병, 암에 대항하는 신약 개발. 투자 금액이 어마어마할 거고, 성공 확률은 희박했다. 하지만 언제까지 이 자리에 있을지 알 수 없으니, 생명공학도로서 가치 있는 일을 하고 싶다는 욕심이 큰 것은 사실이었다. 대기업인 현일이 나서야 제대로 될 일들. 표적 항암, 면역 항암, 카티. 늘 꿈꾸었던 것이 머리를 스쳤다. 연구 단계를 최소화하려면 역시 합병. 다수의 파이프라인을 확보한 회사나 이미 개발이 임박한 단계에 있는 해외 연구소의 흡수.

그리고 세 번째, 아직 다른 대기업이 도전하지 않은, 가장 트렌디하면서도 성공하면 블랙 잭처럼 가장 큰 수익이 보장되는 일.

윤리적으로는 선택하지 않는 게 맞겠지만……, 형욱의 연구.

그런 고민들로 바쁜 어느 날이었다. 회의에서 돌아오니 책상 위에 우편물과 노란색 전화 메모가 남겨져 있었다.

우편물 발송인은 'S바이오 인사팀'인데 '곽윤기'라고 갈겨 쓴 서명이 있다. 매주 얼굴을 보는 사이에, 이 사이코가 경쟁사로 군이 우편물을 보내온 이유는 엿 좀 먹어 보라는 뜻이다. 겉표

---

* 생산 대행업체

지에 '적성 검사 및 유전자 검사 결과 재중'이라고 쓰여 있다.

현일 입사 시에 적성 검사에서 거의 낙제점을 받은 터라, S바이오 적성 검사 결과가 상당히 궁금하긴 했다. 게다가 이번에는 윤기가 직접 그의 집까지 적성 검사 시험지를 들고 온 터라, 술에 취한 상태로 그 어려운 문제들을 풀었으니 진짜로 불합격 점수일 수도 있었다.

밀봉된 봉투를 뜯기 위해 페이퍼 나이프를 찾을 때였다. 마침 랩톱 옆에 붙은 노란색 포스트잇이 다시 눈에 들어왔다. 움직임이 멈칫했다.

뜯다 만 봉투를 한쪽으로 치워 두고 신현은 그 메모를 확인했다. 전화 메모인데 작성자 이름이 없다. 상은은 현일바이오 전입 교육을 받느라 자리를 비운 상태였다. 신현은 별것 없는 그 메모를 한참을 내려다보기만 했다.

인사 담당실. CHO 변××전무. 10시 23분 착신. 11시 20분 재발신 예정.

이 글씨를 마지막으로 본 게 몇 년 전이더라. 고2 크리스마스 때까지 받았던 카드 안의 글씨였다. 혼란스럽고 예민했던 10대 시절, 몸도 마음도 다 춥기만 했던 때에 받았던 카드들이었다.

나한텐, 아직도 한 줄이네.

서운한 마음에도 반가워서 피식 웃음이 나왔다. 포스트잇을 자리에서 떼고 그는 조심히 접어 지갑 사진 칸에 넣어 두었다. 생각날 때마다 꺼내 볼 수 있는 게 생겨서 기뻤다.

점심은 먹었을까. 다이어트한답시고 끼니를 거르는 날이 허다했다. 옷도 늘 얇게 입었다. 슬슬 감기 걸릴 시기인데 본인은 모를 테지.

유리 파티션 너머에서 김 과장이 들뜬 얼굴로 정은에게 무언가를 보고하고 있었다. 온종일 지쳐 있던 심장이 마치 가벼운 운동이라도 한 것처럼 펄떡이기 시작했다. 그의 인생에 어떤 마술 같은 일이 일어난 건지, 정말로 손을 뻗으면 닿을 곳에 정은이 있었다. 가끔 이 현실이 잘 믿기지 않았다.

김 과장의 말에 정은이 작은 머리를 갸웃했다. 탐탁지 않고 의심스럽다는 표정. 이런저런 대화가 오가던 중에 김 과장이 자리를 떴다.

정은의 느릿한 움직임을 신현은 차례대로 주시했다.

모니터 쪽으로 고개를 돌리고, 자판을 치다가 갸웃하고, 생각에 잠긴 채 손가락으로 입술을 톡톡 두드렸다. 화장에 감춰지지 않은 맨입술을 본 적이 언제였는지 이젠 아득하다.

저 입술을 빨고 삼키고…….

부드럽고 촉촉하고 뜨겁던, 정은을 이루는 모든 것들.

정은이 저렇게 의자에 앉아 있는 걸 볼 때면, 작은 엉덩이를 쥐고 몸을 밀어 넣을 때의 느낌이 자동적으로 떠오르곤 했다. 그 느낌이 지독히 선명해서 신현은 순간 타이의 매듭을 느슨하게 했다.

그렇게 한참을 물끄러미 바라보다가 신현은 다시 자리에 앉아 결재 서류로 손을 뻗었다.

가끔 이렇게 울컥하는 순간들이 있다. 강태준이랑 같은 사무실에 있는 꼴은 도저히 못 볼 것 같아 그 마음 하나로만 왔는데. 사람이란 참 간사해서.

'내가 화나는 건, 네가 사인을 안 해서가 아냐. 이 상등신! 왜 못 떠나냐는 거지.'

며칠 전 윤기가 가한 일침이 그의 귀를 시끄럽게 했다.

'네가 차인 거람서. 그 여잔 아주 당당하던데. 제길. 새꺄, 차라리 너도 똑같은 짓 하든가.'

그럴까. 못 참겠다는 핑계로, 다시 한번 혜조의 뒤통수를 쳐 볼까. 출생 때문이라면 어차피 평생 허락도 받지 못할 텐데. 앞에선 키워 줘 감사하다며 선물과 돈을 퍼 주고, 뒤에선 개 같은 놈이 되어 그 딸과 이 욕정만.

어차피 아무도 모를 텐데 그때처럼 그렇게 짧게 욕구만 풀어 볼까.

피씩 웃음이 나왔다. 그 결과가 너무 뻔해서였다. 평생 못 벗어날 죄책감은 차치하고, 두 번째 헤어짐은 대체 어떻게 버틴단 말인가. 항체도 생기지 않고 백신도 만들 수 없는 이 마음으로 말이다.

마른세수를 한 신현은 다시 책상 위에 놓인 결재 서류에 정신을 집중했다.

그러니까 이 현실이 지긋지긋해도, 나는 남자도 사람도 아닌 것처럼.

향기롭게 내 앞을 지나칠 때도, 장난처럼 유혹하며 날 한계까지 몰아붙일 때도.

아무것도 느끼지 않는 척, 흔들리지 않는 척……, 꾸역꾸역.

이번엔……, 끝까지. 끝의 끝까지.

김 과장이 정은에게 걸어왔다. 웃는 얼굴이 어딘가 모르게 들떠 있었다.

"식약처 담당자로부터 전화 왔습니다. 마지막 사전 상담한 내용으로 임상 신청서 올리라고요. 아니, 이렇게 쉽게, 금방 될 거였으면……."

얼떨떨하면서도 기쁜 얼굴이었다.

설마. 정은의 머릿속이 빠르게 회전하는 동안, 김 과장이 목소리를 죽이며 다시 물어 왔다.

"업무 보고하던 날, 본부장님이 담당 과장 이름 물어본 거랑 관련 있을까요?"

왜 정은이 기뻐하지 않는지 이해가 안 간다는 눈빛이었다. 자신의 짐작도, 김 과장의 짐작도 모두 허무맹랑해서였다. 정은이 의심스러운 눈길로 바라만 보자 김 과장이 본부장실을 흘낏하고는 추측을 이어 나갔다.

"그 담당 과장이 제가 알기론 본부장님 학과 선배예요. 원래 식약처 요직이 다 그 학교, 그 과 출신이잖아요."

"연배가 20년 가깝게 차이 나는데 어떻게 연줄로 해결해요?"

"그럴……까요?"

놔두면 정은이 직접 접대를 나가든 좀 시끄러워지더라도 그 담당자를 자르든, 결국 알아서 해결할 일이었다. 신현 입장에선 귀찮게 끼어들 이유가 전혀 없었다. 초면에 부탁 같은 것 절대 못 할 사람이 남에게 고개 숙이며 아쉬운 소리도 하고 밥도 사야 할 텐데.

"아무튼 해결됐다니 다행이네요."

심드렁한 반응에 김 과장이 계면쩍은 얼굴로 자리로 돌아갔다.

정은은 랩톱 자판에 손을 올렸다. 미심쩍으면 확인하면 된다. 메신저를 켜고 신현의 비서, 상은을 클릭했다.

[상은 씨, 혹시 요즘 본부장님이랑 식약처 전화 연결한 적 있어요?]

업무 중인지, 상은의 답변은 한참 뒤에 왔다.

[네. 근데 한 일주일 전이에요.]

진짜인가. 그럴 리가.

정은은 다시 키보드에 손을 올렸다.

[어느 부서였어요? 저희 업무인 것 같아서.]

[부서는 기억 안 나고, 전화 상대는 김훈 과장이었어요. 그냥 번호만 주셨고 직접 통화하셨어요.]

턱을 고인 채 정은은 신현이 왜 이렇게 처리했을까를 잠시 고민했다. 나 힘들까 봐 귀찮은 일을 자처할 사람은 아니고.

생각에 잠긴 채 손가락으로 톡톡 입술을 두드리다 문득 시선이 느껴져 고개를 돌렸다.

……아니네. 역시.

날 보고 있는 줄 알았는데.

피곤한지 두 손으로 얼굴을 문지르고는 올라온 결재 서류에 손을 뻗고 있다. 신현이 본부장단 회의에서 돌아온 건 조금 전이었다. 바빠서 정신없이 출근했는지, 흘러 내려온 머리가 어딘가 모르게 푸시시하다. 날이 빳빳이 선 와이셔츠와 넥타이에 앳된 얼굴이 묘한 대비를 이룬다.

여직원들이 오고 가며 쳐다보면서 오만 가지 상상을 했겠네. 정은은 불쾌하게 생각했다.

신현은 여자들에게 다소 무딘 남자이긴 했다. 상은을 대하는 딱딱한 태도만 봐도 느껴졌다. 여직원들 애 좀 태웠다고 하는데, 아마도 주변에 무심하고 일에만 열중하는 태도 때문이지 싶다. 아무리 근처를 얼쩡거리며 성적인 신호를 보내도 반응하는 법이 없어서 좀 순진한가 생각도 했는데, 정은이 확인한 바로는 오히려 반대였고.

문득 그 모습을 다시 보고 싶다는 충동이 들었다. 저 샤프하고 모범생 같은 얼굴이 아니라, 섹스에 탐닉해 깊어지던 눈동자, 명령조의 목소리, 짧막한 숨, 그리고…….

옛 기억에 몸이 달아올랐다. 결재 서류를 치우던 신현이 문득 고개를 들었다. 정은의 시선 때문이었을 것이다. 정확히는 야릇한 상상을 하며 훔쳐보다 들킨 꼴이었다.

그렇게 유리 파티션을 사이에 두고 정면으로 눈이 마주쳤다. 늘 먼저 피했던 건 저 남자였다. 이번에도 그러겠거니 했다.

차가운 색의 안경테가 실내의 불빛을 받아 빛났다. 시선이 이전과 다르게 느껴졌다. 손바닥에 땀이 찼다. 여전히 눈이 마주친 채였다.

여유 있게 웃어 주려 했는데.

그 시선의 온도 때문이었을까, 뺨에 열이 올랐다. 이해가 되지 않지만 이번엔 정은이 먼저 눈을 피했다.

조 전무는 대부분 차 안에서 정은의 퇴근을 기다렸고, 정은이 차에 오르면 그날의 주요 업무 등을 보고하곤 했다. 하지만 오늘은 정은의 집에서 보고를 하겠다고 했다. 수십 년을 봐 온 최 기사조차 신경 쓰일 일인 거라고 정은은 추측했다.

집에 도착하니 7시. 7시 반에는 운동이, 8시 반에는 피부 관리가 예약되어 있었다. 재킷을 벗어 도우미에게 건네는 동안 조 전무가 보고했다.

"지시하신 재산세 영수증 원본입니다."

정은이 영수증을 받아 내용을 확인했다. 납세의무자는 장민희, 과세물건은 강남구 R아파트 101동 1203호. 제법 비싼 아파트였다.

묘한 추측이 뇌리에 들어찼다.

"언제, 얼마에 매수한 거죠?"

드레스 룸으로 걸어가는 동안 조 전무가 뒤를 따르며 다른 서류를 건넸다.

"2017년 8월이니까, 3년이 좀 넘었습니다. 당시 매수가는 18억 정도였고, 현재는 가격이 많이 상승해서 호가가 27억 정도 합니다."

장민희의 부모는 평범한 부부 공무원이었다.

"등기는? 매수 금액은 누가 치렀어요?"

"소유자는 장민희 본인이고 매수 금액을 치른 사람은."

거기까지 말한 뒤 조 전무는 머뭇거렸다. 정은의 입가에 알 만하다는 미소가 걸렸다.

"아버지군요."

"네. 계약은 장민희 본인이 했으나 매수 이틀 전 신형욱 박사로부터 대금 증여가 있었습니다. 18억 전액입니다."

드레스 룸으로 들어서며 정은이 한마디 했다.

"인센티브치곤 크네요."

"뭐, 이사님이 제게 챙겨 주신 것들에 비하면 약소합니다."

그렇게 답했지만 조 전무도 단순한 인센티브가 아니라는 걸 짐작하고 있을 것이다.

"이게 내 부모랑 싸울 때 무기가 될지, 아니면 내 가족의 약점이 될지 고민해 봐야겠어요."

생각에 잠긴 정은이 상의를 탈의했다. 문을 닫아 주고 몸을 돌리던 조 전무의 얼굴이 살짝 붉어진 걸 정은은 눈치채지 못했다. 편한 옷을 찾아 입으며 정은은 드레스 룸 문 너머로 물었다.

"다음 안건은?"

"김 회장 쪽에서 차 본부장 뒷조사를 하는 것 같습니다. 이전 자료를 찾고 있는 눈치입니다."

머리를 묶던 손의 움직임이 멈칫했다. 독대를 하는 동안 역시 뭔가 눈치챈 건가.

"그건 계속해 온 일이잖아요."

조 전무를 시켜 예전 복지원에 있던 상위 교사들이나 직원들의 입은 모두 닫아 둔 터였으니 크게 걱정할 것은 없었다.

"알아낼 방법이 없습니다. 아무 힌트도 없고 증거는 모두 말소됐으니까요."

증거를 없애기 위해 연구소에 화재까지 낸 걸 보면 혜조는 참 치밀한 사람이었다. 정은은 혼자 메마른 웃음을 지었다.

운동실로 들어서자 트레이너가 그들을 보며 인사했다.

"닭가슴살 한 쪽 드셨고요, 표고로 만든 콩소메, 당근주스를 드셨습니다."

조 전무가 오늘 정은이 섭취한 음식을 알려 주는 동안, 매트 위에 앉은 정은은 우선 몸부터 풀었다.

"칼로리가 특별히 많은 게 아닌데, 요즘 몸무게가 늘었어요."

수첩에 받아 적던 트레이너가 잔소리를 했다. 뜨끔했다. 사실은 매일같이 훔쳐 먹고 있는 초콜릿이 문제였다.

"닭고기는 근육 만들려고 먹었어요."

정은의 변명에 트레이너의 얼굴이 엄격해졌다.

"에스트로겐 수치가 높아 어차피 근육 안 생기는 몸입니다. 괜히 살만 찔 겁니다."

트레이너가 정은의 다리 끝을 잡으며 조언했다.

"숨 들이쉬시고요. 네, 그렇게요."

정은이 다리를 더 길게 뻗었다. 오늘은 목도 아프고 유독 온몸이 뻐근했다. 움직일 때마다 통증이 느껴졌다.

"이러면 정말 다리가 길어지는 거예요?"

"인간의 몸은 무한한 가능성을 갖고 있습니다. 잘만 길들이면 하늘도 날 수 있을걸요?"

트레이너의 말에 정은은 거울을 보았다. 그러고 보면 다리가 길어진 것 같기도 했다. 동작을 끝낸 정은이 트레이너에게 부탁했다.

"물 좀 가져다주세요. 따뜻한 물."

동글동글, 코끝에 땀이 맺히는데도 등줄기가 서늘하게 느껴졌다. 편도가 부은 것도 같다. 트레이너가 자리를 뜨자 정면 거울 너머로 정은은 조 전무의 눈을 마주했다. 그리고 운동하는 동안 생각하던 걸 질문했다.

"차 교수는 아직 아무것도 모르는 것 확실하죠?"

한국대 의과 대학 차시영 교수.

"아무것도 짐작하지 못할 겁니다. 복지원에 한 번도 찾아가지 않은 걸 봐도요."

정은은 한 가지를 더 확인했다.

"건강 검진에서 유전자 검사는 다 뺀 것 확인했고요?"

유전자 치료 회사인 만큼 현일바이오는 모든 직원 입사 시에 유전자 검사를 무료로 해 주고 있었다.

"계열사 이동이고, 35세 미만이라는 핑계로 건강 검진 빼자고 했었고 인사 담당도 동의했었습니다. 실제 차 본부장 스케줄에 검진 내용 없었고요."

정은이 고개를 끄덕였다. 모든 곳을 완벽하게 틀어막았다.

그럼에도 자꾸만 불안해지는 이 마음은 뭔지 알 수가 없었다. 마치 어느 한곳이 툭 벌어져, 이 비밀이 물처럼 새어 나올 것만 같은 이 조마조마한 기분.

"신 팀장님, 본부장님 호출이요."

주변 직원들이 모두 놀란 얼굴로 흘끗거렸다. 부임 초기라 팀장들이 하루에도 수십 번씩 불려 가지만 정은만 열외였었다. 직원들 시선이 신경 쓰여서겠거니 했다.

'세월 좋아졌다. 차신현이 부르면 신정은은 재깍재깍 달려가야 하고.'

자리에서 일어나며 정은은 거울로 자신의 모습부터 확인했다. 어제부터 목이 더 아파 계속 뜨거운 물을 마셨더니 립스틱이 지워져 맨입술이 드러나 있었다. 립스틱을 찾아 꼼꼼하게 덧바르며 상은에게 물었다. 미리 대답을 준비하기 위해서였다.

"안건은?"

옷매무새까지 정리하는 정은을 상은이 물끄러미 쳐다봤다.

"모르겠어요. 그냥 서류 보고 계시던데요? 아, 아침에 식약처 자료 찾아 드리긴 했어요. 그 의약품 허가……."

식약처에서 발행한 〈의약품 품목 허가/심사 절차의 이해〉 자료다. 그럼 절차 관련 질문인가.

상은의 뒤를 따라 본부장실로 걸어가는 짧은 시간 동안, 혹시 실수한 게 있나 되짚어 봤다. 몸도 으스스하고 컨디션도 별로라 뭘 물어도 잘 대응할지 알 수 없었다.

이 세상 누구에게 깨져도 상관없는데 신현에게만큼은 깨지고 싶지 않았다. 한 번 더 깨지면 회사를 다 뒤엎을 것 같았다.

"본부장님, 신정은 팀장입니다."

상은이 문가에서 보고했고 정은은 본부장실로 들어섰다. 등 뒤로 문이 닫혔다.

신현은 책상 서랍을 열고 무언가를 찾고 있었다.

책상 위는 평소처럼 온갖 보고서와 서류들이 가득했다. 책상 위만 늘 저랬다. 궁금한 거 많아서 항상 바쁘고 어수선한. 그 많은 서류 중 신현은 세 개의 서류를 골라 차례대로 겹친 뒤 툭툭 책상 위에 부딪혀 모서리를 맞추었다.

이전 본부장은 자리에서 일어나서 정은에게 상석을 양보했었다. 신현은 일반 부하 직원을 대하듯 책상 앞 의자를 손짓했다.

"세 가지 질문이 있습니다."

자리에 앉자 안 그래도 짧은 스커트가 더 올라갔지만 정은은 습관처럼 한쪽 다리를 다른 쪽 다리 위에 겹쳤다.

"첫째, HI–202 동남아 허가 신청 내용. 추정 수요는 인도네

시아가 더 많은데 왜 베트남부터 신청했습니까?"

정은은 조용히, 다른 팀장들이 본부장을 대할 법한 태도로 입을 열었다.

"글로벌 임상 때 베트남 인원이 포함되어 있었습니다. 그런 경우, 해당 국가에서 승인이 이롭다는 장점이 있어서입니다. 베트남 승인받으면 인니 받을 때도 쉬워지고요."

고개를 끄덕이며 신현은 받아 적기만 했다. 맨 위의 서류가 다른 쪽으로 치워졌다.

"두 번째, 내가 원 부서에 있을 때 보고 받은 건데……. 그땐 대충 넘겼지만 지금은 알아 둬야 할 것 같아서."

질문을 하는 동안 손목시계가 불빛에 반짝였다. 혜조가 첫 취직 선물로 사 준, 평범한 시계인데 저걸 아직도 차고 있었다.

"HI-303 FDA 거절 사유가 자료 미비라고 되어 있습니다. 보완 사유가 자세히 뭡니까?"

'보완'이란 승인 거절을 뜻하는 업계 용어였다.

"제조 공정에 관련한 자료가 좀 더 상세해야 한다는 요구였습니다."

정은은 간략한 설명을 덧붙였다.

"유효성이나 안전성 같은 중대한 결함이 아닌 간단한 자료 보완인 만큼, 무난히 승인 날 겁니다."

그 내용도 받아 적으며 신현은 다시 질문을 했다.

"보통 재검토에 어느 정도 걸리죠?"

"3, 6개월 정도고, 내년 초 승인을 예상하고 있습니다."

"그다음 내부 계획은? 텍사스 공장 생산인가?"

신현은 중요한 질문을 가장 나중에 한다고 들었다. 얼마나 중요한 질문이기에 맨 나중일까 생각하며, 할 말을 다 준비한 뒤에서야 정은은 침착하게 대답했다.

"텍사스 공장이 준비가 안 될 시점이어서, 제천 1공장에서 미리 생산할 계획입니다."

신현이 만족한다는 듯 고개를 끄덕이고는 펜을 놓았다. 두 번째 서류도 치워지고 이제 마지막 서류가 그의 앞에 놓였다.

"사실 군이 호출까지 한 건 이것 때문인데. 이게 걸려서."

펜으로 톡톡 서류 끝을 두드리다가, 신현은 앞부분을 포함해서 두어 장 넘겼다. 슬쩍 비친 앞 페이지가 왠지 익숙해서 정은의 등 뒤로 소름이 돋았다.

"세 번째, HI-701 건. 카티."

저 보고서가 어떻게 남아 있을까. 조 전무가 정은의 지시로 만든 보고서였다. 김 회장이 깔끔히 거절한 내용이었으니 당연히 폐기되었을 거라고 예상했었다.

"……네."

역시 기조실 출신이네.

"왜 보류당했습니까?"

목이 말랐다. 산란한 감정을 누르며 정은은 우선 대답부터 했다.

"투자 금액이 커서입니다."

"얼마 정도로 예상하고 있는데?"

다 알고서도 질문한다. 대기업인 현일이 투자하기에도 만만치 않은 금액이었다.

그래도 개발해야 하는 약품이었다. 제약업계가 존재하는 단 하나의 이유는 인간의 아픔을 줄이기 위해서라는 게 외할아버지가 평생에 걸쳐 정은에게 세뇌시킨 내용이었고 유언이기도 했다. 남자 때문에 회사의 반을 팔아 치우는 넋 나간 짓을 저지르지 않았다면, 지금쯤 카티는 정은의 결정으로 개발 단계에 들어가고도 남았을 것이다.

곤란한 질문에, 정은은 도리어 천천히 대답했다.

"최소 2,000억입니다."

신현이 고개를 끄덕이곤 정정해 주었다.

"많게는 8,700억 원."

실제 예측으로는 그 정도나 되는구나.

신현이 보고서를 책상 위에 두었다. 용건이 모두 끝났는지 신현이 출구를 눈짓했다.

"됐습니다. 가서 업무 보세요."

딱 할 말만 하고 끝낸 셈이다. 정은이 움직이지 않자 '왜 안나가지?' 하는 눈빛으로 바라봤다.

침묵이 흐르고 시선이 마주쳤다. 저 남자에게 아쉬운 소리를 하기는 싫지만, 정은은 우선 주먹을 꼭 틀어쥐었다.

"제대로 뛰어들 곳은 현일바이오 외엔 없어요."

"금액은 많고 성공 확률은 희박하고. 글쎄."

시니컬한 어조다. 바로 뒤에 사장 보고가 있는 걸 정은도 알고 있었다. 신현이 손목시계를 내려다보며 무심한 어조로 질문했다.

"신 팀장 기안입니까?"

"네."

바쁘게 움직이던 도중에도 신현은 안경을 올리며, 잠깐 정은을 유심히 바라봤다.

"이 제안을 세 번이나 김 회장께 올렸던데. 맞습니까?"

"……네."

모두 거절당했다.

신현이 고개만 끄덕이고 다른 서류를 찾아 들었다. 왜 그렇게 카티 개발에 매달려 있는지 묻지도 않았다. 마음이 조급해졌다. 저 남자라면 김 회장을 설득시킬 수 있겠다는 계산이 떠올라서였다.

"이 기안 승인받아 주시면 부사장 승진시켜 줄게요."

그만큼 절박하기도 했고 그의 성질을 긁고 싶은 마음도 있었다. 회의에 들고 갈 서류를 챙기며 신현이 자리에서 일어났다. 접힌 셔츠 소매를 내리는 움직임이 약 오를 만큼 침착했다.

"글쎄, 나도 이젠 그럭저럭 먹고살 만해서."

건조하고 심심한 어조였다. 답답한 마음에 정은은 다리를 바꿔 꼬았다. 그의 시선이 흘끗 정은이 의자에 앉은 모습과 그 움직임에 스쳤다.

먹고살 만하다고? 그럼 대체 왜? 불현듯 저번에 대답을 듣지 못했다는 생각이 들었다. 정은이 아무렇지 않게, 불쑥 질문했다.

"이 자리 왜 지원했어요? 부하 직원으로 대주주에 회장 딸. 쉽지 않은 자리인데."

햇빛 때문인가, 그의 귀가 살짝 붉었다. 어딘가 당황한 눈치 같기도 했다.

"왜 힘들지? 대주주께 업무 지시도 할 수 있는 자리인데."

"내 비위 못 맞추면 언제든 해고당하겠죠. 그래도 이 자리가 좋아요?"

소매 단추를 잠그며 신현은 잠깐 정은을 지긋이 바라봤다. 무언가 생각하는 눈빛이다. 담담한 대답이 흘러나온 건 조금 후였다.

"응."

대답이 짧다. 그러니까 정은이 궁금한 건 그 이유였다. 신정은이 있는데도 불구하고 여기까지 찾아온 이유. 이번에는 꼭 들어야 했다. 저 사람 입으로 직접 들어야 그 사실을 받아들일 수 있을 거였다.

"대체 어떤 조건이 있어서? 회장 딸?"

시답잖다는 듯 웃은 신현이 책상 위에 접어 둔 넥타이를 들었다.

"그렇게 시간 많으면 진짜 인허가팀장으로 일 좀 해 봅시다. 제법 잘할 것 같은데."

정은이 눈을 가늘게 뜨고 바라보았지만 신현의 목소리는 진지했다.

"실제 실무자들이 어떻게 일을 처리하는지, 어떤 일로 힘들어하는지. 기본 OA도 좀 배워 두고."

얼굴에 발갛게 열이 올랐다. 교묘히 상황을 넘어가기 위해 정은의 성질을 건드린 걸 눈치 못 챘다. 그냥 이럴 줄 알았다는 생각만 했다. 정은이 엑셀, 파워포인트 못하는 거 눈치채고 한 번은 걸고넘어질 것을.

"자료의 수치나 표가 최소한 어떻게 만들어졌는지 알아야 의사 결정자의 해석도 쉬워지는 법이거든."

교과서부터 공부하라고 충고하던 때가 떠오른다. 돌이켜보면 약대에 합격했던 건 이 사람 덕이 컸다. 그럼에도 차신현 입에서 나온 말은, 진심으로 해 주는 조언이든 아니든 우선 반발심부터 생겼다.

거울을 보며 셔츠 깃 사이로 신현이 넥타이를 감았다. 늦었는지 손 움직임이 빨랐다. 관심이 벌써 딴 데 간 느낌이어서 기분이 별로였다.

"넥타이 내가 매 줄까?"

실내엔 실크 넥타이가 스치며 내는 소리만 규칙적으로 울렸다. 거울 너머로 건조한 시선과 마주쳤다.

"많이 경계하네. 넘어온다고 손해 볼 것도 없는데."

부지런히 매듭을 만들던 신현이 정은에게 시선을 둔 채로 차갑게 되물었다.

"같이 잘 남자가 그렇게 없어? 아니면 그냥, 도전 같은 건가?"

뛰는 심장을 감추기 위해 정은은 빙긋 웃었다. 받아치기라도 해 주니, 도리어 반가웠다.

"나쁠 것 없잖아. 부담 없고……, 뜨겁고."

"섹스뿐인 관계, 끝나면 남는 게 없어서."

"왜 남는 게 없어, 난 이제 해 줄 수 있는 게 많은데."

예전의 힘없던 정은이 아니었다. 돈, 승진, 권력. 이제 정은은 그의 손에 세상을 쥐어 줄 수 있었다. 못 알아들었을 리도 없을 텐데 매듭이 잘 만들어졌나, 손으로 매만져 확인하는 동안 정은을 바라보는 눈길이 한없이 쓸쓸했다.

"글쎄, 내가 원하는 건 다른 거라."

다른 거라.

나도, 내가 갖고 있는 것도 아니라는 뜻인가. 가슴이 잔잔히 가라앉았다. 대체 얼마나 대단한 걸 원한다는 거지.

무슨 말로 답해야 할지 떠오르지 않았다. 그냥 또 거절당했다는 생각만 들었다. 신현이 그런 정은을 두고 출입구로 향했다. 이런 대화는 그만 끝내자는 뜻이다. 그 문을 연 채로 정은을 기다리며 물었다.

"신 팀장, 식사했습니까?"

비참한 감정을 챙기며 정은도 자리에서 일어났다. 상황을 피하기 위해 부하 직원에게 예의상 묻는 질문이겠거니 했다. 굳이 이런 것까지 사실대로 말할 필요는 없었다.

바깥에 있던 상은이 이쪽으로 걸어오는 게 보였다.

"네, 먹었어요."

정은의 대답에 신현이 고개를 갸웃했다. 정은이 집무실을 나서자 신현이 직접 문을 닫아 주었다. 그런 신현의 움직임을 서서 지켜보던 상은에게 신현이 '사장실'이라며 목적지를 말한 후 덧붙였다.

"감기약 좀 사다 주죠."

상은이 신현의 얼굴을 살피곤 의아한 얼굴로 답했다.

"네? 아, 네. 저번에 드시던 거로 사 놓겠습니다."

집무실을 떠나던 신현이 '아니.'라고 답한 후 정은을 고갯짓 했다.

"나 말고. 신 팀장."

업무 지시를 하듯 냉정하고 무심한 어투였다.

저게 무슨 소리지? 말뜻을 알 수 없어 쳐다보는데 도리어 상은의 뺨이 붉어졌다. 표정을 지우고 정은은 자리로 돌아갔다.

내가 감기였구나. 책상에 선 채로, 혼자 깨달았다.

그게 그렇게 티 났던가. 그러고 보니 그러네.

후원자

김 회장은 아침을 먹고 있었다.

"태준이 신형욱 박사 쪽을 다시 접촉하려 한다고?"

"네. 수일 내에 찾을 거로 알고 있습니다."

얼마 전, 신 박사가 유방암 유발 유전자를 제거해 출생시킨 '제조 아기'로 전 세계를 술렁거리게 하고 있는 게 사실이었다.

신 박사의 연구에 대한 태준의 관심은 이해가 되었다. 윤리적인 문제를 잘 극복하고, 형욱의 연구를 사업으로 전환만 시킬 수 있다면 세계 경제의 판도를 바꿀 수 있었다. 그렇다면 태준의 성격상 그 딸 쪽과 손을 잡으려 했을 건데.

김 회장은 국 한 숟갈을 뜨며 지시했다.

"차 전무 서류 좀 다시 가져와 봐."

바로 찾아온 준용이 그 서류를 김 회장 앞에 놓고 한 장 한

장 넘겼다. 서너 장 넘기자 잘 정리된 표가 눈에 들어왔다.

"후원자라……."

차 전무 쪽 마음은, 감추려 하지 않고 담백하기만 해서 그 자리에서 확인했다. 문제는 반대쪽의 마음이었다. 화려하고 섬세한 꽃처럼만 생겨서는, 어떻게 저럴까 싶을 정도로 치밀하고 꾀가 많았다. 약점을 들키는 법도 없었다.

"차 전무 고2 때부터 교육비, 생활비, 특별 장학금까지, 수여자는 윤혜조로 되어 있지만 신 이사 계좌에서 집행된 건 맞습니다. 차 전무가 특별히 수혜를 많이 받긴 했는데, 가장 뛰어난 인재였던 것도 맞으니까요. 윤 사장이 조 전무를 그렇게 키웠으니 보고 배운 듯합니다."

조 전무도 전국에서 다섯 손가락 안에 꼽힐 만큼 똑똑했다고 들었다. 윤 사장이 그런 그를 발굴해 물심양면으로 지원하며 유학까지 보내고 큰 인재가 되도록 뒷바라지를 했으나 조 전무가 날개를 접고 윤 사장 곁에 남았다고 했다. 지금은 윤 사장 손녀 곁을 지키고 있다고.

"유학 자금이 다소 과도하지만 그건 윤 사장 계좌에서 지급됐고, 설령 신 이사가 차 전무에게 마음이 있다고 해도……."

윤 사장은 그때 임종 직전이었고 그즈음 윤 사장 자금 집행은 다 신정은이 했다고 들었다. 결국 이 또한 신정은 주머니에서 나온 돈이다.

"해도?"

"남녀 관계에서 중요한 건 남자 쪽 마음이니까요. 차 전무가 쉬이 흔들릴 스타일도 아닌 듯 보이고."

신중한 차 전무가 복집에서 공개적으로 태희와 밥을 먹은 사건 때문인지, 박 전무는 아직도 차 전무를 현일에 남긴 게 태희라고 믿는 듯했다. 뭐가 됐든 박 전무가 사람 보는 눈썰미 하나는 정확했다. 흔들릴 스타일은 아니라는 것.

"그렇게까지 사위로 들이시고 싶으신 겁니까?"

김 회장이 짧은 한숨을 내쉬었다.

"우선 태희가 포기 못 하는 게 영 걸리고. 혹시라도 신정은에게 빼앗기기라도 하면, 내 아들에게 그만한 위협이 있을까 싶어서."

김 회장이 국을 한 숟갈 더 떴다. 그리고 결론을 내렸다.

"그런 인재를 적으로 만드느니, 내 집에 들이는 게 낫지."

고개를 끄덕인 박 전무가 보고서를 다음 장으로 넘겼다. 출생 신고서였다. 신고자 이름과 날짜에 김 회장의 시선이 한참 머물렀다. 목에 가시라도 박힌 듯 찜찜했다. 그렇다고 혹여 거대한 무언가가 튀어나올까 봐, 들춰낼 수도 없었다.

서류에서 신경을 돌리며 김 회장은 다른 지시를 했다.

"신정은 자산 좀 구경해 보자."

"네."

"흐름 다 조사해 봐. 현금 거래까지 탈탈 털어서. 돈이라는 건 원래 자기가 갖고 싶은 데에 쓰이는 거라."

대한민국에서 가장 현금 보유액이 많다는 소문이 있었다. 수십 개의 건물을 관리하는 회사도 따로 있다고. 얼마 전 생뚱맞게 법무 법인을 인수했는데, 그 이유가 자신이 짐작하는, 이 말도 안 되는 이유가 맞는지 궁금했다.

"네."

보리차를 한 모금 마시며 김 회장은 가볍게 미소를 지었다.

"걔가 어떻게 돈을 벌었을지는 대충 짐작이 가는데. 어디다 썼는지는 참 궁금해. 어떤 취미가 있는지."

잊을 만하면 연락을 해 오던 태준이 만나자는 제안을 한 건 어제저녁이었다. 정은에 대한 관심이라기보다 여러 가지 요인이 있겠거니 했다. 정은의 경제적 가치가 높아졌거나, 다른 목적이 생겼을 거라고 짐작했다. 정은이 그 자리에 나가기로 한 건, 혹시라도 신현이 카티를 진행할 때를 대비해 미리 태준을 설득해 놔야 한다는 계산에서였다.

저녁을 먹기 전, 둘은 시내 미술관으로 향했다. 수행 비서가 사 온 커피를 태준이 건넸다. 그 커피를 든 채로 둘은 같이 걸으며 그림을 감상했다. 흘낏거리는 시선은 많았지만 기자는 없는 눈치였다.

미술관이 지루하다고 했던 태준은 정은이 이런저런 설명을 해 주자 제법 흥미롭게 들었다.

"조퇴한 거야, 아님 열외야?"

만난 시각이 오후 5시이긴 했다.

"본부장 성질 좀 건드릴 수 있을까 해서요."

내가 일찍 퇴근한 걸 알기나 할까.

"차 본부장의 조직 관리가 허술한 건 아니고?"

"근태보다 능력을 우선하는 조직이라고 해 두죠."

태준이 눈썹을 들며 정은을 훑었다.

"오늘, 예쁘네."

정은은 그림을 바라보며 고맙다는 뜻으로 대충 고개만 끄덕였다. 사실 감기 기운에 얇은 옷까지 입었더니 오들오들 떨렸다.

오랜만에 산 원피스였다. 태준을 만나기 위해서라고 핑계를 대며 오늘 옷장에서 꺼냈다. 아침에 신현과 눈이 마주친 건 그가 조찬 회의를 다녀오고 나서 집무실로 들어서던 때였다. 문을 열고 들어서기 전, 힐끗 시선이 닿았지만 그뿐이었다. 사실 내일은 임상팀 보고였다. 태희가 입고 올 옷보다 훨씬 예뻐야 하는데, 그렇게 옷을 고르던 유치한 정은을 마치 비웃는 것처럼.

그림을 다 둘러보고 한 시간쯤 지났을 때, 정은의 휴대폰이 짧게 울렸다. 회사 포털로 '신 팀장'으로 시작하는 이메일이 도착했다는 알림이었다. 정은을 그렇게 부를 사람은 이 세상에 한 명뿐이다. 역시 발신자는 차신현.

'카티 관련, 해외 승인 현황 부탁합니다.' 그리고 이메일 하단에는 이름과 직책뿐. 아무리 살펴도 개인적인 인사말이나 내용은 일절 없었다. 참 일관성 있게 꼿꼿하기도 하시지. 괜히 억울하고 반발심이 드는 요즘이다.

"옆 호텔 예약해 뒀어요."

목소리가 살짝 갈라져 나왔다. 태준이 눈매를 살짝 모으면서 차갑게 대답했다.

"유혹하는 건가? 난 오늘 준비가 안 돼서."

약 기운에 좀 피곤했다. 어깨를 으쓱한 정은은 무미건조한 어조로 답변했다.

"35층 프렌치 레스토랑에요."

태준이 고개를 끄덕이며 침착하게 대답했다.

"내 말은, 그러니까, 저녁 먹을 준비가 안 되어 있다고."

상은은 차 본부장의 저녁을 챙기고 있었다.

요즘 수시로 불려 다니는 터라, 신현은 거의 저녁을 못 챙겨 먹었고 상은이 매일 저녁 샌드위치를 대령해 주고 있었다. 커팅된 아보카도샌드위치를 접시 위에 올리고 있는데 마침 신현이 사무실로 들어섰다. 사무실을 휙 둘러보고 집무실로 들어서는 그 뒤를 상은이 졸졸 따라갔다.

책상에 보고 자료를 내려놓던 신현이 물었다.

"신 팀장은 퇴근했습니까?"

또 물어보시네. 책상에 샌드위치를 예쁘게 배열하며 대답했다.

"네. 일찍 퇴근하셨어요. 오늘은 개인적인 용무라고."

대외 회의 등으로 자리를 비워야 할 때마다, 정은은 상은에게는 말해 두는 편이었다. 본부장이 찾을 때를 대비해 알아 두라는 뜻으로 상은은 이해하고 있었다.

생수병을 들고 꿀꺽 한 모금 마시며 신현이 되물었다.

"상태는 어때 보였어요? 내 말은, 목소리."

목소리? 이 엉뚱한 소리는 뭐지. 오늘은 무작정 예쁘기만 하던데. 아, 맞다. 감기약 사다 줬었지.

원래도 탁월한 신 팀장이지만 오늘은 유독 화사하고 예뻤다. 오피스 룩만 고수하다가, 옅은 그린 원피스를 입고 출근해서 직원들 모두가 한 번씩 쳐다보며 지나갔다. 사무실에 꽃이 핀 느낌이었다.

"괜찮아 보였는데. 급한 일 있으세요? 호출할까요?"

"아, 아닙니다. 그냥⋯⋯."

어깨 근육이 다시 아픈지 한쪽을 주무르며 신현이 이어 말했다.

"웬일로 일찍 퇴근했는지 궁금해서."

"㈜현일 쪽 차량 타고 퇴근하시는 것 봤어요. 샌드위치 사다가요."

어깨를 주무르던 신현의 움직임이 멈칫했다. 순식간에 얼굴빛이 쌩하니 차가워졌다.

당황한 상은은 떨떠름한 얼굴로 이어 대답했다.

"전무급 차량이었어요. 그냥, 어, 회사 차량이요."

여전히 딱딱한 얼굴로, 그 정도면 됐다는 듯 신현이 고개를 끄덕였다.

"알겠습니다."

그 대답에 눈치 빠른 상은은 바로 고개를 꾸벅한 뒤 집무실을 나왔다.

사람들의 시선 때문에 룸을 예약해 놓은 상태였다.

식사는 한 시간 정도 걸렸다. 식사 중 화제는 주로 형욱의 연구에 대해서였다. 근래 형욱의 '제조 아기'가 전 세계적인 스포트라이트를 받고 있으니 사업가인 태준이 혹할 만했다. 태준과의 대화는 대부분 사업 관련이었지만 그럭저럭 유쾌했다.

호텔 입구에 태준의 기사가 기다리고 있었다. 차에 타기 전, 등을 감싸는 손길에 잠시 예민해졌지만 가만히 있었다. 한남동에 가까워질 무렵 태준이 요즘 바이오 주가 움직임에 대한 화제를 꺼냈다. 올해 하반기는 증시 자체가 활황이어서 바이오 주식 전체가 오르기도 했으나, 화장품 사업본부를 분리한다는 발표에 코스닥 대장주인 현일바이오는 천장을 모르고 가격이 치솟은 터였다.

"더 부자가 됐네, 신 이사."

공교롭게도 신현이 정은의 주머니에 몇천억을 꽂아 준 셈이 됐다. 화장품을 분리하면 주가가 내릴 줄 알았는데, 애널리스트들과 신현이 생각하는 방향은 어딘가 같은 모양이었다.

지금쯤 태준은 계산하고 있을 것이다. 아무리 생각해도 현일바이오와 슈퍼 진까지 쥐고 있는 정은만큼, 한국에 괜찮은 혼처는 없다는 사실을. 강태준에게 정은의 가치가 높아진 시기라면 지금은 그 가치를 이용하면 된다.

정은이 넌지시 물었다.

"카티 개발하겠다는 안건 올라오면 어떻게 하실 거예요?"

태준이 카티가 정확히 무언지 되새김하는 눈치였다.

"면역 항암제, 뭐 그런 건가? 키메라인가, 그런 단어에서 나왔다는?"

살짝 웃으며 정은은 애매하게 고개를 끄덕였다. 어떤 어려운 용어를 언급해도, 그보다 더 트렌디한 개념으로 답변을 해 오는 남자가 머릿속을 스쳤다.

"예상 투자액이 어느 정도지?"

태준은 우선 금액부터 질문했다.

"최소 2,000억 원이요. 많게는 8,700억."

태준이 낮게 휘파람을 불었다. 태준의 표정을 면밀히 살피는 동안 침묵이 흘렀다.

"세네. 난, 승인 안 하지."

예상했던 답변이었다.

"해야 한다는 사명감, 그런 건 없어요?"

"없어. 난 경영자이고 주주야. 회장님도 당연히 반대하실 거고."

"해야 한다면, 설득해야죠. 그게 경영자 아닌가요."

"투자 금액은 터무니없이 높고, 이미 핫한 시장이고. 설득할 논리가 없어."

차가 한남동 정은의 빌라 입구에 가까워졌다.

"차 본부장 기안으로 올라올 건가? 그렇다면 난 더더욱 손들어 줄 생각 없고."

무작정 설득하는 대신 정은은 우선 휴대폰으로 출입구의 보안을 해제했다. 태준이 정은을 흘낏하며 덧붙였다.

"네가 내 사람이 되면 생각해 보지."

정은은 오늘 식사 중 오갔던 대화를 떠올려 봤다. 형욱의 사업. 그러고 보니 요즘 더 적극적이 된 이유가 이거였나. 그 사업에 참여할 자금이 만만치 않으니, 혼테크로 슈퍼 진의 주식을 움켜쥘 생각을 하나 보다.

"베이징 사업에 발을 담그고 싶어요?"

"참모진들이 가장 유망한 사업이라고 앞다투어 말하니까."

피식 웃음이 나올 정도로 솔직하고 거리낌이 없었다. 정은도 이런 사람들과의 만남을 더 선호하긴 했다. 이해관계로만 대해도 죄책감을 가지지 않아도 되니까.

눈빛 하나 변하지 않고 정은은 딱 부러지게 말했다.

"카티 힘 실어 주세요. 그럼 슈퍼 진 주식 정리할 때 강 전무님을 최우선 대상자로 고려할 테니."

"인간을 질병에서 자유롭게 한다. 뭐, 그런 거창한 이야길 할 거라면……."

"외할아버지 숙원 사업이에요. 면역을 이용한 암 정복. 그분 덕에 명품 휘감고 살았으니 전 약속을 지킬 뿐이고."

자신의 뺨을 쓰다듬으며 태준은 기억을 더듬었다. 그의 미간에 얕은 주름이 섰다.

"간암으로 돌아가셨지. 미안, 잊고 있었어."

"병원 투자까지 할 예정이에요. 제 피 같은 돈 털어서. 전무님은 그냥 손만 들어 주면 되고요."

"숙연해지네. 하면 네가 직접 기안하든가."

"논리적으로 설득할 능력이 없어요. 이 정도 사안은 본부장단에서 나서야 말도 먹히고. 차신현은 제 페르소나인 거죠."

"아, 그 잘난 본부장."

태준의 입에서 바람 빠지는 듯한 웃음소리가 흘러나왔다. 정은이 정면을 응시한 채 물었다.

"왜 그렇게 차 본부장 이야기만 나오면 예민해요?"

"아무래도 내 정적이 될 것 같아서. 여러모로 질투도 나고. 사실 나보다……, 잘생겼잖아."

한숨 섞인 우울한 대답에 돌연 웃음이 터져 나왔다. 강태준은 어린애 같은 매력이 있다. 감정적인 면에 무뎌 굉장히 차갑고 한편으론 앳되달까.

"나눠 먹을 파이를 크게 만들 사람이에요, 차신현은."

"내가 원하는 건 돈이 아니라 권력이야. 크든 작든 그 파이, 나 혼자 다 먹고 싶다고."

"오너는 강 전무님이에요. 차 본부장이 대표가 된다 해도 기껏해야 전무님의 대리인이 되는 것뿐이고요."

바로 답변하는 대신 태준은 잠시 생각에 잠겨 있었다. 굳은 입매가 심상치 않았다. 정은이 묻는 눈길로 쳐다보자 태준은 삐딱한 어조로 답변했다.

"글쎄. 곧 삼성동 현관을 넘으실 것 같아서."

가슴에 찬 바람이 불었다. 현일에서 말하는 삼성동은 김 회장 자택을 뜻했다. 태준이 그간 알게 된 내용을 전달했다.

"태희, 차 본부장 집에서 자고 나왔다는데."

차창 밖으로 시선을 돌리며 정은은 무릎 위에 놓인 클러치 백을 꼭 그러쥐었다. 살피는 눈길이 느껴졌다.

"진전이 많았네요. 남녀는 원래……, 한순간이니까."

"술 취한 차 본부장 따라 들어갔다가 아침에 나왔다지. 경호원도 붙였는데 나 원, 그 집 도우미까지 마주쳤다나."

당황스러워하던 김천댁의 모습이 정은의 뇌리를 스쳤다. 태준이 어깨를 으쓱했다.

"태희, 요즘 애 같지 않게 단정한 애거든. 반면 차 본부장은 슬슬 승부수를 띄울 때고."

"승부수를 띄운 건, 오히려 태희죠."

저도 모르게 멍한 어조가 흘러나왔다. 심장 주변이 뜨끈해서 정신을 차리기 어려웠다. 그냥 그 집에 있다가 아침에 나왔다는 거니까, 잤다는 뜻은 아니었다. 아닌가, 그래서 그렇게 쉽게 내 제안을 거절할 수 있었던 건가.

어찌 됐든 상관없다고, 빠르게 마음을 정리하려던 때였다.

"이상하지. 난 차신현을 떠올리면 오히려 네가 연상되더라고."

강태준은 가끔 놀랄 정도로 예리한 면이 있다.

"차신현이 널 건드리지 않은 게 이해가 되지 않았어."

차가 주차장 내, 정은의 동 앞에 섰다. 정은은 신경질적인 웃음을 터뜨렸다.

"80년대 말투예요. 누가 누굴 건드려요."

목소리 끝이 살짝 떨리는 걸 태준이 눈치챘을까 궁금했다. 차 문이 열렸다. 내리려던 정은의 손목을 잡은 태준은 단도직

입적으로 물어 왔다.

"잘난 남자라며. 넌 차 본부장 마음에 둔 적 없어?"

정은이 뒤돌아보았고 집요한 시선과 마주쳤다. 정은은 가벼운 어조로 답했다.

"몇 번 유혹했어요. 안 넘어왔고요."

여전히 손목이 잡혀 있었다. 팽팽한 긴장 속에서도, 정은은 고요한 눈길로 태준을 마주 보았다.

"그놈이 널 쳐다보는 게 심상치 않았어."

정은이 어깨를 으쓱했다.

"싫다고 대놓고 말하던데요. 날 거절한 유일한 남자이긴 했어요."

태준이 정은을 뚫어지게 바라봤다. 마치 사실인지 확인하는 것처럼. 상대를 확신시키듯 정은이 엷은 미소를 지었다.

천천히 고개를 끄덕인 태준은 오랫동안 정은의 눈을 바라본 뒤, 팔을 놓아주었다.

공동 현관의 문이 열리자 정은은 뒤를 돌았다. 태준이 차창을 내리곤 손을 들어 보였다. 눈으로 인사를 한 뒤 정은은 엘리베이터에 올랐다.

엘리베이터는 위잉 소리를 내며 느리게 올라가 정은의 집에 닿았다. 조용한 복도에 정은의 구두 소리와 문 열리는 소리가 들렸다.

현관을 들어서자 센서 등이 켜졌다. 도우미가 나와 정은을 맞으며 인사했다.

"오셨어요, 이사님."

"감기약 준비해 주시고, 먼저 주무세요."

"네."

도우미가 클러치 백만 받고는 인사를 한 뒤 사라졌다.

혼자 남은 정은은 한동안 움직이지 못하고 서 있기만 했다. 얼마 지나지 않아 현관의 센서 등이 꺼졌다. 주변은 컴컴하고 집 안에서 들리는 가전제품의 소음이 공기를 채웠다.

'태희, 차 본부장 집에서 자고 나왔다는데.'

머릿속에서 계속 태준의 목소리가 울렸다. 실소를 흘리다가 정은은 억지로 몸을 움직였다.

집 안으로 들어와 불도 켜지 않은 채, 정은은 재킷을 벗어 아무 데나 걸쳐 두었다. 도우미가 준비해 놓은 약을 종류대로 입에 넣고 물과 함께 삼켰다.

잠시 소파에 앉는다는 게 길게 누워 버렸다. 밤이 되니 감기 기운이 밀려왔다. 몸을 뒤척이다가 정은은 눈을 감았다. 화장을 지우기는커녕 옷을 벗을 기운조차 없었다.

내일은 임상팀의 업무 보고가 있었다. 태희가 어떤 옷을 입어야 하냐며 몇 개의 사진을 보내왔기에, 차신현 취향에 동떨어진 것들만 골라 줬다.

어찌 보면 잘된 일이었다. 신현에게 보여 줄 미래를 떠올리며 끝끝내 인정하지 않았던 한 가지를 지금 인정해 본다.

아무리 신현이 밤새워 일하고 정은이 든든한 백그라운드가 되어 준다고 해도, 정 회장이 이미 입양한 태준과 태희가 버티고 있으니 현일 전체를 되찾을 수는 없었다.

하지만 태희와 결혼하여 김 회장 사위가 된다면, 이런 고생 하나 없이 손쉽게 현일의 반을 차지할 수 있었다. 정은의 역할 은 나중에 그 결혼이 무효가 되지 않게 비밀만 묻어 주면 되는 거고.

그러니까, 나는, 괜찮아…….

눈을 감은 채로 정은은 숨을 들이쉬었다. 첫 섹스가 끝나고 나서 정은을 바라보던 눈빛이 문득문득 기억났다.

돌아갈 곳을 잃은 사람의 눈빛. 잘 감췄지만 어린 나이에도 그 감정의 정체를 눈치채고 있었다. 깊은 후회. 왜인지 알 수 없지만, 죄책감. 어김없이 정은에게 다시 손을 뻗으면서도, 늘 그런 눈빛을 했었다.

그동안 꿈을 꾸고 있었다. 내가 모든 장애를 없애고 나면, 그 때가 언제든, 우리가 어떤 나이여도, 어떤 가망성이 생길지도 모른다고. 가장 중요한 건 주변의 조건이 아니라 사실 당사자 의 감정인 건데.

'너 싫다는 말이 무슨 뜻인지 몰라?'

억지를 부리며 눈을 감고 귀를 막고 있었다. 강요하고, 어이 없는 수작을 걸고, 떼까지 쓰고.

'글쎄, 내가 원하는 건 다른 거라.'

그게……, 태희였구나. 씁쓸한 얼굴도, 흔들리지 않던 그 꿋꿋함도 모두 그래서였나.

이렇게 오래 구차하게 매달리던 나를, 넌 많이 비웃었겠지.

하긴 나도 너 따위. 내게는 마음 한 자락 주지 않더니 태희에게는 이렇게나 쉽게 자신을 허락하는 너 따위.

허전한 얼굴을 두 손으로 덮으며 정은은 잠을 청했다.

늦게까지 보고서를 정리하던 중에 휴대폰이 울렸다. 박준용 전무였다. 비서를 통하지도 않았다. '잘 지내시죠?' 인사하더니 김 회장과의 만찬 날짜를 알려 왔다.

— 말씀으로는 따님 대학 합격시켜 주신 것, 이제야 밥 한 그릇 사 주기 위해서라는데, 오실 때 현재까지 정리된 사업 계획서 들고 오라고 언급하긴 하셨습니다.

준비해 놨으니 어려울 것 없는 자리였다. 그 말술을 상대할 걸 떠올리니 벌써부터 몸이 힘들어서 그렇지, 사업을 향한 김 회장의 식견을 직접 듣고 배울 수 있어 내심 기대가 되기도 했다.

"황 대표님께는요?"

신현이 신중한 어조로 물었다. 현재 현일바이오 대표이사인 황 대표가 승인도 하지 않은 내용을 보고해야 하는 게 다소 찜찜했다.

— 황 대표 통해 들으시는 게 원칙이긴 합니다만, 젊은 사람에게 직접 보고를 받겠다고 하셨고, 제게는 그저 차 본부장 대면하고 싶으시다는 뜻으로 들렸습니다.

짧은 침묵이 흘렀다. 문득 걸리는 게 하나 있었다.

"따님도 참석하는 자리입니까?"

— 네. 세 자리 예약하라고 하셨습니다. 따님께도 통보했고요.

박 전무가 잘됐지 않냐는 어조로 답했다. 이 불편한 말을 해야 하나. 신현은 잠시 관자놀이를 짚었다.

"예약 바꾸셔야겠습니다."

상대가 곡해하지 않게, 신현은 명확하게 이어 말했다.

"회장님이 따님과 식사를 하시든, 제 보고를 들으시든 결국 두 자리입니다."

박 전무는 바로 말뜻을 알아들었다. 휴대폰 너머로 당황함을 간신히 누른 목소리가 들려왔다.

— 차 본부장, 오히려 고대하던 자리입니다. 슬슬 기회를 주시겠다는 깊은 뜻이시니 어려워 마시고 도리어 감사하게…….

"일만 하게 해 주셨으면 좋겠습니다. 휘하 직원들이 저를 오롯이 본부장으로만 대우하고 따르도록."

딱 잘라 하는 대답에 통화 반대편에서 숨을 들이쉬었다. 무슨 상황인지 받아들이느라 다소 시간이 걸리는 듯했다.

마침내 입을 열었을 때 박 전무의 목소리엔 노기가 가득했다.

— 난 그런 보고 못 합니다. 차 본부장, 신입 사원도 아니고.

이, 이 무슨, 소립니까?

신현 또한 닥쳐올 후폭풍을 각오하고 꺼낸 말이었다.

회장 백으로 승진했다는 소문은 사실이니 불쾌할 이유가 없었다. 원하는 자리를 얻었으니 김 회장 주머니는 깔깔 웃음을 터뜨릴 만큼 채워 줄 거였다. 아마도 태희와의 점심이 이 사달을 만든 듯했다.

정은에게 밥을 사 주는 꿈을 20대 내내 꾼 그였다. 누구와 밥을 먹어도, 혼자 밥을 먹어도 늘 정은을 떠올렸다. 태희의 미끼에 걸려들지 않을 재간이 없었다. 그렇게 복맑은탕 한 그릇 같이 먹고 '강태희의 남자', '부마'라는 더러운 소리를 들을 때도 차라리 잘되었다 체념하며 쓰린 속을 다스리기도 했지만, 사실 정은의 귀에 들어갈 생각에 열은 올랐다.

태희가 받을 상처 따위는 일절 관심도 없었고 정은이 오해할 만한 상황을 의도적으로 내버려 둔 적도 있었다. 세상 모진 말로 상처 입히는 것도 쉬이 했고 돈 노리고 접근했다는 오해도, 그 더러운 합의금까지 받아 내며 차라리 꿀꺽 삼키고 살았다.

그런데 며칠 전 태희 때문에 온 거냐는 정은의 질문.

변명도 해명도, 벙어리처럼 끝까지 못 할 거였다. 그래도 정은의 입으로 직접 듣는 건 달랐다. 아주 달랐다. 이러다가 정은이 진짜로 그렇게 믿게 될까, 이 상황에 화가 났다. 정은이 하게 될 지저분한 상상들을 떠올리면, 똥물이라도 뒤집어쓴 듯 자신에게 피가 치솟았다.

매일 보며 살 수 있다고 감사하며 꾸역꾸역 살아야 하는데,

이제 와서 왜 이런 이율배반적인 마음인지 모르겠다. 사람 간 사하게 '단 한 가지만.' 하며 자꾸만 욕심을 내게 된다.

아무것도 못 해 주고 끝날 인연이지만 네가 시킨 대로 나는 계속 혼자였고 앞으로도 평생 혼자일 거라고. 그까짓 거 별로 어려울 것도 없으니 그거 하난 꼭 해 줄 거라고.

"감정 안 상하시도록 알아서 포장해서 보고드려 주세요. 출생이 걸린다거나, 여자가 있다거나, 뭐 그런."

— 차 전무, 내가 잘 이해가 안 되는데. 이런 기회가 아무에게나 올 거라 생각한다면.

"따님이 참석하는 자리는, 전 가지 않는 게 맞겠습니다."

단호한 목소리에 정적이 흘렀다.

— 맞설 배경이 있는 것도 아니실 텐데. 무서운 게 없으십니까?

목소리가 낮고 엄했다. 하지만 그도 이런 말에 다칠 만큼 만만하지 않았다. 또한 이런 일로 그에게 역차별을 할 만큼 김 회장이 시시한 사람일 거라는 생각도 들지 않았다.

"맞설 배경 없는 게 제 업무를 하는 데 장애가 될 거라곤 생각지 않습니다."

원론적인 답에 당황했는지, 박 전무는 허허 웃어 버렸다. 뻣뻣한 목을 신경질적으로 주무르는 동안, 박 전무가 그를 또다시 설득하려 시도했다.

"따님께는 제가 알아듣게 일러두겠습니다."

그렇게 선수를 치자, 저쪽에서는 아예 입을 딱 다물었다. 그렇게 신현은 통화를 갈무리했다.

　임상팀의 업무 보고 시간이 가까워졌다.

　초고속 승진 본부장과 회장 딸의 로맨스. 현일 직원들에게는 최고의 스캔들이었기에 사무실 직원들이 두근두근해하며 시계를 흘끗거렸다.

　태희는 임상팀장, 두 명의 직원과 함께 왔다. 정은이 골라 준 옷을 입지 않았고, 머리 스타일도 달라져 있었다. 태희 특유의 지적이고 청순한 느낌을 잘 살린 차림새였다. 온 직원의 시선이 그런 태희에게 몰렸다.

　평소라면 밝게 손을 흔들었을 태희는 정은과 눈도 마주치지 않고 집무실로 들어섰다. 뺨을 분홍빛으로 물들이고 잔뜩 긴장한 채였다. 보고가 진행되는 동안 직원들이 목을 빼며 흘끗거렸다.

　인사 도중 집무실에서 웃음소리가 번져 나왔다. 보고하던 직원들이 신현과 태희를 번갈아 보며 웃고 있었다. 책상 아래에서 정은의 엄지손톱이 검지 손톱 안으로 파고들었다.

　째깍째깍. 랩톱에 시선을 둔 채 정은은 가끔 시간만 확인했다. '회의는 최대한 짧게.' 그렇게 지시가 전달된 참이었는데 이번엔 제법 오래 걸렸다.

　마침내 회의가 끝났는지 집무실 안에서 신현을 제외한 모든 사람이 일제히 일어났다. 상은도 집무실 안을 정리하기 위해 자리에서 일어날 때였다. 누군가가 근처에서 속닥거렸다.

　"헉, 강태희 과장만 남겼어요."

임상팀 사람들이 다 나왔는데 태희만 집무실에 남겨졌다.

"뭐죠? 우리 본부장님, 과장급에게 직접 업무 지시하는 법 없는데."

문이 다시 닫히고 그의 책상 앞으로 천천히 걸어가는 태희의 모습이 유리 파티션 너머로 보였다. 책상에 앉은 신현이 태희를 세워 두고 무언가 이야기를 하고 있었다. 날카롭지만 단호한 표정. 더 볼 수가 없어 거기까지만 보고 고개를 돌렸다. 들고 있던 펜을 내려놓고 정은은 스커트 위로 양손을 잡았다.

"연애하는 사이라는데 맞나 봐요."

"무슨 소리야. 여자한테는 대놓고 벽 세운다던데."

직원들의 수군거림이 정은의 귓가에 들렸다.

"그게 다 강태희 때문이라잖아요. 과외 선생과 제자로 만나서, 둘이 과 선후배래요. 본부장님이 그 학교 원톱이었는데, 여자 한 명을 안 만났다나. 딱 강태희하고만 소문 있었대요. 본부장님 저 자리까지 올린 것도 강태희 설계라던데요? 유학 보내 주고 현일 입사시킨 것도 다."

"그 재산에 저 미모에. 남자 쫓아다닐 이유가 없는데."

"본부장님이 엄청 잘하신다고 들었어요. 출장 다녀올 때마다 면세점 꼭 들러 여자 선물 사신다고. 저런 남자가 지조 지키며 기다리면, 사실 어떤 여자가 안 넘어가겠어요."

이번엔 정은의 손톱이 손등을 꾸욱 긁었다. 피가 나는 느낌이다.

"글쎄, 지금은 혼내는 눈치라."

"현일에서 누가 강태희를 혼내요."

"충분히 그럴 것 같은데. 여자 휘어잡는 스타일."

"쉿, 나온다."

정은은 다시 시간을 확인했다. 신현이 태희와 대화한 건 딱 3분 정도였다.

집무실에서 나오는 태희는 붉어진 얼굴을 감추듯 고개를 숙이고 있었다. 역시 이번에도 정은과는 눈을 마주치지 않았다.

"퇴근해요. 차량 준비해 주세요."

조 전무와의 통화를 끊고 자리에 돌아오고 나니 밤 11시였다. 깨지지 않겠다고 업무 파악을 위해 회의까지 참석하고 오는 길이었다. 얼굴이 건조하게 느껴질 정도로, 기분도 컨디션도 엉망인데 회의는 길기도 길었다.

입고 있는 옷이 얇았다. 코트를 입을까 하다가 어차피 엘리베이터에서 바로 지하 주차장이라는 생각에 핸드백만 찾아 들었다. 소등된 복도는 적막하고 어두웠다.

퇴근 시간이 겹쳤는지 임원용 엘리베이터 앞에 신현이 서 있었다. 정은의 걸음이 느려졌다.

엘리베이터 앞까지 깔린 회색 카펫을 걸어가는 그녀를, 신현이 돌아보았다. 정은의 옷차림을 짧게 훑고는 다시 정면을 응시한다. 슬쩍 눈매가 좁혀지더니 못마땅한 표정이 서렸다. 정은만 보면 자동으로 화가 나는 시스템이 뇌 안에 있지 싶다.

정은은 천천히 걸어 그의 옆에 섰다. 이미 내려가는 버튼이

눌려 있고 엘리베이터 문에 나란히 선 그들이 비쳤다. 액정 패널을 확인하니 엘리베이터는 20층에서 올라가는 중이었다. 주변은 조용했고 시비 걸 시간은 충분했다.

정은이 아무렇지 않게 질문했다.

"태희랑 잤어?"

닫힌 엘리베이터의 은색 표면으로 시선이 마주쳤다. 눈매가 차갑고 가늘어졌다. 웬일로 반응을 다 한다. 이 말이 마침내 기분을 건드렸나 보다.

하지만 더 열 받은 건 이쪽이었다. 예전에 관계했던 여자가 한 공간에 있는데도 다른 여자와 대놓고 연애질할 위인으론 안 봤는데.

대답이 없자 정은은 조용히 빈정거렸다.

"머리 좋으셔. 재미도 보고, 회장 사위도 되고."

신현이 그녀를 돌아보았다. 꽉 다문 입술과 참아 내는 눈빛이 시야에 들어왔다.

내가 이 남자를 반하게 하진 못해도 열 받게 하는 재주는 출중하지. 그렇다면 오늘 한번 제대로 구경해 볼까. 나 때문에 머리끝까지 화가 오르는 걸.

"아무 데나 흘리고 다니시네. 나한텐 꽤 오래 걸렸잖아."

짤막하게 숨을 들이쉰 신현이 짧게 경고했다.

"그만해라."

그럴 거였으면 시작하지도 않았다. 하루 종일 이 남자가 태희의 옷을 벗기는 상상만, 안는 장면만 머릿속에 들이쳤다. 질투심에 온몸이 폭발하는 기분이었다. 사정없이 긁고 비난하고 싶었다. 때려서라도 답을 듣고 싶었다. 아니, 도발해서 무너뜨리고 싶었다.

"아, 맞다, 너 그거 좋아하지. 돈. 혹시 태희가 침대에서 돈도 주니?"

이런 무서운 모습은 처음이었다. 신현이 한 걸음 다가왔다. 흘끗 뒤를 확인해 비상구 쪽으로 한 발짝 물러섰다. 이럴 때 남자들의 반응은 비슷했다. 이 사람도 남자니까 실수할지 모른다. 그래, 이런 방법도 있었구나. 왜 진작 몰랐을까. 이 얼음 같은 남자가, 실수로 내게 넘어오게 하는 방법.

신현이 한 걸음 더 다가오자 정은은 한 걸음 더 물러섰다. 정은이 속삭이듯 부드럽게 캐물었다.

"근데 왜 태희야? 내가 더 부자고, 호구처럼 다 퍼 줄 수 있는데."

그의 눈빛에 위험한 빛이 반짝였다. 이딴 소리까지 해야 감정을 드러내는 남자였다. 묘한 흥분이 정은의 핏속을 달렸다.

"혹시 그깟 결혼 때문에? 근데 태희도 나처럼, 너 갖고 노는 걸 수도 있어."

표정이 심상치 않았다. 이제 곧 위험 수위였다.

"신정은."

노여운 목소리였다. 거의……, 다 됐다.

건조한 입술을 혀로 적시고, 정은은 요염하게 웃었다.

"이번엔 속지 않게 조심해. 우리처럼 돈 많은 여자들은, 너처럼 순진한 남자 실컷 갖고 놀다가…….”

그의 눈에서 불꽃이 튀었다. 팔목이 잡힌 순간 성공했다는
걸 깨달았다. 짜릿함이 혈관 안에서 휘몰아쳤다. 사람이란 때
로 참 바보 같아서, 미래의 후회를 예감하면서도 현재의 충동
을 내치지 못한다. 질질 어딘가로 끌려가며 정은은 아주 잠깐
이면 된다고 자신에게 되뇌었다. 사실 좀 억울하긴 했다. 이 남
자가 날 그의 품에 허락한 건, 이렇게나 긴 인생에 겨우 2주뿐
이었다. 그러니까 이 정도쯤은 괜찮았다.

무거운 문이 의외로 가볍게 밀리더니 연이어 쾅 닫히는 소리
가 이어졌다. 어두웠다. 초록빛 비상구 안내판만 눈에 아려왔
다. 차가운 벽에 던져지듯 밀쳐졌다. 휘어잡힌 팔을 정은이 털
어 냈다. 벽에 손을 짚고 상체를 기울이며 신현은 잇새로 내뱉
듯 통보했다.

“싫다고 해. 물러설 테니.”

정은은 웃으며 그를 올려다보았다.

“그럴 리가. 기다렸는데.”

순식간에 정은의 머리채가 그의 손아귀에 붙들렸다. 얼굴을
완전히 젖히더니 신현은 내리찍듯 입술을 눌렀다. 맹렬하게 입
술을 삼키고는, 난폭하게 파고들었다.

어지럽다. 세상이 빙빙 도는 것만 같다.

드디어……, 넘어왔네.

내게, 다시.

이렇게나 오랜 뒤에.

정은이 자진해서 입을 벌렸다. 거칠게 대해 줬으면 좋겠다고 생각했다. 마치 오랜 시간 나를 품고 싶어 참다가 폭발한 남자처럼. 두 혀가 뒤엉킨 뜨거운 순간, 견딜 수 없는 희열이 몰려왔다. 마약이라도 맞는 기분. 이게 몇 년 만이더라. 아니, 정확히 말하자면, 침대에서 외엔 그들은 키스를 한 기억이 없다. 그래서 이렇게나 황홀한 걸까.

신현의 혀가 더 깊이 파고들었다. 그 혀를 조이듯 빨아들이자 거친 숨소리가 들려왔다. 감기 기운 때문인지 더 열이 올랐다. 기억보다 그의 체온은 더 뜨거웠다. 밀어붙이는 그의 힘에 정은이 비틀거리며 밀려나자, 신현의 손이 그녀의 허리를 잡은 채 그의 품 안으로 끌어당겼다.

정은이 아픈 신음을 뱉었던 어느 순간. 벌주듯, 싸우듯 시작했던 키스가 순식간에 바뀌었다. 여전히 격렬했지만 섬세해졌다. 그의 두 손이 양 뺨을 잡고 다시 입술을 겹쳐 왔다.

그렇게 부드럽게 입술이 빨리고……, 다시 빨리고.

온몸에 저릿한 소름이 돋았다. 느리고 애틋해진 혀의 움직임에 심장 근처가 쓰라려 왔다. 마치 오랫동안 허기진 사람처럼 간절했다.

뭔가 달랐다. 낯설고 이상했다. 이렇게 정은을 대하던 남자가 아니었다. 분명 긴 시간 그런 마음이었던 건 그녀뿐이었는데.

그래서였는지, 아니면 우연이었는지 모르겠다. 집을 나오던 날, 혜조의 경고가 머릿속을 울린 건 그때였다.

'다시 만나면, 내 입으로 내가 저지른 짓을 밝힐 거야, 정은아.'

순식간에 소름이 쫙 돋았다. 정신이 든 것도 그 순간이었다. 상처가 날 정도로 거칠게 입술을 떼며 정은은 그를 밀어냈다. 수 년 만에 다시 차지한 가슴을 밀쳐 내는 건 죽을 만큼 힘들었다.

불규칙한 호흡이 둘 모두에게서 흘러나왔다. 보란 듯이 정은은 손등으로 입술을 훔쳤다.

"여기서 그만두는 게 좋겠어. 또 후회하기 전에."

다행히 목소리는 차고 얄밉게 흘러나왔다. 이렇게 내게 무너지는 모습을 보고 싶어 저지른 짓인데 후련하지가 않다. 혼란스럽고……, 지독히 한심스러웠다. 뻔하게 닥칠 미래를 알면서도 볼 때마다 유혹하고 결국 이 상황까지 유도한 자신이.

너만 보면 난 늘, 질투와 욕망에 눈이 멀어서…….

호흡을 고르면서도 옷을 가지런히 한다는 핑계로 고개를 숙였다. 립스틱이 지워졌을 거고 입술도 부풀어 엉망일 거였다. 어차피 신현에게 지금 이 모습을 보여 줄 순 없었다.

"안 잤어."

옅은 호흡 소리만 남아 있는 비상구에서 그의 낮은 목소리가 조용히 울렸다. 울컥, 눈가가 뜨거워졌다. 안도의 숨을 정은은 간신히 참아 냈다. 시선을 느꼈지만 그를 외면한 채, 차분히 옷만 정리했다.

"다른 여잔, 없어."

정은의 손이 우뚝 멈췄다. 고개를 들어 날카로운 눈으로 그를 응시했다. 무슨 뜻인지 정확히 와 닿지 않았다.

지금 다른 여자가 없다는 뜻인가, 아니면.

"궁금하면 다음부턴 그냥 물어봐. 다 답해 줄게. 대신……."

질렸다는 눈길로 정은을 바라본다. 저렇게 바라볼 때마다 아무렇지 않은 척했지만 사실은 늘 비참하고 서러웠다.

"……이런 거, 다신 이용하지 마라."

지치고 아픈 어조였다. 신현이 떠났고 비상구 문이 닫혔다.

호두과자

본부장은 내일부터 이틀간 진행될 공장 시찰 때문에 오늘 저녁 만찬 후, 제천으로 퇴근을 해야 했다. 상은은 퇴근하지 않고 그 준비를 돕고 있었다.

"제천에 제 일정 안내되었습니까?"

"네, 보내 두었습니다."

신현이 고개를 끄덕이며 책상을 정리했다.

공장 자료들을 보고받느라 빠듯했던 하루였다. 본부장은 종일 예민하고 까칠한 상태였다. 마침내 퇴근을 하려는지 신현이 자리에서 일어섰다. 오늘 만찬은 이전 부서인 기조실 직원들과 함께하는 승진 축하 자리였다.

"김 팀장님 불러 주세요."

"네."

본부장의 공장 시찰은, FDA 같은 해외 기관의 실사를 대비하여 공장 시설이 잘되어 있는지를 확인하는 것이 주요 목적이지만 이번엔 제천 제2공장의 설립 과정을 검토하기 위한 목적도 있었다. 인허가팀 팀장인 정은이 출장에 동행해 설명하는 게 원칙이었으나 신현은 개발팀 팀장을 지목했다.

개발팀 팀장이 들어오자, 내일 일정을 다시 한번 확인받고는 최종적으로 고개를 끄덕였다. 자리에서 일어서며 신현은 지갑에서 신용 카드를 꺼내 상은에게 건넸다.

상은이 묻는 시선으로 쳐다봤다.

"저 없는 동안 팀장들 점심 식사 좀 하라고요."

직원들과의 회식은 대부분 빠짐없이 참석하곤 했던 신현이지만, 급할 때는 법인 카드만 전달하는 일이 꽤 있었다. 하지만 이건 신현의 개인 신용 카드였다. 아마도 오늘 저녁 모임을 법인 카드로 결제하려다 보니 이걸 건넨 모양이었다.

"출장지에서 필요하신 거 아니세요? 차라리 제 법인 카드를 사용할까요?"

"상은 씨 건 한도가 작아서. 그냥 그걸로 합시다."

신현이 이어 지시했다.

"예산 생각하지 말고 영양식 되는 곳으로 예약해 줘요. 뜨거운 국물 요리가 좋겠는데. 해물탕, 뭐 그런 위주로."

웬일로 이렇게 사소한 것까지 챙기지? 의아해서 쳐다보는데 단서가 하나 더 붙었다.

"빠짐없이 참석하라 하고."

"네에."

느릿하게 대답한 상은은 신용 카드를 잘 챙겼다.

김 팀장과 상은이 집무실을 나서는 신현의 뒤를 따를 때였다. 생각에 잠긴 채 걷던 신현이 걸음을 멈췄다.

"그, 이틀 뒤 인허가팀 보고 말인데……."

신현이 이마를 문지르며 서 있다. 인허가팀에 '국내 허가 현황' 보고를 지시했었고, 그 보고가 출장에서 돌아오는 날에 잡혀 있었다.

"보고받으시는 걸 미룰까요?"

이래저래 일정이 꽉 잡힌 날이긴 했다. 피곤한지 신현의 입술 끝에 붉게 작은 생채기가 보였다. 낮에는 일로 정신없이 바쁜 데다가 저녁은 매일 술자리이니 체력 좋은 본부장도 슬슬 지칠 만했다.

"아닙니다. 그 일정대로 진행합시다."

"네."

신현이 다시 집무실을 나섰다. 김 팀장도 따라갔고, 다른 팀장들도 모두 자리에서 일어나 신현을 배웅했다.

신현이 떠난 뒤 상은은 그의 책상을 정리했다. 이면지들을 파쇄기에 넣는 동안 문득 신현의 사탕 컵이 반쯤 비어 있는 게 눈에 들어왔다. 이틀 전에 다 채워 놨는데 이상했다.

사탕만 먹는 사람이 부임한 이후부터는 초콜릿도 채워 달라고 해서 그렇게 바꾼 후였다. 지금 보니 초콜릿만 다 사라졌다. 마카다미아 초콜릿을 직접 사 왔던데 내일은 그걸로 채워야겠다.

집무실을 나오니 주변이 떠들썩했다. 본부장이 출장을 가게 되어 다들 한숨 돌렸다는 눈치였다. 그러고 보니 열외인 한 사람이 없다.

회의 일정이 있는 것도 아니고. 상은은 이마를 찌푸렸다.

내 착각인가. 신 팀장이 본부장을 피하는 눈치는.

그 시각, 조 전무는 정은과 보고서를 작성 중이었다. 현재 보고서가 두 개나 걸려 있었다. 하나는 '카티 관련 해외 승인 현황'이고, 또 하나는 대면 보고까지 해야 할 '국내 허가 현황' 보고서였다.

조 전무가 혼자 하던 보고서 작성을 요즘 들어 같이 하다 보니 어느 순간부터는 엑셀 사용 방법을 가르쳐 주고 있었다.

"아까 말씀드렸잖아요. 이런 건 마우스 오른쪽 클릭하고 셀 서식에서 찾으라고."

짜증스럽기는 정은도 마찬가지였다. 평소엔 간이고 쓸개고 다 내주며 떠받들다가도, 가르칠 때만 되면 가끔 성질을 드러내곤 하는 조 전무였다.

"대체 내가 왜 이런 것까지 해야 하는 거예요?"

주눅 든 마음을 감추며 정은이 조 전무에게 물었다. 경영자는 그냥 보고서를 이해할 줄 알면 되는 거지, 대체 왜 이런 것까지 배워야 한단 말인가.

"자료를 제대로 이해하기 위해서죠."

정은이 버벅거리자, 조 전무가 마우스를 빼앗듯 쥐며 연이어

설명했다.

"숫자나 표는 모두 매뉴얼대로 만들어지는 게 아니라, 작성자의 계획대로 만들어지기 때문입니다. 자신이 직접 만들 줄 알아야 작성자의 의도를 이해할 수 있고, 결론적으로 의사 결정자로서 자료의 해석 방법도 깊어지고요."

뭔가 차신현이 말한 것과 같은 맥락이다. 조 전무와 차신현은 둘 다 아무 때고 진지하다는 공통점이 있었다.

"차 본부장은 기한을 너무 빠듯하게 주는 거 아니에요?"

정은이 버럭 신경질을 냈다.

이틀 동안 만들기엔 벅찬 보고서였다. 보고 날짜 좀 미뤄 주지. 참 배려가 없다.

"직원들 다 이러고 삽니다. 차 본부장은 제일 심한 조직에만 있었으니 더 빡센 거고요. 사장급 보고를 하루에 서너 개씩 하는 게 일상인 사람이죠."

그래, 차신현 너 다 해 먹어라. 넌 올림피아드 그런 거 다 휩쓸던 애라, 이런 거 우습겠지.

"난 오너라고요!"

천장을 보며 소리쳤지만 조 전무는 더 진지하게 답변했다.

"그러니까 더 잘하셔야죠. 다른 오너들도 요즘엔 이렇게 큽니다. 대부분 대리, 과장 때도 다 실무하고, 보고도 하고. 이사님은 그렇게 다듬어진 분들과 경쟁하셔야 하고요."

같은 잔소리를 사람 바꿔 가며 듣는 기분이었다. 배가 고파 죽을 것 같았다. 아니, 이런 머리 아픈 거 작성하기 싫고 다 도망가고 싶었다. 뻐근한 어깨를 풀며 정은은 스트레칭을 했다.

"한 시간만 쉬어야겠어요."

"이번 건만 제가 작성할까요?"

다른 사람이 작성한 건 귀신같이 눈치챌 거였다.

"조금만 자고 금방 나올게요."

담요를 몸에 두른 정은이 자리에서 일어나는 동안 조 전무가 갸웃하며 물었다.

"그래도 이렇게 카티 해외 승인 현황을 정리해서 보내라는 것 보면, 혹시 차 본부장이 이사님 숙원을 이뤄 주시려는 걸까요?"

도저히 감이 잡히지 않았다. 그럴 사람 같기도 하고 아닌 것 같기도 하고. 정은과 상관없이 기계처럼 결정할 사람일 것 같은데.

"어때 보여요?"

정은이 조심스러운 어조로 질문했다.

"김 회장이 차비를 준 건 확실하고, 투자 대상을 찾아야 하는 건 맞으니, 아마 계산만 맞아떨어지면 힘을 실어 줄 것 같기도 한데."

조 전무가 신중한 어조로 답변했다.

"다른 투자처가 없으면 가능할 수도 있겠죠."

조 전무의 휴대폰이 위잉, 한 번 울렸다. 해열용 시럽을 숟가락에 따르며, 정은은 조 전무가 메시지 확인하는 걸 기다렸다.

훔쳐보는 정은의 시선을 느꼈는지, 조 전무가 바로 보고했다.

"차 본부장 퇴근했답니다. 회식 자리로 이동했다고."

눈을 피하며 정은은 고개만 끄덕였다.

제천 출장으로 신현은 이틀 동안 자리를 비우게 되어 있었다. 업무 포지션으로는 정은이 동행해야 하는 출장인데 김 팀장이 대신 지목되었다.

"혹시, 무슨 일 있었습니까?"

별다른 일 없이, 사무실에서 자리를 비운 이유를 묻는 것일 테다. 뜨끔함을 감추며 마주 보자 조 전무가 콕 집어 물었다.

"차 본부장과요."

정은이 무표정한 얼굴로 고개를 저었다. 그리고 침실로 들어서며 지시했다.

"장민희, 더 자세하게 조사해 주세요. 베이징에서의 주소, 출입국 기록, 기타 금전 관계 등. 혹시 모르니까 가족 관계 증명서 같은 것도 떼어 주시고요."

등에 닿는 의심스러운 시선이 느껴졌다. 연이어 대답도 들렸다.

"네."

상은은 호두과자를 나눠 주고 있었다.

같은 층 모든 직원에게 나눠 줬지만 신 팀장의 빈자리 근처에서는 망설였다. 빵이나 간식은커녕 먹는 것 자체를 싫어하는 사람이었다.

마침 자리로 돌아오던 신 팀장이 무미건조한 어조로 물었다.

"본부장님 출장에서 돌아오셨어요?"

"네."

상은이 들고 있는 호두과자 상자를 흘낏한 것 같다. 깔끔한 화장에 차가운 표정. 역시 이런 대단한 여자에게 호두과자는 안 어울렸다. 자리를 뜨려는데, 자리에 앉던 신 팀장이 이어 물었다.

"본부장님 현재 일정은?"

"출장 보고 가셨어요."

신 팀장이 고개를 끄덕거렸다. 아마 이후 연결될, 인허가팀 보고가 몇 시에 진행될지를 가늠하는 눈치였다. 그런데 착각인가. 호두과자에 눈길이 또 닿았다.

냄새가 싫어서 그러나 보다. 돌아서려던 때에 질문이 들렸다.

"그거, 호두과자예요?"

어색한 어조에 도리어 놀란 상은이 정은을 돌아보았다.

"네."

정은이 책상에서 보고서를 몸 앞으로 끌어왔다. 곧 보고될 자료를 한 번 더 검토하려나 보다.

"하나 드릴까요?"

"아, 괜찮아요."

그렇게 대답하면서도, 신 팀장은 들고 있던 펜을 내려놓고 손을 내밀었다. 주저하며 하나 건넸더니 신 팀장이 그 호두과자를 조심스럽게 받아 들었다.

호두과자를 신기하게 살펴보던 신 팀장의 입매가 부드럽게 휘었다.

"래핑 종이가 노란색이네요."

상은도 고개를 끄덕이며 동의했다. 생전 처음 보는, 되게 예쁜 호두과자였다.

얇은 종이 껍질을 손톱으로 깐 신 팀장이 그 안에서 호두과자를 꺼냈다. 연예인 저리 가라 할 정도로 예쁜 입술을 가진 신 팀장이었다. 폭신폭신한 갈색 호두과자가 입 안에 쏘옥 들어갔다. 살굿빛 립스틱에 부스럼 하나 묻히지 않고 오물오물, 오독오독 참 우아하게도 먹는다. 한 입, 아주 작게 잘라 넣고 나서도 남은 호두과자에 시선을 둔 채였다. 3시면 출출한 시간이긴 했지만 저런 집중력은 또 처음이었다.

상은이 예의상 물었다.

"더 드릴까요? 많이 남는데."

신 팀장이 머뭇머뭇 망설였다.

"글쎄, 그게."

또다시 노란색의 호두과자를 건네려던 때였다.

"아니, 분홍색으로."

엉뚱한 주문에 눈을 깜빡거리면서도 상은은 시키는 대로 했다.

다시 래핑 종이를 꼼꼼히 확인한다. 그러고 보니 팔찌고 목걸이고, 심지어 문구류에 수첩까지 신 팀장의 물건들은 다 화려한 편이긴 했다. 예쁜 것 되게 좋아하나 보다.

"호두과자 좋아하세요?"

어려운 상대지만 친해질 기회 같아서 질문해 봤다.

"그냥, 외가가 천안에 있어서 갈 때마다 먹긴 했어요."

곰곰이 생각하던 상은은 눈치껏 덧붙였다.

"본부장님이 사 오신 거잖아요, 호두과자. 직원들 나눠 먹으라고."

기사 말로는 천안 구성동까지 들르느라 새벽부터 숙소에서 출발했다고 한다. 공장 사람들 모두 주당이라 밤새도록 술을 마셨을 텐데, 이 추운 겨울날, 문 열 때까지 계속 상점 앞에서 기다렸다는 말에 어이가 없었다.

"7층에도 갖다 주겠네요?"

7층? 그래야 하나? 그럼 강태희 과장한테도 줘야 할 거고, 그렇게 되면 또 직원들이 온갖 소설을 써 댈 거였다.

"본부 직원들 빠짐없이 다 먹을 수 있게 넉넉히 사 왔다고 하셨으니까, 음, 그래야겠죠."

'빠짐없이'라는 말을 강조하면서도 마음을 드러낼 순 없어서 그렇게 대답했다.

신 팀장의 시선이 손에 든 분홍색 호두과자에 닿았다. 뜯어서 먹을까 말까 망설이는 눈치였다.

"본부장님은 참 다정도 하시네요."

약간 비꼬는 말인가, 서늘하게 들렸다. 상은은 잠시 신 팀장의 눈치를 살폈다. 궁금해 죽는 건 이쪽이었다. 그래서 살짝 떠보듯 대답을 했다.

"아, 좀 무뚝뚝하긴 하시지만 가까워지면 챙겨 주시는, 음, 그런 스타일이시잖아요."

신 팀장이 상은을 물끄러미 보더니 불현듯 질문했다.

"상은 씨한테도 친절하고 배려 많이 해 줘요, 본부장님이?"

으응? 막상 가장 잘 알 것 같은 사람이 이런 질문을 하자, 놀란 건 오히려 상은이었다. 그럼 혹시 내가 뭘 오해한 건가. 게다가 처음 만났을 때도 차 본부장님 어떠냐는 질문을 한 걸 보면 진짜 어떤 성격인지 모르는 것도 같고. 그럼 혹시 한쪽의 마음인 건가.

"음, 저를 가깝게 생각하시는 건 아닌 것 같지만. 네, 배려 많이 해 주세요. 여기 데려오신 것도 그렇고요."

그래서 비서인데도 불구하고, 심지어 기조실 직원인데도 아들을 어린이집에 데려다주고 9시 다 돼서 출근할 수 있었다. 그뿐만 아니라 본인은 야근을 하건 말건 7시면 칼같이 상은을 퇴근시켰다. 명절이면 회사에서 받는 상여금 말고도 신현이 꼬박꼬박 건네주는 상품권도 그 액수가 상당했다.

정은이 생각에 빠진 얼굴로 혼자 고개를 끄덕거렸다. 정말로 궁금증이 해결된 사람처럼.

"진짜로 그런 성격인가 봐요. 친절하고 배려 있고. 가까운 사람들이 다 똑같이 말하네."

담담한 어조였다. 그리고 어딘가 모르게……

책상 서랍을 연 신 팀장이 분홍색 호두과자를 곱게 넣어 두는 걸 지켜보고 상은은 자리로 돌아왔다.

뭐라 해야 할까……, 부럽고 서운한 어조.

파란미디어의
책들

fantasy

e-mail paranbook@gmail.com
cafe cafe.naver.com/paranmedia
instagram @paranmedia
tel 02-3141-5589 **fax** 02-6499-5589

파란

로잘린 보가트 하노 지음

왕세자가 왕가의 파산을 막기 위해
평민 여자와 결혼 협약을 맺다

고귀한 혈통의 왕가로 들어간 부르주아 상단의 미운 오리 새끼 로잘린 보가트.

본래대로라면 태생부터 닿지 않았어야 할 평행선 같은 사이.

이것은 운명일까, 신의 장난일까.

"사랑은 불완전하고, 그 어느 것도 보장하지 못해요. 전하. 그러니 제 환심을 사려는 노력이라도 하세요. 또 모르죠, 남편이 어여쁘면 시가에 돈벼락이라도 떨어뜨릴지."

만족스러운 식사를 끝낸 듯한 얼굴을 보고 로비엔 왕세자는 생각했다.

그녀가 해치운 식사가 나였던 건가

찬란한 너에게 풀잠 지음

아카데미 생활 2회차,
빼앗았던 인생을 돌려주고 싶다
그 누구보다 찬란한 너에게

아카데미 수석, 검술 천재, 마물이 수시로 출몰하는 북부 지역에서 실전으로 이름을 날린 공작가의 후계자 케인하르트 윈터.

로즈 카르테는 아무리 노력해도 절대 그를 이길 수 없었다. 그가 폭주하던 마물로부터 그녀를 구하고 죽기 전까지.

어느 날 눈을 떠 보니 아카데미 입학식 전날로 회귀했고, 그 케인하르트가 물끄러미 나를 바라봤다.

나는 케인하르트 덕분에 목숨을 구했다. 그에게는 반드시 빚을 갚아야 했다.
현재는 아직 일어나지 않은 일이라고 해도.

거짓말의 거짓말의 거짓말 류다현 지음

《계약직 아내》 류다현 작가 신작!

우리의 거짓말은 날카로운 얼음 조각이 되어 서로의 심장에 꽂히고. 그렇게 우리가 서로에게 한 거짓말의 거짓말의 거짓말.

눈 내린 크리스마스이브, 상처 입은 나에게 네가 한 거짓말.

"걱정 마, 내가 네 오빠가 되어 줄게."

우리가 다시 만난 그날, 시선을 피하는 너에게 내가 한…… 거짓말.

"나랑 결혼해 줘요, 당신을 사랑할 일은 결코 없을 테니."

사랑하지만 서로에게 상처만 되는 존재. 그리고 끊임없이 계속되는 거짓말. 진실을 말할 수 없는 두 사람이 맞이할 결말은 무엇일까?

독신 마법사 기숙 아파트 Girdap 지음

네이버 시리즈 ★ 9.7의 별점!
네이버 일요 웹툰 연재 중!

시골 지방의 촌 아가씨, 랑세 엔나. 공무원 시험에 합격하여 수도로 올라왔는데 이런, 월세가 미쳤다! 공무원 아파트는 재개발 중, 갈 수 있는 곳은 마법사 전용 아파트뿐인데……

"여자다!"

누군가의 외침과 동시에 아파트의 모든 창문이 열렸다. 수십 명의 시선이 쏟아진다.

"우와! 여자다!"

나, 남자들이다. 마법사 남자들이다. 나, 남자 전용 독신 아파트였다.

나…… 여기서 잘 적응할 수 있을까?

특공황비 초교전
소상동아 지음

2017년 중국 드라마 시청률 1위
'특공황비 초교전' 정식 한국어판 소설

고대 국가 대하제국의 노예 소녀로 타임
슬립한 특공대원 초교.

그녀를 기다리는 것은 귀족의 재미만을
위해 이용당하는 파리 목숨과도 같은 노
예 생활. 초교는 부당하고 부조리한 신분
제를 피해 자신의 운명을 찾아 떠나려 한
다. 한편 황제에 의해 가족들이 몰살당하
자 복수심과 증오로 진황성을 초토화하는
연순. 초교는 그를 도와 모반을 일으키고
연북으로 향한다. 제갈월은 자신을 속이
고 떠난 초교를 향한 애증으로 그녀를 뒤
쫓는데…….

장상사
동화 지음

왜 내 인생엔 고난과 역경이 디폴트야?!

지옥을 탈출한 소녀, 민소요.
씩씩한 그녀 앞에 나타난 세 명의 남자!

지켜 주고 싶은 연약한 아름다움, 엽십칠.
천사 같은 얼굴로 적을 쓸어버리는 요괴,
상류.
가면을 쓴 것처럼 속을 알 수 없는, 헌.
잘생긴 남자가 셋. 드디어 내 인생에 잭팟
터진 줄 알았는데…….

숨길 수밖에 없는 과거, 외면하고 싶은 진
실. 끊어내야 하는 인연. 모든 것이 얽히
기 시작했다!

신현은 보고 예정 시간에 사무실로 돌아왔다. 인허가팀 정기 보고를 딱 5분 남긴 시간이어서 정은은 보고 내용을 최종 점검하던 중이었다.

상은의 자리에서 키폰이 울렸다. '인허가팀 보고 진행합시다.'라는 소리에 정은과 해당 직원들이 바로 자리에서 일어났고 상은이 노크를 했다. 상은이 사 온 숙취 해소제를 마저 마시고 쓰레기통에 버리며 신현이 인사했다.

"들어오세요."

잠긴 목소리였다.

비상구에서의 일 이후 첫 대면이었다. 이제 부하 직원 흉내 내는 것도 꽤 익숙해졌다. 아무렇지 않게 인사하고 정은은 자리에 앉았다. 역시 아무렇지 않게 회의가 진행되었다. 기존에 판매되는 약 중에 새로 허가를 받아야 하는 제품이 있는지, 관련 규제에 따라 허가 사항을 재조정할지를 검토하는 정기 보고였다.

이 회의와 연결된 재경부문장CFO 보고에 지금 회의 결과도 포함되어야 했다. 비용이 꽤 들어가는 안건들을 반드시 짚고 넘어갈 것이다. 적어도 정은은 이 회사 참모진의 성향을 잘 파악하고 있었다. 재경부문장이 할 만한 질문들을 추려 정은은 빠짐없이, 정확하게 보고하려 노력했다.

회의가 진행되는 동안 신현 역시 랩톱을 앞에 두고 정은이 말하는 내용에 집중했다. 보고받는 내용을 하나도 놓치지 않고 랩톱에 받아 적는 눈치였다. 이 바닥 선수라더니, 듣는 내용을 앉은자리에서 바로 보고서 형태로 만들어 재경부문장에게 들고 갈 예정인 듯했다. 일을 하다 보니 약 효과가 나는지 어느 순간부터는 지친 기색도 사라지고 목소리도 원래대로 돌아와 있었다.

집무실에는 모두 네 명이 있었지만 신현의 존재만 정은에게 또렷했다. 시선이 겹치지 않기 위해 부단히도 노력했다. 허가를 취하해야 하는 제품에 대해 논의할 때였다.

"임상 재평가를 실시할까요?"

정은이 의례적인 질문을 했다. 들어갈 비용과 매출을 머릿속으로 직접 계산하고 있을 것이다. 더불어 시장이 얻을 혜택의 가치도.

대답을 고민하는 동안 답답했는지 신현이 넥타이 매듭을 느슨하게 했다.

힘줄이 드러난 하얀 손등. 외과의처럼 마르고 강한 손마디. 입술 끝부분에 희미하게 남아 있는 상처. ……어두웠던 비상구.

땀이 흐르는지 귀밑이 간지러웠다. 실내가 더운가. 손등으로 몰래 귀 뒤를 훑는 동안 그 움직임에 시선이 느껴졌다.

결국 정은을 바라보는 신현과 정면으로 눈길이 마주쳤다. 깊고 고요한 눈길. 몸이 따끔따끔하고 뱃속이 뜨거워졌다.

정은은 보고서 쪽으로 유연하게 눈을 내리깔았다. 눈꺼풀 위로 시선이 느껴진다. 의식하지 않으려 노력하는 동안, 마침내 계산을 끝냈는지 짧은 한숨 소리가 들렸다.

"비용을 생각하면 플러스인데, 기간이 너무 오래 걸려서. 기준도 모호하고."

딴생각을 했던 건 정은뿐인가 보다. 신현의 목소리는 단조로웠다. 임상 재평가를 실시하지 말자는 뜻이었다.

바로 알아듣고 정은은 다음 안건으로 넘어갔다.

현일 승계자로서의 능력을 인정받는 일. 태준에게 가장 중요한 문제였다.

특히 태희의 혼기가 찼다는 것도 그의 신경을 팽팽하게 만들었다. 정말로 차신현처럼 뛰어난 놈이 현관을 넘어오면, 김 회장이 아무리 그를 배려한다고 해도 우위를 빼앗기는 건 순식간일 터였다. 하루라도 빨리 두각을 나타내야 한다는 게 언젠가부터 그에게 압박이 되었다.

국내의 여러 유망한 사업 기회들이 보고서가 되어 그의 손에 쥐어졌지만 이런 상황 속에서 점진적인 확장은 의미가 없었다. 아예 판을 뒤집을 사업이 필요했다. 신형욱의 베이징 사업 같은.

참모진들이 보고하는 슈퍼 진의 사업 진척 내용과 향후 계획들을 태준은 상세하게 들었다. '전 인류의 유전자 교정' 형욱의 목표는 그것일 테고, 태준의 목표는 유전자 교정 '사업'이었다.

태어날 아기에게 더 완벽한 유전자를 만들어 주는 일. 굉장한 사업 아이템이었다. 세상의 모든 부유한 부모들이 아낌없이 돈을 퍼부을 것이다. 아직 생명 윤리법과 윤리학자들의 제약을 받고 있지만, 이 기술로부터 파생될 사업들도 무궁무진했다. 이 기술을 선점해야 했다. 그리고 신형욱은 이 기술의 선두에

서서 실제 성공 가능성을 열어 낸 사람이었다.

태준이 혜조를 찾게 된 건 두 가지 이유에서였다. 우선 정은이 그와의 결혼, 즉 파트너십 형성에 뜨뜻미지근하다는 사실. 그리고 그 집안의 모든 돈은 신정은의 주머니에서 나오지만, 실제 권력자는 윤혜조라는 사실을 태희를 통해 입수해서였다. 혜조의 비서에게 연락해 투자 문제 의논을 위해 만나고 싶다는 뜻을 전달했다.

혜조의 집은 청담동에 있었다. 정원의 나무가 울창한, 웅대한 이층집이었다. 원래는 태준의 양아버지인 정필경 회장의 집이었다고는 하나, 와 봤다 해도 아마 태준이 두세 살 때의 일이었으니 낯선 것이 당연했다.

그의 수행원들이 선물을 건넸고 혜조는 그를 극진히 반겼다. 재계 여느 자리에서 만났더라면 안쓰러워했을 외모지만, 자세히 보니 따뜻하고 지적인 느낌의 여자였다.

둘은 자연스럽게 집안 안부부터 물었다. 혜조와 김 회장이 여고 동창이기도 했지만, 윤 사장과 정필경 회장 또한 격의 없는 사이였다고 하니, 서로 인연은 깊은 집안이었다.

집 안 어두운 곳에 자리한 화분에 태준의 시선이 멈췄다. 빛을 내는 묘한 식물이 심겨 있다.

"발광 식물이로군요."

신문 기사에서 읽은 내용이 생각났다.

"보통 빛을 내는 유전자를 주입해서 만드는데, 그 방법은 비용이 들거나 한 번만 빛을 내고 끝나니까 식물 자체에 있는 물질을 발광 물질로 바꾸는 방식으로 시도해 봤어요. 저희 박사님 산하의 수원 연구소와 러시아 연구진이 공동으로 수행한 거죠."

평이한 어조인데도 남편에 대한 자랑스러움이 묻어 나왔다.

"나중에 실내등으로 활용해도 되겠네요."

태준의 농담에 혜조가 부드럽게 웃었다.

신기한 집이었다. 화려한 샹들리에와 집 안 가득한 신형욱의 상패와 표본, 기묘한 생물들이 이질적이면서도 잘 어울렸다.

문득 태준은 정은을 떠올렸다. 이 집에서 정은이 나고 자랐다고 들었다. 이런 것들을 보고 자라서 그런 건가.

마침 김천댁이라고 불리는 중년 여자가 과일과 차를 내왔다. 둘은 소파로 이동했다.

"철관음이에요. 마셔 봐요."

베이징을 오가며 생활한다더니, 그곳에서 사 왔나 보다. 혜조가 단정한 움직임으로 차를 따라 건넸다.

"감사합니다."

혜조는 우아하고 교양 있는 대화 상대였다. 모든 말투가 조용조용, 자근자근했고 예의를 벗어나지 않았다. 둘은 근래 현일과 생명공학계의 현황에 대해 가벼운 이야기를 나눴다. 그리고 태준이 눈치 못 챈 사이, 혜조는 자연스럽게 자신이 원하는 화제로 대화를 이끌었다.

"박사님 연구에 투자하고 싶다는 생각을 왜 했어요?"

혜조가 심상한 어조로 물었다.

"저는 신 박사님의 연구가 곧 메가 트랜드가 될 것을 확신합니다."

그 말에 혜조가 태준과 눈을 맞추었다. 감정을 드러내지 않는 눈동자였다.

"명확한 성공 사례가 한 번뿐인 게 가장 큰 걸림돌이긴 합니다만……."

태준은 거기서 효과적으로 말을 멈추었다. 할 말이 있는 눈치인지 할 말이 없어서 그러는 건지, 혜조는 가만히 눈을 내리깔았다. 평범해 보이는데도 어딘가 모르게 속을 알아내기가 쉽지 않았다.

태준은 어린 시절 지나치며 들었던 집안의 비밀 하나를 떠올렸다.

"아 참, 저희 선친과 인연이 있으셨죠?"

그의 양아버지를 태준은 그렇게 호칭했다. 혜조가 호의 있는 웃음을 지었다.

"정 회장님 말씀이죠? 그랬죠. 오래전부터."

"윤 사장님과 가까우셨다고 들었습니다. 그럼 저희 선친이신 박사님과도 직접적인 친분이 있으셨던 겁니까?"

가만가만, 찻물을 더 따라 내며 혜조는 시간을 끌었다. 태준이 듣기로는 정 회장과 신형욱 사이에 한국대 의과 대학 교수한 명이 있다고 했다. 둘 다 그 교수를 통해 건너서 아는 사이였다고.

"그건……, 아니고."

거기까지 말하고 혜조는 말을 멈췄다. 이 모녀는 둘 다 상대를 초조하게 만드는 재주가 탁월했다. 태준은 찻잔 너머로 혜조를 주의 깊게 살폈다.

"제가 알기로는 정 회장님께서 신 박사님께 어떤 일을 맡기신 거로 아는데."

가면 같던 혜조의 얼굴에 희미한 경계가 스쳤다. 그런 혜조를 예리하게 응시하며 태준은 턱을 쓰다듬었다.

"유전자 결함을 제거하는 기술이었나요. 정 회장님으로부터 그런 일을 수임하신 거로 들었습니다만."

유전적 결함이 있던 박 여사가 계속 유산을 하자 수억 원을 넘기고 비밀리에 부탁했다고 했다. 그리고 우연인지, 얼마 뒤 박 여사는 무사하게 아이를 낳았다. 그 아이가 세 살 때 죽어서 그룹 전체가 비통해했지만 말이다.

혜조가 연한 웃음을 지으며 고개를 저었다.

"정 회장님이 그런 연구를 위임하셨다는 소문은 나도 들었지만, 당시엔 그런 특별한 기술이 없었어요. 전공 서적만 찾아봐도 나오는걸."

태준이 갸웃하며 혜조를 응시했다. 혜조는 아무것도 모른다는 얼굴로 차를 마시고 있었다. 하긴 그렇다. 그때 즈음 우리나라에 처음 시험관 아기 기술이 도입되었다. 그 정도밖에 안 되는 기술로 수정란의 유전자 결함 제거라니. 터무니없긴 했다.

고개를 끄덕인 태준은 다시 원래 화제로 돌아갔다.

"슈퍼 진에, 정은이 투자한 액수가 꽤 큽니다."

혜조가 목 근처 스카프를 습관처럼 매만졌다.

"음, 정은이가 다른 덴 재주가 없지만 사업 보는 눈은 뛰어나요."

딸의 이름을 언급하는 동안, 혜조의 입가에 애정 어린 미소가 감돌았다.

"어릴 땐 할 줄 아는 게 하나도 없어서 걱정했는데, 건물이 수십 개여도, 단 하나도 팔지 않고 계속 사 모으더니 다 어마어마한 가치가 되었죠. 사 놓은 주식들도 모두 수십 배가 되고. 돌멩이도 금덩이로 만드는 재주가 있는 애예요. 오죽하면 아버님이 그 많은 증여세를 내면서까지 몽땅 넘기고 가셨겠어요."

맞는 말이다. 그래서 그 까다로운 김 회장이, 그 많은 재벌가 여식 중에 신정은 하나만 쓸 만하다고 하는 것 아니겠는가.

상냥하게 웃으면서도 얼음처럼 차가운 눈길로 그를 대하곤 했었다. 화를 내지도, 크게 웃으며 감정을 내보이지도 않았다. 그렇게 거리를 두면서도 태준의 행동을 한눈에 파악하고 예상했다.

정은처럼 계산적이고 냉정한 여자를 어디서 다시 만날 수 있을까.

다시 정은에 대한 아쉬움이 그의 가슴에 스며들었다. 그가 잘못된 길을 가기 전에 바로잡아 줄 여자. 대놓고 가르치는 게 아니라 쥐도 새도 모르게 그를 조종해서 선택을 바꿔 줄 여자 말이다.

태준 자신이 가진 거라곤 사실 김 회장의 아들이라는 신분뿐이었다. 그의 두뇌가 되어 차신현 같은 똑똑한 놈들을 대신 상대해 줄 여자가 필요했다. 태희가 얼마나 대단한 남자를 집안에 들이든, 정은이 그의 옆에 있어 준다면 기나긴 앞날 가장 강력한 지원군을 옆에 둔 든든한 기분일 것이다.

"요즘 이런저런 일로 정은과 만나는 일이 종종 있습니다."

여러 가지 뉘앙스를 담고 꺼낸 말이었는데, 혜조는 놀라지 않았다. 도리어 반색하며 자연스레 물어 왔다.

"그래요? 흠, 사실 둘이 편한 관계는 아닐 텐데. 글쎄, 어떻게 만나는 사이인지 내가 물어봐도 될까요?"

깨진 혼담을 혜조는 대수롭지 않게 언급했다. 잠깐 혼란스러워졌지만 태준은 호탕한 웃음을 터뜨렸다.

"그냥 업무적으로도 만나고, 캐주얼하게도 만납니다. 관심사가 비슷해요. 미술, 운동, 사업."

김천댁이 티포트에 다시 찻물을 채워 왔다. 혜조는 이 화제에 별 관심이 없는 듯, 다시 태준의 찻잔을 채워 주는 데 열중했다.

"정은이에게 혹시 만나는 남자가 있습니까?"

"없어요."

혜조가 조금 난감한 표정을 지었다.

"걔가 음, 예전에는 가볍게 이 사람 저 사람 만나긴 했는데."

얌전한 애라고 해도 믿어 줄 리 없을 테니 거짓을 시도할 이유가 없었다. 그래도 혜조는 최대한 긍정적으로 답변했다.

"정은이가 사람 고르는 데 좀 까다로운 면이 있달까. 아무튼 지금 교제하는 남자는 없는 거로 알아요."

태준은 고개를 끄덕였다. 어차피 정은이 누굴 만난다고 해도, 경쟁자가 될 재벌가만 아니라면 큰 상관은 없었다.

"오늘은 사실, 슈퍼 진에 대해서 제가 이제라도 어떻게든 뛰어들 방법이 없을까, 도움 좀 요청하려고 찾아왔습니다만."

잔을 내려놓으며 혜조는 유연하게 응수했다.

"정은이 쪽하곤 이야기가 좋게 안 풀렸나 봐요?"

걱정하고 살피는 표정이었다. 덕분에 태준은 다소 털털하게 속을 내보일 수 있었다.

"제 마음은 이미 확고한데, 정은이가 경계가 심한 편입니다. 그래서 혹시 다른 방법이 뭐가 있을까, 어머님께 여쭤보려고요."

곰곰이 생각에 잠긴 얼굴로 혜조가 고개를 끄덕였다. 약간의 시간이 흐른 후, 혜조가 조심스럽게 질문했다.

"만약 신 박사님 사업에 투자를 하게 되면 투자금은 어떻게 마련하실 예정이세요?."

그게 가장 큰 문제였다.

"회장님을 설득해야 하는 과정이 남아 있습니다."

혜조는 역시 이것저것 생각을 하는 표정이었다.

"김 회장님은 무척 신중하신 분이라고 들었어요. 보통 투자 결정을 어떻게 하세요?"

김 회장의 성향에 대해선 그룹 내에서도 기밀이라, 태준은 대답을 망설였다. 그러다가 혜조와 눈이 마주쳤다. 다른 뜻이 없어 보이는 순한 눈동자였다.

"신뢰할 수 있는 사람에게만 돈을 맡기시죠. 또한 최종 투자 결정을 하시기 전에, 그 신뢰하는 누군가가 확실한 논리로 설득할 수 있어야 최종 승인을 해 주시고요."

그래서 태준은 김 회장이 어려웠다. 아무리 아들이어도 무작정 믿어 주지 않는 냉철한 그의 어머니.

"함부로 누군가를 믿지 않으시는 분입니다. 일부러 거리를 두고 천천히 판단하시죠. 그러다가 우연처럼 한 직원의 판단에 힘을 실어 주시는 경우가 반복되면, 우리는 그게 신뢰의 증거라고 깨닫는 거죠."

그렇게 어려운 신뢰를 얻어 낸 사람이 박준용 전무였다. 그리고 요즘 수십 년 만에 한 명이 더 나타났다.

혜조가 여전히 태준을 마주 보고 있었다. 아까처럼 태연하고 맑은 눈동자였다. 왠지 모르게 알쏭달쏭한 기분에 휩싸일 무렵, 혜조가 알아들었다는 듯이 고개를 끄덕였다.

"그렇군요."

그리고 조용히 중얼거렸다. 마치 떠오르는 사람이 있는 것처럼.

"한 직원의 판단에 힘을 실어 주시는 경우가 반복된다라……."

신현은 이메일을 열고 있었다.

30여 통의 이메일이 도착해 있었다. 제목을 주르륵 훑다가 당장 확인해야 할 급한 메일을 두고, '카티 해외 승인 현황'이라고 적힌 메일 제목을 응시했다. 발신자는 신정은.

그때였다. 상은이 노크를 하고 문을 열었다.

"CEO 호출입니다. 외부 나갈 준비 하고 1층으로 바로 내려 오시라고."

메일 제목을 두 번 클릭했다. 본문 내용은 없고 첨부 파일만 있었다. 발신자를 나타내는 이름도 직책도 없다. 제멋대로인 게 신정은다웠지만 천천히 고쳐 나갈 거라 예상했다.

첨부 파일을 연 신현은 워드 형식으로 작성된 보고서를 빠르게 읽어 내리기 시작했다.

"잠시만요."

고개도 들지 않고 무의식중에 그렇게만 대답했다. 보고서를 마저 보느라 상은을 쳐다볼 여유가 없었다.

조 전무의 스타일에 익숙해져서, 작성된 내용 중 어느 부분이 조 전무가 손댄 거고, 어느 부분이 정은이 작성한 건지 이제 한눈에 들어왔다. 평소보다 정은이 작성한 부분이 확연히 많아졌다.

조 전무는 이 업계에서 손에 꼽을 만큼 일 좀 한다는 사람이었다. 이 바닥은 작성한 보고서의 틀과 글자 수만 봐도 서로의 레벨을 꿰뚫는 법이다. 조 전무의 보고서는 늘 탁월했지만, 역시 전공이 아닌 만큼 이 산업에 대한 이해와 통찰이 어딘가 모르게 1% 부족했었다.

보고서에 집중해 있는 동안 휴대폰을 확인한 상은이 조금 다급한 목소리로 그에게 주지시켰다.

"본부장님, CEO께서는 지금 사무실에서 출발하셨다는데요."

요즘 들어 그의 몸이 두 개인 줄 아는 CEO 황 대표가 어딜

가든 그를 동행, 배석시키는 통에 시간이 절대적으로 부족했다.

"죄송합니다. 저도 급하게 볼 게 있어서요."

그렇게 자르고 다시 화면의 스크롤을 내렸다.

뒷부분은 오롯이 전공자인 정은이 썼으면 어땠을까 하는 아쉬움이 들었다. 페이퍼에 논리적으로 풀어 나가는 힘은 약하지만, 그동안 조 전무를 앞세우고 결정한 바를 지켜보면, 사업에 있어선 동물 같은 감을 가진 정은이었다. 김 회장이나 자신 같은 사람이 오랜 노력과 훈련으로 쌓아도 얻어 내지 못하는 타고난 감각. 현일바이오 주식의 반을 김 회장에게 넘겼을 때를 제외하곤 정은은 단 한 번의 실책도 없었다.

이번 보고서에도 카티를 왜 해야 하는지, 보고서를 통해 그를 설득하는 내용이 있어야 했다. 그랬다면 중간 의사 결정자인 본부장으로서 이 안에 대해 더 깊이 숙고할 기회가 되었을 것이다.

조 전무가 역할을 바꿔 주면 좋으련만. 정은을 잘 가르칠 선생이 아니라, 오너인 정은이 앞에 나설 수 있도록 격려해 주는 부하 직원이어야 했다.

"본부장님, CEO께서 지금 엘리베이터 타셨다고 하는데."

다급해진 상은이 앓는 소리를 했다. 화면을 닫고 신현은 재킷을 입었다. 그러면서도 책상 위에서 급하게 메모지 한 장을 떼어 이름을 적었다. 슈퍼 진의 CFO와 IR 책임자.

그 종이를 상은에게 건네며 신현은 사무실을 나섰다.

"이 두 사람, 미팅 약속 잡아 주세요."

상은이 종이를 받아 이름을 확인했다. 한자가 같이 있어서인지 그의 뒤를 쫓아오며 물었다.

"네. 통역 붙일까요?"

신현이 고개를 저었다. 둘 다 영어가 가능한 거로 기억했다.

"최대한 신속하게. 기밀로."

마침 엘리베이터가 같은 층에 있었다. 엘리베이터에 오르며 신현은 바로 닫힘 버튼을 눌렀다. 엘리베이터가 하강하는 동안 생각을 정리했다.

카티 또는 슈퍼 진.

둘 중 단 한 가지밖에 투자하지 못한다. 그에게 돈을 지급하는 사람은 김 회장이었으니 철저하게 김 회장의 입장에서만 생각해야 했다. 둘 다 미래 가치와 채산성을 충분히 따져 보고 결정할 예정이었다. 3월 주총 전에 구체적인 투자 계획을 수립하려면 시간이 촉박했다.

엘리베이터의 숫자가 마침내 1로 바뀌었다. 공교롭게도 황 대표를 기다리게 했다. 아이디 카드와 서류를 든 채 신현은 로비를 지나쳐 출입구로 뛰어갔다.

운전기사가 차 문을 열고 기다리고 있었다.

"늦었습니다. 죄송합니다."

그의 인사에 황 대표가 고개를 끄덕였다.

"어서 타지."

문이 닫히고 차가 출발했다. 황 대표가 누굴 만나러 가는 길인지 설명하는 동안 신현은 잠깐 혜조를 떠올렸다. 혜조가 오랫동안 김 회장으로부터 투자를 받고 싶어 한다는 사실을.

공적인 업무를 개인적인 데에 이용하면 안 된다는 걸 알고 있다. 하지만 혹시 투자금을 끌어다 준다면 혜조가 그에게 조금의 여지라도 주게 될까. 소용없을 거라는 생각도 들었다. 혜조가 그를 거절하는 건 분명 돈의 문제가 아니었으니까.

어엇, 가만.

그러고 보니 이상했다.

혜조를 정확히 아는 건 아니지만 그가 아는 혜조는 돈이 중요한 사람은 분명 아니었다. 한데 아무리 성공한다고 해도 그를 허락할 수 없다고 했다. 그럼 빈곤한 부모에게서 태어나서는 아니라는 뜻일 테다.

그럼에도 출생 때문이라는데…….

신현의 미간에 옅은 주름이 섰다. 그렇다면 대체 뭐가 문제인 거지. 그의 출생 중 뭐가 맘에 안 들기에 혜조는 그렇게 완고한 걸까.

《상사를 반하게 할 엑셀 함수 100가지》라는 책을 읽고 있었다.

조 전무가 랩톱 옆에 노란 봉투를 놓았다. 책을 내려놓고 정은은 그 봉투에서 서류를 꺼냈다. 가족 관계 증명서였다.

아이는 민희의 호적에 올려져 있었다. 2017년 10월 출생. 아들이고 이름은 장종우. '종'자의 한자가, 정은의 본관 30대손의 항렬에 쓰는 '쇠북 종鍾'이었다. 딸이라는 이유로 정은의 이름엔 채워지지 못한 글자였다.

한 생명이 다른 생명의 자식이라는 걸 증명할 방법은 무엇이 있을까.

"유전자 검사를 할 방법을 찾아볼까요?"

조 전무의 질문에 정은은 고개를 저었다. 굳이 과학적인 방법까지 쓸 필요도 없다.

"사진 좀 구해 주세요."

모든 자식은 부모를 닮는다. 눈이든 코든, 하다못해 손가락이든. 외모는 가장 확실한 자식 감별법이다.

"네."

맞는다면 정은과 이복형제라는 말이다. 뭘 준비하고 대응해야 할지, 골치가 딱딱 아파 왔다.

"경호원을 더 고용해야 하나. 내 재산 이쪽으로 물려주려고 나 죽이지 않겠어요?"

정은이 죽으면 제1상속인은 형욱과 혜조였다.

"그러진 않을 겁니다. 정말로 이사님보다 돈이 소중하다면 지금도 살아 계실 수 없겠죠."

고개를 끄덕이면서도 정은은 다시 날카로운 눈길로 서류를 응시했다.

"희한하네요. 이런 인간적인 분이 아니실 것 같은데."

외도는 할 수 있다. 하지만 아이를 만든 건 왠지 형욱과 어울리지 않았다.

"모르겠습니다. 저도 신 박사님에 대해선 아는 게 없어서."

정은도 그랬다. 아버지에 관해 아는 건 모두 객관적인 사실

뿐이었다. 그의 프로필, 연구 업적, 재산 및 비용 규모 등.

게다가 2017년 10월. 2017년 10월……. 날짜가 자꾸 걸렸다.

"이걸 약점으로 만들 방법을 고민해 주세요."

조 전무가 고개를 저었다.

"과학계에서 신형욱 박사는 철옹성입니다. 이런 사소한 외도로는 무너뜨릴 수 없는."

정은이 돌려준 서류를 조 전무는 파쇄기에 넣었다. 정은이 궁금함을 못 참고 말을 꺼냈다.

"내일 본부장 일정이 전부 비어 있어요. 휴가도 아닌데."

떠나려던 조 전무가 정은을 돌아보았다.

"신 비서를 통해선 뭘 알아낼 수가 없습니다. 다른 방법으로 알아보겠습니다."

고개를 끄덕인 정은이 다시 책으로 시선을 돌리며 지나치듯 물었다.

"요즘 저쪽에선 제 동향 파악, 어느 수준으로 하고 있어요?"

저쪽이란 혜조가 움직이는, 신 박사 휘하의 모든 사람을 지칭했다.

"글쎄요. 대내외 활동 위주로 하는 눈치입니다. 많이 소홀해지긴 했죠."

책장을 넘기는데 조 전무가 물어 왔다.

"정말로 무슨 일 있었습니까?"

화나서 그랬다지만 그래도 혹시 조금은 흔들렸을까. 궁금해서 미치기 일보 직전이었는데 신현은 아무 일도 없던 것처럼 굴었다. 그냥 키스뿐이었으니 없던 일로 넘어갈 셈인지도 모른다. 뭐가 됐든 신현의 결정을 알고 싶었다.

정은은 무심한 표정을 가장하며 결국 마른 입술을 뗐다.

"무슨 일이 일어나기 전에, 나, 반드시 멈춰야 하는 거죠?"

답 없이 조 전무는 한참을 정은을 응시했다. 아무리 감정을 감춰도 조 전무는 정은의 이 복잡한 마음을 눈치챌 것이다. 조 전무의 답을 기다리는 동안, 책 위에 얹은 정은의 손바닥에 땀이 찼다.

"무엇 때문에 갑자기 흔들리시는지 모르겠지만."

조 전무는 잠시 말을 멈췄고, 정은은 표정 없는 얼굴로 이어지는 대답을 들었다.

"원래 세워 둔 목표만 생각하세요."

정은의 마음을 천장부터 바닥까지 다 알고 있을 텐데도 조 전무는 원론적인 말만 반복했다.

"상무는 넘겼으니, 전무, 부사장, 사장, 부회장, 회장⋯⋯. 현일의 꼭대기까지 올려 주시고, 소송 도와주시는 겁니다. 전 반대지만, 갖고 계신 주식도 넘기신다면서요."

"네."

"그렇게 현일 돌려주시는 거로 차 전무 인생 되찾아 주시고 나면, 이사님도 미련 없이 이사님 인생 찾으시는 겁니다. 그게 이 관계의 최선입니다."

최악의 실수를 하기 전에 정신 차리라는 뜻이다. 그 말이 맞았다.

"……네."

정은은 고분고분 대답했다.

간밤에 김 회장은 꿈을 꾸었다. 얼굴을 알 수 없는 익숙한 누군가와 식당에서 정답게 밥을 먹는 꿈이었다. 상대방은 정치, 경제, 과학, 세계정세 등 어떤 질문을 해도 막힘없이 술술, 탁트일 혜안을 내주었다.

그런 그들을 보고 식당 주인이 옆에 앉더니 사업에 대한 의견을 물어 왔다. 김 회장과 밥을 먹던 상대는, 식당 주인이 소유한 몇 개 사업장의 매출과 재료비, 인건비 등을 듣는 동안 그 수많은 숫자를 받아 적지도 않고 그 자리에서 수익 보고서를 술술 만들어 냈다. 이를 바탕으로 어떤 사업장을 없애야 할지 적확한 조언을 해 주었다.

식당 주인이 감사의 표시로 꽃게가 잔뜩 든 냄비를 가져왔다. '아내가 갑각류 알레르기가 있어 집에서는 이런 걸 못 먹는다.'라는 말을 듣고서야 김 회장은 같이 밥을 먹는 상대가 정필경이라는 걸 깨닫는다.

계산을 하는 동안, 김 회장은 필경의 지갑 안에 든 지폐들이 권면별로 차근차근 정리되어 있다며 웃었다. 필경의 귀가 빨갛게 물들었다. 당황하면 귀가 붉어지곤 했었다. 필경이 특유의 모범생 같은 표정으로 어수룩하게 웃는데, 그 얼굴이 자신이 아는 누군가와 겹쳤다.

식당을 나오며 김 회장은 몇십 년 만에 이렇게 행복하고 안

정된 기분을 느낀다고 혼자 생각했다. 그동안 참으로 힘겹고 서운했던 이유는, 은인이고 동료였던 필경이 떠나서였다는 걸 깨달으며 식당의 간판을 돌아보았다. 서대문의 그 꽃게집인 걸 확인하고 잠에서 깨어났다.

출근 준비를 한 뒤 김 회장은 1층 식당으로 내려갔다. 아침을 먹으며 준용으로부터 보고를 들었다. 업무 보고가 끝나고 신현과의 통화 내용도 들었다.

"토씨 하나 바꾸지 않은 대답이란 말이지?"

태희를 단칼에 거절한 셈이다.

"그렇습니다."

현일의 반을 물려받을 수 있는데 현일바이오에 만족하겠다는 뜻인가. 하긴 현일바이오는 신정은을 위협할 경쟁자가 없으니 여러모로 편할 수는 있겠다만.

꿈속에서 본 얼굴이 다시 뇌리에 들어찼다. 금테 안경, 진지한 말투, 굵은 목소리. 처음부터 비슷한 느낌이라고 생각은 했었다. 새삼 그 이목구비를 곰곰이 따져 봤다.

"정 회장에게 여자가 있었나?"

"없었습니다."

깔끔한 대답이었다. 필경은 가정을 중시하는 교과서 같은 남자였다. 바람을 피울 리가 없었다.

김 회장이 순순히 고개를 끄덕이며 중얼거렸다.

"하긴 갑각류 알레르기는 박 여사가 갖고 있었지……."

필경에게 다른 여자가 있었다 한들 그건 박 여사 쪽 유전인데 무슨 소용이란 말인가. 답이 나오지 않아 접으려는데 준용이 문득 물었다.

"차 본부장 때문이십니까? 닮아서?"

역시 준용도 그렇게 생각했던 거다. 첫눈에 닮기도 했지만, 시간이 지날수록 연상시키는 부분들이 더 많이 발견됐다. 습관, 성격, 말투, 그런 것들 말이다. 게다가 박 여사와 닮은 부분들까지.

정필경과 박서린은 올림퍼스 커플이라고 불렸다. 완벽한 집안, 완벽한 외모, 완벽한 두뇌. 그래서 둘이 낳을 아이는 슈퍼 유전자가 될 거라고 모두가 기대했었다. 실제로 그 아이가 어떤 모습일까 예상해 보면 딱 차 본부장 같은 모습이어서 이런 생각이 자꾸 드는지도 모르겠다.

말도 안 되는 상상을 지우며 수저를 드는데 준용이 어렵게 말을 이었다.

"출생 신고서에서 한 가지가 이상했습니다."

고개를 들지는 않았지만, 손이 먼저 멈칫했다. 김 회장이 미심쩍게 생각하면서도 무의식적으로는 접어 버린 그 부분일 것이다. 답을 기다리며 김 회장은 마음의 준비를 단단히 했다.

"윤 이사장이 신고한 날짜입니다."

닥쳐올 일이 해일처럼 커서 김 회장이 차라리 묻어 버렸던 문제를, 준용은 그렇게 수면 위로 꺼냈다.

월요일 이른 아침, 회사 커피숍에는 세 명이 줄을 서 있었다.

그 뒤에 줄을 서며 신현은 양 손가락으로 안경 밑 미간 사이를 꾸욱 눌렀다.

수험생 시절에도 보통 12시면 칼같이 잠들어서 컨디션 유지를 하는 거로 버텨 온 그였지만, 어젯밤엔 베이징에서 마지막 비행기로 출발하느라 늦게 잠든 터였다.

스마트폰으로 오늘 일정을 확인하니 오후에 판교 사업장 방문이 있었다. 그 이후엔 특별한 일정이 없으니 사무실로 돌아와 밀린 결재를 처리해야 한다는 생각을 할 때였다.

"안녕하세요, 본부장님."

누군가가 그에게 소리를 내어 인사했다. 아침이면 누굴 만나도 어색하고 불편했지만, 지금은 머리가 무거워 아무도 마주치고 싶지 않았다. 마침 주문을 할 차례여서 언뜻 돌아보며 인사만 받았다.

"네, 안녕하세요."

목소리를 듣고도 구분하지 못했다는 걸 깨달았다. 태희에겐 늘 그랬다. 분명 마음이 상했을 텐데도 태희는 아무 일 없는 것처럼 그에게 밝게 웃어 보였다.

신현은 주문부터 했다.

"플랫 화이트 한 잔 부탁합니다."

아이디 카드를 태그하려는데 태희가 그의 옆에서 자연스럽게 덧붙였다.

"저도 같이 주문할게요. 롱 블랙이요."

직원이 주문을 추가했다. 태희가 그 대신 아이디 카드를 태그하려 했지만, 그의 카드로 결제가 되었다. 당황한 태희가 미안하다는 얼굴로 그를 바라보았으나 상관없었다. 머릿속 바쁜 이 아침에 혼자 놔둬만 준다면 이보다 비싼 커피 값도 지불할 수 있었다.

직원이 두 사람을 번갈아 보다가 진동 벨을 태희에게 주었다. 커피를 기다리는 동안, 태희가 근처에서 서성거렸다.

마침 나이 지긋한 인사 담당이 커피숍으로 들어섰다. 반갑게 인사를 하며 신현에게 걸어왔다.

"차 본부장님, 안녕하십니까?"

인사 담당인 변 전무는 지주사 출신이었고, 그의 입사 시절 직접 딜을 진행했던 상대였다. 이상하게도 처음 만나는 순간부터 그를 극진히 대하며 그의 뜻대로 모든 것이 진행되도록 도와준 사람이었다.

"근무하시면서 어디 불편하신 건 없으십니까?"

"괜찮습니다. 감사합니다."

"차량은 수일 내로 교체될 겁니다."

며칠 전 변 전무의 비서가 상은에게 연락을 해 온 이유였다. 승진하며 차량을 바꿔 줬는데, 어쩐 일인지 배기량이 더 높은 차로 다시 배정되었다고 했다.

"커피 나왔어요, 본부장님."

태희가 커피를 들고 왔다.

"이게 롱 블랙이고, 이게 플랫 화이트요."

태희가 커피를 그에게 건네는 모습을 변 전무가 흘낏했다.

쓸데없는 안줏거리가 또 하나 추가된 건가, 목에 걸린 불쾌함을 삼키며 변 전무에게 인사했다.

"먼저 올라가겠습니다."

자리를 뜨는데, 변 전무가 태희에게 인사하는 소리가 들렸다. 커피숍을 나오고 나서야 커피에 시럽을 타지 않았다는 걸 깨달았다. 이 쓴 걸 어떻게 다 마시지, 앞날이 깜깜한 느낌이었다.

그때 태희가 바로 옆에 따라붙었다.

"정은이죠?"

출입 스캐너를 저 앞에 두고 신현은 로비 한가운데서 멈칫했다.

"정은이 때문에 저 안 된다고 한 거죠?"

태희에게 했던 과외 덕분에 휴학을 면할 수 있어서 늘 고마운 마음이었다. 하지만 딱 거기까지였다. 신현은 차가운 눈길로 태희를 쳐다봤다.

"그럼 선배도 이루지 못할 감정이네요. 걔가 얼마나 계산적인 앤데."

표정이 눈에 띄게 굳었는지 태희가 빠르게 말을 정정했다.

"정은이가 나쁘다는 뜻은 아니에요. 그래도 현실은 아셔야 할 것 같아서요."

멀쩡하게 잘 참던 애의 눈가가 갑자기 빨개졌다. 왈칵 눈물이라도 터뜨릴 눈치였다. 숨을 들이쉬고 손을 펴 얼굴에 부채질을 하던 태희는 망설이던 말을 한 번에 뱉어 냈다.

"오빠랑 정은이, 정식으로 만나고 있대요. 집안끼리 오가는 혼담이 아니라 연애요. 며칠 전 윤 이사장님 뵈러 오빠, 선물 사 들고 청담동 다녀왔어요."

울먹거리는 목소리로 태희는 그의 시선을 제대로 마주치지도 못했다.

"분명 정은이가 오빠한테 먼저 접근했는데 이제 오빠가 정은이 쫓는 눈치고. 그래서 선배 감정 알면 정은이가……."

태희가 숨을 들이쉬며 말을 이었다.

"정은이가 선배도 가볍게 대할까 봐요. 그러면 저, 너무 비참할 거 같아요."

그 말을 끝으로 태희가 고개를 꾸벅하고는 사라졌다. 로비 한가운데였다. 커피를 손에 든 채, 신현은 한동안 움직이지 못했다.

잘 참다가도 아슬아슬, 찰랑찰랑, 한계까지 차오르는 기분을 느낄 때가 있다. 아무리 모든 이성을 끌어모아도, 도저히 참아지지 않는 순간들.

온몸에 열이 올라왔다. 처음 정은을 안았던 날도 그래서였다. 다른 놈이 정은을 안는 생각에, 앞이 보이지 않았다.

손바닥으로 이마를 누른 채로 숨을 후욱 들이쉬었다. 움직이지 않는 머리로 생각을 정리해 봤다.

후훗, 헛웃음이 나왔다. 비상구에서의 일이 고작 며칠 전이었다. 그에게는 태희와의 일을 다그치면서도 뒤로는 강태준을 만나고 있었다니.

신정은, 너……, 참.

우습게, 가볍게 대하는 것, 누구보다 잘 알고는 있었지만.

주말을 낀 신현의 휴가가 이상하게도 마음에 걸렸다.

출국 내역이 있는지 확인해 보라고 한 참에, 조 전무가 김천
댁으로부터 들은 소식을 전해 왔다. 태준이 혜조를 방문했다
고. 값비싼 선물을 바리바리 싸 들고 찾아와 거론한 두 가지 중
에, 혼담은 정은의 관심 밖이었다. 오로지 중요한 건 슈퍼 진에
대한 태준의 관심이었다.

신현의 출장이 혹시 슈퍼 진과 관련된 게 아닐까, 불안한 추
측을 하던 참에 하필이면.

김 회장의 돈은 한정되어 있었다. 그 투자 결정은 신현에게
달려 있었다. 그게 요즘 정은이 추정하는 전부였고, 그 돈은 카
티에 붓도록 해야 했다. 다른 투자처에 관심을 갖게 하는 데 태
준이 힘을 더하기를 원치 않았다. 그게 설령 정은이 투자한 슈
퍼 진이어도 말이다.

태준을 만나서 설득해야 했다. 주변 시선을 피하고자 점심시
간이 끝날 무렵으로 약속을 잡았다. 뭘 미끼로 걸어야 하나, 머
릿속을 굴리며 일식당으로 향했다.

엘리베이터에서 내리자마자 반대편 엘리베이터에서 내리는
태준과 마주쳤다.

"정은아."

태준이 반가워하며 정은에게 걸어왔다. 정은이 담담한 웃음
을 지으며 인사했다.

31층이어서 여의도의 모든 전경이 다 보이는 복도를 둘은 나란히 걸었다. 태준이 정은의 허리춤에 손을 얹으며 에스코트했다. 몇 번 만났으니 손을 떼라고 하기도 애매했고, 주변의 시선이 없어 큰 의미를 두지 않았다.

은은한 노란 등이 달린 식당 입구를 향해 걸어가며 둘은 가볍게 담소를 나눴다. 태준이 건넨 농담에 예의상 웃어 주는데 문득 식당 끄트머리에서 나오는 일행 중 한 남자와 시선이 부딪쳤다.

얼마 전, 여기에서 비슷하게 마주쳤을 때도 저렇게 차가운 시선이었다.

비상구에서의 일도 있었는데 지금은 더 차갑다. 다시 거리를 두겠다는 뜻인가. 칼 같은 무언가가 정은의 속을 긁는 느낌이었다.

멀리 떨어진 거리에서도 신현이 짧게 정은을 훑었다. 정은의 얼굴, 옷차림, 옆에 선 강태준. 신현의 싸늘한 시선이 정은의 허리에 닿자 떨떠름해진 태준이 얹은 손을 떨어뜨렸다.

"차 본부장이네."

살짝 기가 눌린 목소리였다.

"그러네요."

저번에 만났을 때는 신현이 먼저 정은에게 인사했었다. 이번엔 서로의 위치가 바뀌었다. 몇 걸음을 사이에 두고 정은이 먼저 묵례를 했다. 태준부터 시작해 저쪽 일행까지 모두가 어색해했지만 상관없었다.

그렇게 서로를 지나칠 때였다. 정은과 마주치고 한 번도 먼저 말을 건 적이 없던 사람이었으니 이번에도 그냥 스쳐 지나겠거니 했다.

"신 팀장."

정은이 움찔하며 돌아봤다. 시선을 맞추자 신현이 손목시계를 내려다보며 고개를 비스듬히 했다.

"점심시간은 끝났는데?"

무슨 대단한 용무인가 했다. 이 남자가 이런 유치한 말을 할 거라곤 생각도 못 했다.

"하하, 차 본부장님. 농담도."

신현의 옆에 선, 나이 든 임원이 웃었다. 이 자리 모두가 정은이 누구인지 알고 있었다. 진짜 농담이라고 믿은 눈치였지만 태준은 달랐다.

"차 본부장, 지금 이 무슨."

당황한 태준의 말은 깔끔히 무시한 채 신현은 정은만을 직시한 채였다. 한쪽 눈썹을 올리며 대답 안 하냐는 재촉까지 했다.

나도 사표를 쓸까, 살짝 고민하다가 정은은 신현이 지금 단단히 화가 나 있다는 걸 눈치챘다. 근래에 제대로 열 받게 해준 일이라곤 역시 비상구에서의 일뿐이었다. 그럼 그 일을 이런 식으로 복수하는 건가. 그런데 이 유치한 발언에 딱히 항변할 말이 없다는 게 문제라면 문제였다.

사람들 앞에서 위계를 세우고 싶으신 거라면, 세워 주면 된다.

"간단히 먹고 들어갈게요, 본부장님."

정은이 한 수 접고 공손하게 응대했다.

"신 이사."

태준이 날카롭게 불렀지만, 정은은 오히려 신현에게서 고개를 돌릴 수가 없었다. 눈길이 더 싸늘해져서였다. 이 여자 참말귀 못 알아듣는다는 이 신경질적인 반응은 대체 뭐지 싶었다. 본부장 소리를 듣고 싶어서 잡은 건 아니란 뜻이었다. 이렇게 유치한 발언을 하면서까지 관철하고 싶은 게 뭐지. 등 뒤로 땀이 흘렀다. 제대로 된 답이 뭔지 알 수 없었다.

마침 기사도 정신 충만한 강태준이 신현에게 불만을 터뜨렸다.

"차 본부장, 이런 사소한 문제까지 간섭하는 건 월권입니다."

아, 차라리 가만히 있지. 끼어드는 것 되게 싫어하는 사람인데. 그렇게 생각하는 순간 신현이 냉한 웃음을 지었다.

"강 전무, 그 사소한 문제가 내 부서 내의 일이어서."

귀찮고 싸늘한 어투. 딱 자르는 말에 태준의 얼굴이 차갑게 굳었다. 부회장조차 존대하는 강태준에게 반말이라니. 그제야 정은은 눈치챘다. 이 사태의 원인은 강태준과 관련이 있다고.

다시 신현이 정은을 재촉했다. 답을 찾은 정은은 천천히 대답했다.

"바로 들어갈게요."

정은이 강태준과 함께 있는 게 싫은 거다.

긴장을 감추며 기다리는 동안 신현이 마침내, 천천히 고개를 끄덕였다. 역시 이게 정답이었다. 난처하게 지켜보던 사람들도 뭔가 상황이 진정되는 걸 깨달은 눈치였다.

대답을 들은 신현이 다시 한번 정은에게 시선을 주고 자리를 떴다. 여전히 뭔가 단단히 마음에 안 든다는 눈치라 영 마음에 걸렸다.

"신 이사."

기막히고 얼빠진 표정으로 서 있는 태준에게 정은이 양해를 구했다.

"안 되겠어요. 다시 날 잡아요."

"저, 건방진. 후, 무슨 이런 개 같은 경우가."

태준이 욕설 섞인 어조로 혼자 투덜거렸지만 정은은 상황을 따지느라 바빴다.

내가 강태준과 있는 게 왜 싫을까. 저 남자야 평생 가도 날 두고 질투 따윈 안 할 사람이었다.

저번 킥오프 미팅에서도 엿을 먹인 거 보면 강태준이 단단히 마음에 안 드는 눈치였다. 대체 강태준을 왜 이렇게 싫어하는 거지. 아니면 정은이 강태준과 만나면 계산이 틀어질 일이 있는 건가.

답이 나오지 않았지만 정은은 우선 순순히 사무실로 향했다.

판교 사무실. 한 시간째 회의가 진행 중이었지만 신현의 머릿속은 복잡하기만 했다.

'응, 김 회장 아들, 다녀갔지.'

오전 중 통화에서 김천댁은 머뭇거리며 답했었다. 철관음을
갖다 주며 들었다고 했다.

'아니, 그쪽에서 결혼을 언급한 건 맞지만, 네가 몰라서 그렇
지, 정은이 걔는 하나도 관심 없어. 그 남자랑 따로 만날 애도 절
대 아니고.'

정은이 말하던 조건 좋은 강태준. 정은이 내키는 대로 만나
던 남자들과는 분명 달랐다. 예전의 혼담이 어떻게 깨졌는지
알 수 없지만, 정은이 누군가를 만날 때는 목적이 있었다.

또다시 강태준이라.

신음을 터뜨렸나 보다. 직원들이 일제히 입을 닫고 침묵하며
그를 응시했다.

"잠깐 쉽시다."

의자를 밀고 자리에서 일어난 신현은 회의실을 나왔다. 복도
에서 휴대폰을 들고 윤기의 번호를 눌렀다.

— 어, 나 회의 중.

"나와요."

'아, 씨팔.' 윤기가 내지 않은 소리를 신현은 들은 것 같다.
윤기가 주위에 양해를 구하는 소리가 들리고 부스럭대는 소리
도 들렸다.

— 얼마 전까지는 이런 거 크게 관심도 없더니. 갑자기 뭐가 그리 급해? 내가 아까 인사팀장 직접 불러서 확인했어.

"그래서요?"

— 그 결과, 네 것 맞는다던데. 두 번 확인했어. 왜? 뭐가 이상한데?

복도에서 서성이던 걸음이 멈췄다. 신현은 손을 들어 입가를 쓰다듬었다. 역시, 그런 건가.

— 네가 머리카락 보냈다며. 그게, 네가 공채가 아니어서 그날 검사 대상이 너 하나였대. 섞일 수가 없었대.

입이 말라서 잠시 말이 나오지 않았다.

"혹시, 검사 다시 할 수 있어요? 이번엔 혈액, 머리카락 두 가지로."

— 대체 문제가 뭔데?

문제라. 첫 시작은 적성 검사 결과가 다시 궁금해진 게 문제였었다. 엉뚱하게도 같이 철 되어 있던 유전자 검사 결과도 연이어 보게 되었으니까.

아니다, S바이오의 유전자 검사가 여타 회사의 검사와 다르게 DNA 프로필까지 포함하고 있었던 게 문제였을 것이다. 다른 사람은 그냥 지나쳤을 자료였지만, 그는 자신의 DNA 프로필을 외우는 사람이었으므로.

복잡한 머릿속을 비우며 신현은 순순히 사실을 털어놓았다.

"예전에 미국에서 이 검사를 한 적이 있었어요. 그땐 채혈로 했지만. 혹시 입양되었나 싶어서."

— 근데?

"그때 본 DNA 프로필이랑 지금 받은 프로필이 달라요. 완전히, 마치 다른 사람처럼."

— 에이, 그럴 리가. 그게, 가능한가?

전공자인 윤기가 몰라서 묻는 말은 아닐 거였다.

"가능하긴 하죠."

한 가지 조건하에서라면 분명 가능했다. 출생을 알아본다고 했을 때 미미하게 변하던 혜조의 얼굴이 떠올랐다.

— 그래서, 그게 왜 갑자기 궁금한 건데? 너 이런 거 안 궁금한 놈이잖아. 무슨 일 있어?

뭐라 말할까. 기분이 최악이어서 그런다고 말할까. 정은에게 다른 놈이 생긴 것 같다고.

가슴속에 불덩이라도 있는지 열이 올라왔다. 태희가 전한 말과 정은의 허리에 얹혀 있던 강태준의 손만 계속, 번갈아 머릿속을 맴돌았다. 그에게 그랬듯 알 것 다 아는 눈동자로 쳐다보며 유혹하겠지. 강태준 같은 놈이 그런 정은을 거절할 이유가 없었다.

정은에게는 최선의 상대, 최선의 결혼이 될 것이다. 하지만 나는.

"못 버티겠어서요."

이미 정해진 길을 벗어난 마음이었다. 발버둥 쳐도 소용없었다. 역설적이지만 강태준 덕분에 자신의 한계를 깨달았다. 머리통을 후려 맞은 듯 모든 것이 명확해졌다.

여전히 지독하게 미워하고, 여전히 지독하게……, 원한다는
것을.

— 응? 뭐라고?

"선배, 저 다시……."

너무나 당연하게 혜조의 모습이 그의 눈앞에 스쳤다. 마음을
다한 따뜻함은 분명 아니었으되 혜조 덕분에 그는 이 자리까지
올 수 있었다. 그런 혜조의 말을 어기는 건 패륜이고 금기라고
여겨 왔다.

'난 널 키우다시피 했어. 이 부탁만큼은 꼭 들어주리라 믿는다.'

그래야 한다고 그도 생각했다. 그 한 가지를 지키기 위해 죽
을 것 같아도, 어길 수 없다고 생각했다.

신현은 딱딱한 웃음을 지었다.

"……개 같은 짓을 저지를 것 같아요."

도저히 빼앗길 수가 없어서였다. 죽을지언정, 다른 놈에게
보낼 수는 없어서.

아무것도 눈에 보이지 않았다. 때려죽인대도 그가 갖고 싶
었다.

그가 가져야 했다.

아무 여자나 집에 들이시네.

최 기사는 또 휴가인가 보다. 퇴근하는 운전석에는 오늘도 조 전무가 앉아 있었다.

운전을 하면서도 조 전무는 오늘 정신이 없어 보였다. 정은의 지시대로 출국 기록을 확인하는지 운전을 하면서도 영어로 통화하다가 서툰 중국어로도 통화했다. 마침내는 혜조의 비서에게 스케줄까지 확인하는 눈치였다. 기분 나쁜 예감이 들어맞나 싶었지만 그래도 설마 했다.

통화가 끝나고도 조 전무는 입을 닫은 채였다. 머릿속이 복잡한 듯했다. 차량이 빌라 안으로 들어설 무렵이었다. 조 전무가 마침내 운을 뗐다.

"차 본부장 베이징 다녀온 모양입니다."

가슴이 쿵 내려앉았다. 김 회장의 돈을 카티가 아닌, 아버지의 사업에 투자할 확률이 커졌다는 뜻이다. 정은은 감정을 숨긴 채 백미러로 시선을 마주쳤다.

"슈퍼 진 CFO와 투자 담당자 만났답니다. 여러 회사와 경합이 붙어 있긴 한데 그쪽에서는 현일 쪽을 더 선호하는 눈치고요. 곧 실사 잡혀 있어서 다시 베이징 방문 예정이고 무엇보다……."

형욱의 연구에 투자하려고 하는 곳은 예나 지금이나 줄을 섰다. 온갖 위험성을 다 갖고 있는 연구라 투자자를 고르는 혜조의 기준이 까다롭다는 게 문제였다.

차가 멈췄다. 정은은 숨을 죽이고 다음 말을 기다렸다.

"……윤 이사장님 쪽에서 적극적이랍니다. 먼저 연락하셔서 차 본부장과 사흘 뒤로 미팅 약속을 잡으셨다고."

두통이 밀려왔다. 혜조가 정은의 상대라면 정은은 신현을 설득해 낼 수 없다. 차신현 월드에서는 어느 누구도 윤혜조를 이길 수 없었다. 또한 형욱의 결정에 있어서도, 혜조의 의견은 절대적이었다.

차의 시동이 켜져 있는 상태로 조 전무가 먼저 내렸다. 차를 돌아와 정은의 차 문을 열어 줬다. 정은은 천천히 차에서 내렸다. 오늘은 아들과 예술의 전당에서 열리는 피아노 콘서트를 가기로 했다며 조 전무는 일찍 퇴근할 예정이었다.

차 문이 닫혔는데도 정은은 잠깐 서 있기만 했다. 나중에 이사회 안건으로 올라오면 그때 방해를 할 수도 있지만 그렇게 하면 신현에게 안 좋은 경력으로 남을 것이다. 조 전무가 지시를 기다리며 서 있는데 당장은 뾰족한 방법이 떠오르지 않았다.

조 전무가 지문을 대고 공동 현관을 열었다.

"황 대표를 설득해 볼까요?"

김 회장이 차신현에게 직접 지시한 일이니 황 대표는 소용이 없었다. 무엇보다 이런 건은, 조 전무의 직급을 넘어선 일이었다.

"제 선에서 해결할게요."

조 전무가 엘리베이터 문을 열어 주고는 몸을 숙였다.

"내일 뵙겠습니다."

엘리베이터에 오르고 집에 도착하는 동안 정은은 현재 신현이 어디 있을까 가늠해 봤다. 저녁 6시 50분. 지금쯤 판교에서 여의도로 들어서고 있을 것이다. 이후 다른 일정은 잡혀 있지 않으니 밀린 결재를 처리할 게 분명했다.

샤워를 하고 편한 옷으로 갈아입은 정은은 휴대폰으로 내일 신현의 일정을 확인했다. CEO 주재 임원 워크숍. 신현이 아예 부재중인 날이라고 보면 된다. 바쁘건 안 바쁘건 그녀에게 흔쾌히 시간을 내줄지 확신이 서지 않았다.

어떻게 해야 하지. 상은을 통해 정식으로 면담을 신청해야 하나.

속이 급하고 답답했다. 오늘은 일식당에서 돌아온 뒤에도 계속 기분이 안 좋던데. 하지만 혜조와의 약속이 사흘 뒤라면 시간이 촉박했다.

고민하던 정은은 액정의 시계를 확인했다. 7시 반. 신현이 회사에 도착했을 시간이었다. 우선은 시도해 보는 수밖에 없다.

내가 전달해 준 개인 전화번호를 상은이 신현의 휴대폰에 입력해 놓았을지 정은은 문득 궁금해졌다. 액정에 내 이름이 뜨면 안 받을 수도 있는 위인이었다.

그렇게 신현의 전화번호를 찾아 액정에 띄우던 때였다. 통화 버튼을 누르지도 않았는데 휴대폰이 수신음을 냈다. 놀라고 당황한 눈으로 정은은 다시 번호를 확인했다. 정은이 액정에 띄운 번호와 같은 번호였다. 통화할 일도 없으면서 얼마 전 직급 편집까지 해 놓은 '차신현 본부장'.

웬일로 나한테 직접 전화를 하지?

그러다가 '아.' 소리를 내며 결론을 내렸다. 아마 눈치 빠른 조 전무가 미리 전화를 넣어 놓았을 거라고.

신현은 판교 사업장 방문 후 바로 사무실로 복귀하는 길이었다.

길이 막히지 않았다면 이 정도로 늦지는 않았을 것이다. 촉박하게 일정이 잡히는 바람에 직접 핸들을 잡고 있었다. 갑자기 요청 온 부사장의 보고 일정이었다. 부사장이 퇴근도 못 하고 그를 기다린다고 했다. 회사 건물을 코앞에 두고 신호마저 그의 차를 잡았다. 욕설을 간신히 참았다. 상은이 프린트한 보고 자료를 손에 든 채로 1층 로비에서 기다리고 있었다.

톡톡, 신경질적으로 핸들을 두드리는 동안 마침내 신호가 바뀌었다. 바뀐 신호에 맞춰 도로 진입을 하면서도 시간을 확인했다. 7시 28분.

핸들을 잡지 않은 손으로, 뜨겁게 열이 오른 관자놀이를 꾹꾹 누르며 따져 봤다. 보고가 빨리 끝난다 해도 8시 반.

늦다.

안 되겠네. 이 상태로는 보고 못 한다. 보고 중간에 다 때려 치우고 뛰쳐나올 기분이었다.

결국 조수석에 아무렇게나 던져져 있는 휴대폰에 손을 뻗었다. 핸즈프리를 한 채 저장만 해 두었던 번호를 눌렀다. 통화음이 서너 번 울린 뒤 정은이 연결되었다.

"나야."

— ……네.

당혹감을 감추지 못한, 그럼에도 아직 감기가 남았는지 끝이 갈라진 음성이었다. 뻑뻑한 회사 주차장으로 들어서느라 잠시 할 말을 미뤄 뒀을 때였다.

기다리던 정은이 먼저 말을 꺼냈다.

— 시간 되면 잠깐 봤으면 해서.

이제 평소처럼 감정이 잘 절제된 음성으로 바뀌었다.

전화를 한 건 분명 그였다. 엉뚱한 대응에 가타부타 없이 우선은 들었다.

— 물어볼 게 있어. 오래 안 걸려요. 10분.

글쎄. 10분은 넘을 거고.

"어디지?"

안도의 숨소리 같은 작은 한숨이 들렸다. 정은은 잠시 시간을 두었다.

― 퇴근했어요. 내가 회사로 갈게요.

여의도에서 한남동. 약 10km. 신현은 내비게이션의 디지털 시계를 보며 예상 시간을 가늠해 봤다.

"20분 뒤 1층에서 봐. 코트 입고."

당황한 듯 통화 저편에선 말이 없었다. 핸들을 꺾으며 차를 유턴하자 뒤에서 거친 클랙슨 소리가 울렸다. 대답을 듣지도 않고 끊은 뒤, 신현은 이번엔 상은의 단축 번호를 눌렀다.

"접니다."

― 네, 본부장님. 어디쯤이세요?

회사 로비에서 동동거리며 뛰고 있는지 헐레벌떡 숨찬 목소리였다.

"이번 보고, 연기해 주세요."

제법 급한 현안이었고 상대는 부사장이었다. 상은이 당황하는 게 통화 너머로도 느껴졌다. 곧 신속하게 수습하며 되물어 온다.

― 어, 무슨 이유라고 말씀 전할까요?

"신 비서가 알아서."

― 네? 그게……, 네.

신현이 깨질 걸 예상했는지 상은의 목소리에 걱정이 서렸다.

― 그럼 이 보고는 언제로 다시 잡을까요?

"알아서."

그가 반복했다. 깨지는 건 그의 몫이었고, 일정 관련은 비서의 몫이었다.

— 아, 네.

그의 기분을 눈치챈 상은의 목소리에 각이 잡혔다.

"개인적인 부탁 좀 하겠습니다. 제가 지금 운전 중이라."

— 네, 본부장님.

"경영기획팀 조 전무, 전화해서 출입 게이트 보안 해제해 달라고 해 주세요. 그렇게 말하면 무슨 뜻인지 알 겁니다."

조 전무는 정은과 같은 빌라에 살았고 상은은 정은의 주소를 모른다. 조 전무를 방문하는 거로 이해할 것이다.

"제 차량 번호 알려 주시고."

— 네. 그러겠습니다.

통화를 종료하며 신현은 다시 시간을 확인했다. 7시 35분. 길이 막혀서 제시간에 도착할 수 있을지 의문이었다.

통화 너머의 정은은 절박한 목소리였다. 대충 짐작 가는 일이 있었다. 아쉬운 상태일 테니, 정은은 언제까지고 그를 기다려 줄 것이다.

정은은 눈을 가늘게 뜨며 휴대폰을 노려보았다. 만나자는 제의를 흔쾌히 수락한 것도 의아했으나, 무슨 뜻인지 확실치가 않아서였다.

분명 퇴근했다고 말했고 신현은 지금 여의도였다. 여기까지 직접 와 줄 일은 없는 위인이니 1층이라는 건 회사 1층을 뜻할 것이다. 즉 정은에게 당장 회사로 오라는 말이었다. 20분이면 지금 여의도까지 가능한 거리긴 했다. 아쉬운 사람이 가는 거다.

한겨울에도 코트를 입지 않는 정은이었다. 짜증 나지만 괜히 지금 비위를 거스를 이유가 없었다. 옷장 깊은 곳에서 가장 얇은 코트를 꺼낸 뒤 차 키를 찾아 두리번거렸다. 조 전무도 최 기사도 불가능하니 정은이 직접 운전해야 했다.

엘리베이터에 올랐다가 거울을 보고 놀라서 정은은 집으로 되돌아왔다. 민얼굴에 머리칼은 다 젖어 있었다. 화장품이 담긴 핸드백과 드라이어를 찾아 들고 다시 내려오며 엘리베이터 안에서 급하게 기본 화장만 했다. 나머지 화장과 머리칼 건조는 신호 때문에 멈출 때 차에서 하면 된다. 그렇게 10분이 넘는 시간을 허비했다.

바깥으로 나서자 젖은 머리 사이로 한겨울 찬 바람이 스며왔다. 감기가 낫지 않아서인지 오한이 느껴졌다. 차는 빌라 1층 주차장에 있었다. 백만 년 만의 운전이어서 좀 부담이 됐다. 그때 다시 휴대폰이 울렸다. 조 전무였다. 운전석에 오르며 전화를 받았다.

"나중에 통화해요. 제가 지금 급해서……."

액셀과 브레이크, 헷갈리면 안 되는데.

— 차 본부장 쪽 전화입니다. 곧 방문 예정이니 경비, 해제해 달라고.

당황한 목소리였다. 신현이 이곳에 온다니, 오늘은 놀랄 일만 벌어지는 날인가 보다. 통화 너머로 콘서트장의 소음과 맑은 피아노 소리가 울렸다.

정은은 애써 평이한 목소리를 냈다.

"해제하세요."

― 네. 저, 이사님.

무언가 할 말이 있는 듯 조 전무는 머뭇거렸다.

"그 이야기만 하고, 바로 보낼 거예요."

그렇게 답한 정은은 자신도 모르게 인사도 없이 통화를 끊었다. 코트와 핸드백을 들고 차에서 내리며 정은은 벌써 다른 고민에 빠져 있었다.

집으로 들어오라고 해야 하나. 도우미가 있으니 단둘이 있는 것은 아니지만 집을 보여 주는 건 왠지 불편했다. 그래도 홈그라운드가 유리하긴 할 거였다. 그런 계산을 하는데 긴 헤드라이트가 정은을 비췄다. 눈이 부셔 살짝 눈살을 찌푸리자, 헤드라이트가 꺼지고 차가 빌라 내 주차용 도로를 길게 돌아 정은 앞에 섰다.

차창이 내려졌다. 검은 어둠 속에서 신현이 정은과 시선을 맞췄다.

"타."

기분이 저조한지 딱딱한 얼굴이었다.

근처 커피숍을 가는 거라고 짐작하며 정은은 차 문을 열었다. 정은이 타자 신현은 바로 출발했다.

녹사평대로를 지나고 반포대교를 건넜다.

차 안에서 신현은 아무 말이 없었다. 원래 이렇게 빠르게 운전하는 사람인가, 정은은 불안한 마음으로 눈치를 살폈다.

신반포로에 들어서자 목적지가 설마 싶었다. 코트를 쥐고 있는 손에 땀이 차는 동안 깨끗한 신축 단지가 시야에 들어왔다. 이 단지 들어설 때 대형 평수 두 채를 사 두었다고 들었다.

'입주민 차량, 7700'이라는 글자가 디지털 안내판에 떴다. 주차장으로 들어선 차가 106동 입구 앞에 멈췄다.

"먼저 올라가. 차 세우고 따라갈 테니."

출입키 두 개가 손에 건네졌다. 그리고 신현은 아까 했던 말을 다시 반복했다.

"코트 입고."

오늘 유난히 까칠하시다. 고분고분 고개를 끄덕이는 대신, 정은은 눈을 마주치지 않은 채 출입 키만 받아 들고 차에서 내렸다.

출입키에 층과 호수가 적혀 있었다. 20층. 엘리베이터에서 내리자 낯선 공간이 눈에 들어왔다. 흔한 아파트 복도일 텐데도 사실 누군가의 집을 방문한 게 거의 처음이어서 생소하게 느껴졌다. 빈 복도에 정은의 힐 소리만 선명했다.

코트를 들고 현관 앞에 선 채로 정은은 시계를 내려다보았다. 8시 17분.

2003이라는 호수 앞에서 서성거리다가 복도 벽에 몸을 기댔다. 역시 먼저 집에 들어가는 건 내키지 않는다. 센서 등이 꺼졌지만 정은은 기다렸다.

위잉, 엘리베이터 멈추는 소리에 정은은 순식간에 표정을 정리했다. 고개를 돌리니 센서 등이 다시 켜지고 엘리베이터에서 신현이 걸어 나왔다.

그의 시선 안에서 잡힌 짐승처럼 잠시 움직이지 못했다. 안심이 되기도 하고 이상한 긴장에 괜히 뱃속이 울렁거렸다. 입는 대신 들고 있는 코트를 보더니 그의 미간이 희미하게 좁혀졌다.

뚜벅뚜벅 복도를 울리는 발걸음 소리가 정은의 심장 뛰는 속도와 비슷했다. 신현은 넥타이까지 맨, 짙은 정장 차림이었다. 정장 차림의 그는 훨씬 크고 단단해 보여서 위압감을 준다는 걸 본인은 알고 있는지 모르겠다.

신현이 현관 앞에 걸어와 도어 로크를 열었다. 갑자기, 예고 없이 가까워진 느낌이다. 현관이 두 사람이 서기엔 벅찬 공간이라는 걸 지금 깨달았다. 어물쩍 벽에 기대어 있던 정은은 몸을 일으켜 거리를 두었다.

삐비빅, 신호음 소리 후 문이 열렸다. 먼저 현관 안으로 들어선 신현이 문을 잡은 채 서 있었다. 가까운 거리였다.

신현이 안을 고갯짓했다.

"들어와."

이상한 일이다. 그의 등 뒤로 보이는 낯선 실내와, 그녀를 기다리는 검은 눈동자에 갑자기 머뭇거려졌다. 정은은 그와 시선을 마주한 채 서 있기만 했다.

남자 혼자 사는 아파트에 들어간다고 주춤하는 자신이 유치하다는 걸 안다. 유혹을 해 왔던 건 늘 정은이었고 그 제안을 매번 거절한 건 저 사람이었다. 하지만 벽을 치던 그가 예전과 달라졌다는 느낌이 드는 건 자신의 과민함 때문일까.

　다시 눈이 마주쳤다. 신현은 별생각 없이 대화하기 편한 장
소를 골랐을 거였다. 신현이 비웃음을 띤 얼굴로 슬쩍 눈썹을
들었다. 마치 겁을 내는 정은을 조롱하는 것처럼.

　마침내 정은은 고개를 끄덕였다.

　"……응."

　평균 폭의 현관이었다. 신현이 문을 잡은 채 서 있으니, 겨우
지나갈 수 있는 좁은 공간이다. 들어가려면 그와 맞은편 벽 사
이를 지나쳐야 했다. 부딪히지 않게 조심하고 있다는 걸 들키
지 않으려 노력하며, 정은은 한 발 내디뎠다. 실내 특유의 공기
와 남성용 스킨 냄새가 코끝을 휩쌌다.

　등 뒤로 철컥, 문이 닫히는 소리가 들렸다. 돌아보는 움직임
때문이었는지 문득 안으로 들어서던 그와 손등이 스쳤다. 감전
이라도 된 듯 정은이 움츠러들자 옆을 지나치던 신현이 뒤돌아
봤다.

　냉랭한 눈빛.

　잠도 잤던 사이인데 지나치게 몸을 사리는 게 우스웠나 보
다. 빠르게 판단한 정은은 차분한 얼굴로 위장하고 실내로 들
어섰다.

　거실로 들어서자마자 신현은 현관 입구 탁자에 재킷을 툭 던
져두고는 아일랜드 식탁으로 향했다. 정은도 그 탁자에 핸드백
을 내려놓았다.

"앉아."

던지듯 건네 온 말이었다. 고개를 끄덕이고도 정은은 우선 서 있었다.

손을 씻은 신현이 아일랜드 식탁 근처의 장식장을 열었다. 몸을 숙여 술병을 꺼내고는, 그 병을 든 채 정은을 짧게 훑는다. 집에서 입던 옷차림 그대로였다. 딱 붙는 흰색 슬랙스에 목주위가 넓게 파진 얇은 파스텔색 니트. 페디큐어가 나란히 칠해진 발가락 열 개에 그의 시선이 닿자 괜히 슬리퍼 안으로 발을 오므리고 싶어졌다.

캐주얼 차림에 반쯤 민얼굴로 마주한 건, 학생 때 이후로 처음이었다. 어차피 아무리 꾸미고 다녀도 시선을 안 주던 사람이니 무슨 상관인가 싶기도 했다. 아무것도 칠하지 않은 입술이 따가웠지만 기분 탓일 것이다.

깔끔하게 정돈된 아파트였다. 태희는 이렇게 손님처럼 서 있었을까, 아니면 침실에 있었을까. 우선 그 생각부터 들었다. 또다시 치밀어 오는 불쾌감에 정은은 오히려 삐딱하게, 시비부터 걸었다.

"아무 여자나 집에 들이시네."

양주 마개를 따던 신현이 정은보다 더 건조한 어조로 답했다.

"넌 아무 남자 집에 따라왔고."

멀쩡하고 재미없게 생겨서는, 가끔 저렇게 가볍게 맞받아치는 거로 정은의 입을 딱 다물게 했다. 저런 재주를 가진 남자를 다시 만나질 못했다. 엉뚱하게도 괜히 억울해진다.

코트를 소파 끝에 걸어 두고 앉는 동안 조용한 공간에 쪼르륵, 액체가 잔을 채우는 소리가 들렸다. 달그락, 얼음이 부딪히는 소리도 섞여 울렸다. 술잔과 생수병 하나를 들고 신현이 걸어왔다.

잔이 그녀 앞에 놓였다. 투명한 크리스털 잔에 갈색의 양주가 가볍게 찰랑거렸다. 신현은 그녀 앞 소파에 앉는 대신 조금 떨어진 암체어에 앉았다. 검은색 정장 바지에 흰 와이셔츠, 넥타이 차림이었다. 한쪽 다리 위에 다른 쪽 다리를 길게 얹고는 말없이 생수병 뚜껑을 비틀어 땄다.

정은이 먼저 말할 때까지 기다리는 건지, 관심이 없는 건지 알 수가 없었다. 입이 말라 왔다. 이런저런 이야기를 나눌 만한 상대도 아니고 시간 뺏는다는 느낌은 주고 싶지 않아서, 정은은 술을 한 모금 마시고 바로 본론을 말했다.

"아버지에게 여자가 있어."

신현은 대답 없이 생수를 한 모금 마셨다. 충격받은 모습이 아니다. 사실 형욱에게 여자는 많았을 것이다.

정은은 한마디 더 덧붙였다.

"상대 여자는 장민희 책임이고."

여전히 듣고만 있었다. 역시 알고 있던 거다. 그럴 거라고 예상은 했었다. 수많은 질문과 감정이 뱃속에서 울렁거렸지만, 정은은 다시 술을 한 모금 마셨다. 독한 액체가 뜨거운 목을 적셨다.

정은은 핵심만 말했다.

"아이가 있어."

잠시 침묵이 흘렀다. 추잡하고 복잡한 가족사지만 지금 중요한 건 그게 아니었다. 넌 언제부터 알고 있었니, 그렇게 따질 일도 아니었다. 도움 되지 않는 대화나 감정은 필요 없었다. 지금은 설득을 해내는 것이 우선이었다. 장민희는 신현의 과 선배였다. S바이오 곽윤기 대표와 더불어 셋은 자주 어울렸다고 들었다.

물을 마시던 신현이 흘끗 정은을 응시했다. 무덤덤하지만 정은이 느낄 감정을 샅샅이 관찰하는 눈길이었다. 정은이 묻기 어려울 거라고 판단했는지, 신현은 간략하게 사실만 전달해 주었다.

"올해 네 살 됐어. 베이징에서, 출생한 아이고."

'베이징에서'라는 말을 하며 신현은 짧고 의도적인 틈을 두었다. 표정 변화 없이 정은은 고개만 끄덕였다. 그 날짜가 왜 계속 마음에 걸렸는지 지금 깨달았다. 형욱이 유전자 조작 아이를 성공한 게 대략 2년쯤 전이었다. 한 번에 성공했을 리도 없고, 그전에 충분한 실험을 바탕으로 했을 거였다. 자신이 생기고 나서야 성공한 '작품'을 주변에 발표했을 것이다.

감정을 모두 숨긴 채, 정은은 건조한 어조로 물었다.

"다른 성공 사례가 더 있어?"

"발표된 것 외에, 2014년부터 지금까지 총 열여섯 명. 교정 유전자는 각각 다르고."

혜조가 적극적이라더니, 연구소 내의 최대 기밀까지 신현에게 다 공유했나 보다. 얼마나 극비리에 진행했는지 오너인 정은은커녕 발 빠른 조 전무조차도 전혀 모르는 정보였다.

한참 입을 열지 못했다. 핑그르르 현기증마저 났다. 반면 신현은 크게 관심이 없어 보였다. 암체어에 기댄 채, 다른 생각에 빠진 눈길로 정은을 바라보기만 했다. 젖었다가 방금 마른 머리칼, 화장기 없는 얼굴, 입술, 드러난 목.

산란한 마음에도 정은은 정보를 얻는 데에 집중했다.

"모든 아이가 정상이야?"

신현이 생수를 한 모금 마셨다. 저쪽에서 실패 사례를 공개했을 리는 없지만 아마 연구 보고서를 토대로 신현은 이미 다 파악했을 거였다. 사용된 난자의 개수, 연구 참여자에게 지급된 비용, 하다못해 연구실 크기까지도 다 역산해서.

젖은 입가를 손등으로 누른 채 생각에 잠겨 있다. 어느 순간 신현은 신중한 얼굴로 고개만 저었다. 실패 사례는 분명 존재하고 그 수는 아직 정은에게 공개할 수 없다는 뜻이었다.

마침내 최대한 냉정한 어조로, 정은은 오늘 온 목적에 접근했다.

"그런데도 아버지 연구에 투자를 하겠다고?"

목소리가 비틀려 나왔다. 실패 사례가 어떤 의미인지 모를 리가 없었다.

"그 결정은, 나와 김 회장 사이의 일이지."

신현은 딱 잘라 말했다.

"넌 이사회나 주주 총회에서 네 권리를 행사하면 되는 거고."

서로의 역할에 대해 정확히 선을 긋는 말이었다. 다른 문제였으면 정은도 그의 직책에 맞는 독립적인 선택을 존중했을 거고 정은 또한 본인의 역할을 따랐을 거였다. 하지만 지금은 달랐다.

"꼭 카티에 투자하자는 뜻은 아냐. 다만⋯⋯."

한 번 더 설득해 볼 생각이었다. 신현이 피곤한 눈을 손바닥으로 눌렀다.

"이 화제는 여기서 끝내고 싶은데."

이게 본인에게 어떤 의미인지 신현은 모른다. 정은은 비위를 거스르지 않도록 최대한 조심하며 다시 설득을 시도했다.

"난, 내 투자금을 거둘 생각이야. 아버지 연구는, 미쳤어. 제정신이⋯⋯."

신현이 손을 들어 정은의 말을 막았다.

"그만 말하고 싶다고."

딱딱 끊어지는, 인내심이 한계에 다다른 어조였다. 분위기 파악을 못 하고 떠들었나 보다. 더 말했다간 역효과가 날 거였다.

"알았어."

다른 자리를 도모해야겠다. 오늘보다 더 유리한 자리에서, 저 사람의 기분이 좋은 날. 그런데 사실 좀 기가 막혔다. 겨우 몇 분 시간 내줬다고 저렇게 싫은 티를.

정은이 시계를 눈짓하며 말했다.

"시간 내줘서 고마워. 대단히 긴 시간이었네."

잔뜩 비꼬는 어조였다. 어떻게 돌아갈지 생각하니 답답해졌다. 비용 계산은 항상 조 전무가 했기 때문에 핸드백엔 신용 카드도 현금도 없을 거였다. 이 남자한테 돈을 빌리긴 짜증 나고. 가만 코트를 어디다 뒀더라.

"오늘 내 기분이, 엿 같아서."

처음 듣는 거친 어투였다. 진짜 기분이 안 좋은가 보다. 겁도 났지만 할 말을 참을 만큼 정은은 쉬운 성격이 아니었다.

소파에서 일어나며 정은은 불쾌함을 숨기지 않은 채 '하아.' 숨을 내쉬었다.

"여기까지 데려온 건 너야. 내 말 들어 주겠다고."

코트는 소파에서 미끄러져 바닥에 떨어져 있었다.

"들어 주겠다고 한 적 없고, 데려온 목적은 다른 거고."

코트 쪽으로 걸어가며 통화 내용을 되짚어 봤다. 그랬나. 나는 할 말이 있다고 했고, 저 사람은 1층에서 보자고 했었다. 하긴 들어 주겠다는 말은 한 적이 없다. 그럼 대체 왜 전화까지 주시면서 여기까지 모셔 왔어. 그리고 저 알쏭달쏭한 말은 대체.

순간 등이 서늘해졌다. 코트를 집느라 몸을 숙이다가 정은은 살짝 이마를 찌푸리며 신현을 돌아봤다.

그 시선에 이상하게도 신경이 곤두섰다. 냉랭하게 정은을 가늠하는 시선. 설마.

정은은 천천히 허리를 폈다.

"오늘은 이만 가는 게 좋겠어."

긴장을 감추며 정은은 가볍게 대답했다. 오히려 속이 드러났는지 신현은 차갑고 느리게 미소 지었다. 배가 조여 왔다.

"안을 거야, 오늘."

심장이 툭, 바닥으로 떨어졌다.

저 말을 기다렸던 날들이 있었다. 그의 근처를 얼쩡거리며 괴롭히고 귀찮게 했던 모든 순간, 딱 저 말을 해 주기만 기다렸었다. 그런데 그 오랜 기다림의 시간 후 지금은, 왠지 오싹했다. 저 표정 때문일 것이다. 누르고 누르다 폭발하는 사람의 표정.

신현이 자리에서 일어났다. 그리고 출입구를 고갯짓하며 싸늘하게 통보했다.

"싫으면, 지금 떠나야겠네."

내남자

그 짧은 시간 동안 정은은 수천 가지의 계산을 했다.

가장 먼저 떠오른 건 오래전 들었어도 여전히 선명한 그 경고였다. 집을 나오던 날 혜조는 부드럽게 되물었다.

'모든 사실을 알게 되면, 신현은 네게 어떤 감정일까?'

그 답을 정은은 알고 있었다. 이 사람은 날 죽이고 싶을 만큼 원망하게 될 것이다.

그러므로 신현이 가리키는 저 출입구로 나가야 했다. 그런데도 왜 그렇게 이기적이었는지 모르겠다. 이 기회가 다시는 오지 않을 거라는 한 가지 생각만 들었다. 이 남자의 곁을 정은이 차지할 수 있는 유일한 순간은 이 남자의 성욕이 이성을 이길 때뿐이고, 그렇게 지금 이 순간을 놓치면 정은은 멸시의 눈빛을 견디며 그의 주변만 맴돌아야 한다는 것을.

그 사소한 욕심 때문에 정은은 쉽게 물러나지 못했다.

"이렇게 쉽게 넘어오면……."

정은이 어색하게 웃으며 마른 입술을 떼었다.

"……재미없는데."

생각할 시간을 벌기 위한 농담이었다. 반응 없는 그를 보며, 처음으로 정은은 신현에게 두려움을 느꼈다.

마치 자고 싶은 여자가 아니라, 당장 목을 조르고 싶은 여자를 바라보는 눈빛.

"결정해. 남을지 떠날지."

노여운 목소리에 몸이 떨렸다. 그럼에도 꼿꼿한 표정으로 그를 바라보기만 했다. 마침내 가벼운 어투로 정은은 입을 열었다.

"별 상관없어. 어차피……."

표정 변화 없이 정은을 바라본다. 정은의 답을 기다리고 있었다. 이 사람이 나중에 날 덜 미워할 방법은 한 가지였다.

어깨를 으쓱하며 정은은 도리어 결정을 그에게 넘겼다.

"……내가 좀 헤픈 편이라. 뭐, 하룻밤, 장난이라면."

짙은 시선이 살갗을 찌를 듯했다. 긴장으로 몸이 터질 것 같았던 순간, 신현이 성큼 다가왔다.

머리카락 속으로 그의 손이 찔러졌다.

얼굴을 젖히고 비스듬히 비틀더니 입술을 덮쳤다. 닫혀 있는 정은의 입술을 가르고 신현의 입술이 침입했다. 정은의 뜨거운 한숨이 그의 입 안으로 묻혔다. 목마른 사람처럼 깊은 키스가 이어졌다.

왈칵, 감정이 북받쳤다. 그의 체향이 코끝에 느껴진 순간, 얼마나 오래 이 남자를 그리워해 왔는지 깨달았다. 가슴을 밀어 내려던 손이 어쩔 줄 모르고 오히려 셔츠 깃을 쥐었다.

밀리고 밀려 거실 중간까지 이동했다. 늘 신중하다가도, 무언가 결정하면 망설임 없는 성격이긴 했다. 잠시 입술이 떨어진 사이, 정은의 팔을 들고 한 번에 니트를 벗겨 냈다. 니트 안은 브래지어뿐이었다.

"잠깐, 나."

급작스러운 행동에 놀라 발작하듯 돌아서려는 어깨를 신현이 아프게 그러쥐었다.

"이미 늦었어."

딱딱한 목소리와 함께 빙그르르, 몸이 제자리로 돌아왔다. 거실 한가운데서 반쯤 벗은 채였다. 가쁜 숨을 내쉬면서도 정은은 경고했다.

"후회할, 텐데, 너."

목소리가 끊어져 나왔다. 한 줌 남은 죄책감에 미리 쳐 두는 연막이었을 것이다.

정은의 경고는 들리지 않는 듯, 신현의 손이 아무 예고 없이 속옷을 비집고 들어왔다. 얇은 속옷 위로 쏟아지는 시선이 따가웠다. 긴 손가락이 부푼 살을 틀어쥐자 정은의 입술 사이로 뜨거운 숨이 토해졌다.

저항할 마음이 사라져 갔다.

다시 입술이 포개지고 그 숨을 신현이 삼켜 냈다. 건조하고 딱딱한 손가락이 짓누르며 악력을 가해 올 때마다 머릿속까지 저릿한 열기가 솟구쳤다.

간신히 지탱하고 있던 몸이 자꾸만 미끄러지려 했다. 허리가 잡히고 몸이 딱 맞게 붙여졌다. 목에서 어깨까지 이어지는 선에 입술이 스치자, 마치 불길이 훅 일어나는 느낌이었다.

등 뒤로 문이 열렸다. 다리가 후들거려 균형을 잃고 비틀린 사이, 무릎 뒷부분이 침대에 부딪혔다. 그대로 밀리고는 침대에 반쯤 몸이 눕혀졌다. 몸을 바로 일으키기도 전에, 그가 정은의 어깨를 눌러 막았다.

두려움을 들키고 싶지 않아, 정은은 똑바로 그를 마주 보았다.

"난 분명, 경고했어."

정은의 다리를 깔고 앉은 채 신현은 묵묵히 정은의 슬랙스 단추를 풀었다. 오락가락하는 정은의 마음을 아는 것처럼 옷을 벗기는 손길이 다소 급했다.

"후회할, 거라고."

할딱거리는 호흡 때문에 말이 끊어졌다. 뻑뻑한 슬랙스가 의외로 쉽게 벗겨지고 침대 옆으로 던져졌다. 부지런히 벗기더니 이제 속옷만 남았다.

속옷의 선을 쓰다듬으며, 신현은 낮게 웃음을 터뜨렸다.

"그렇겠지."

후회하게 될 거라는 말에 쉽게 수긍하자 이상하게도 명치가 시려 왔다. 이전의 관계도 그에게 내내, 그런 의미였다는 걸 다시금 깨달았다. 이성적으론 멀리해야 하는 여자인데 정욕 때문에 결국 끊어 내지 못한 여자.

그 여자가 자신의 아래 누워 있는 걸 보며 그의 눈길이 어둡고 깊어졌다.

브래지어의 앞부분을 내린 신현은 곧바로 몸을 숙여 왔다. 아래로 입을 맞추며 내려간다. 까슬한 혀가 뾰족하게 솟은 정점에 닿았다. 하아, 커다란 숨을 터뜨리며 정은은 몸을 움츠렸다. 혀가 굴려지는 느낌에 붉은 살 끝이 더욱 단단해졌다.

물컹한 살이 통째로 삼켜졌다. 막을 새도 없이 아, 신음이 튀어나왔다. 훑고 빨고 씹을 때마다 정은은 허리를 뒤틀었다.

혀의 움직임에 정신이 팔려 있었나 보다. 엉덩이를 감싸 쥐었던 손이 속옷을 끌어 내렸다. 정은의 눈이 반짝 떠졌다.

더 깊이 움직여 젖은 곳을 침투하기 직전 정은이 그의 손을 꽉 붙들었다. 팬티는 이미 반쯤, 허벅지에 걸린 채였다.

"잠깐."

목소리에 다급한 숨이 섞였다. 자꾸만 미적거리게 되는 자신이 답답하지만 미칠 것 같았다. 이러다가 돌이킬 수 없게 될 것 같아서.

"천천히……, 아, 잠시만."

반쯤 몸을 일으켜 얼른 뒤로 물러나다가 멈춰졌다. 발목이 잡혀 있었다. 그 발목을 잡은 손의 관절이 뚜렷했다.

할딱거리는 호흡을 고르고 정은은 발목을 보던 시선을 들었다. 아무런 웃음기도 남아 있지 않은, 짙고 어두운 눈동자.

이미 한참 늦었다. 돌이킬 수 없다. 신현의 눈빛을 보며 깨달았다.

왜 잊고 있었나. 저 남자에게 번복은 없다는 것을.

팽팽한 긴장 사이로 정은은 어색하게 웃어 보였다. 이 상황을 넘겨야 했다. 큰소리를 치고서 뒷걸음치다 잡힌 꼴이다.

빠르게 마음을 가다듬고, 입술을 축였다.

"내가 하고 싶어서."

그렇게 둘러대며 정은은, 그의 셔츠 단추에 손을 뻗었다.

하나, 둘, 셋. 와이셔츠의 단추가 모두 몇 개더라.

톡, 톡, 작은 소리가 크게 울렸다. 시간을 끌려고 천천히 한 건 아니었다. 손가락이 떨려서 잘되지 않았다.

이를 악문 채로 신현은 정은이 셔츠 단추를 다 풀 때까지 기다렸다. 마침내 벗겨 낸 셔츠를 정은이 침대 밑으로 떨어뜨리는 소리가 툭, 공간을 울렸다. 군살 없는 단단한 근육질의 몸이 드러났다.

손바닥을 펴서, 신현의 가슴에 대었다. 단단하고 매끄럽다. 결대로 누르듯 쓰다듬으며 그를 살폈다. 쿵쿵, 심장 박동은 뜨겁고 빠른데 꾹 잠긴 얼굴엔 여전히 변화가 없다. 고요히 바라만 볼 뿐.

"잘 버티네."

정은이 비웃듯 속삭였다. 아무렇지도 않은 건가.

작게 솟은 돌기를 희롱하듯 쓰다듬어도 마찬가지였다. 아직 머리카락 한 올 흐트러지지 않고 그대로였다. 밀리는 기분이 마음에 들지 않는다. 어차피 이렇게 된 거라면 일렁이는 눈빛을 보고 싶었다. 차분한 숨소리에 오기마저 생겼다.

'어디까지 버티나 볼까.'

정은의 다른 한 손이 자신의 등 뒤로 향했다. 정은은 스스로 호크를 풀고 어깨를 움직여 브래지어를 벗었다. 그의 시선이 따라왔다. 벗은 어깨, 쭉 뻗은 쇄골, 타액에 젖은 하얀 가슴, 그 아래 가는 허리선까지. 눈빛이 짙어지고 호흡이 갈리는 게 이제야 느껴졌다.

"⋯⋯미치겠네."

갈라진 목소리로 내뱉은 신현이 손을 뻗어 머리를 받쳐 왔다.

이어 다시 거칠게 입술이 삼켜졌다. 머리칼을 움켜쥔 손에 힘이 들어가고 혀가 휘감겨, 그의 입술 안으로 빨려 들어갔다. 삼킬 것 같은, 성마른 입맞춤이 이어졌다. 아까 깨문 곳이 결국 터졌는지 입 안에서 피 맛이 났다. 그 오래전처럼 다시 그녀를 상처 입히고 아프게 하는, 익숙한 손길이다.

"좋아⋯⋯."

정은이 헐떡이며 속삭였다.

차라리 이 상태가 좋았다. 예의도 지키지 말고, 내 걱정하지 말고 날 정신없이 안아 주었으면. 날 함부로 대하는 것일 텐데, 정말로 날 미치게 원하는 남자라고 착각할 수 있게.

"그렇게, 계속."

열망에 몸을 맡기는 동안 남아 있던 속옷마저 모두 사라졌다. 손길이 목적한 곳을 찾아 다시 깊어지고, 정은은 그의 어깨를 꽉 쥔 채 숨을 터뜨렸다. 압력이 높아질수록 한껏 젖어 들며 길이 만들어졌다.

회오리 같은 시간으로 빨려 들어가는 기분. 더 갖고 싶은 갈망에 몸이 뜨거워졌다. 그녀 안에 그를 가득 담고 가둬서, 이 쾌락의 끝까지 가고 싶었다.

목덜미를 무는 숨이 뜨겁다고 생각한 순간이었다. 두 다리를 올려 누르는 동시에 그의 몸이 침입했다.

이렇게나 뜨겁게.

예상치 못한 날카로운 통증에 신음이 치밀었다. 아프다. 놀란 정은이 입술을 깨물어 신음을 삼키고, 그의 가슴팍에 얼굴을 숨겼다.

"너는……."

귓가에 거친 신음과 함께 속삭임이 들렸다. 몸이 차갑게 질리는 느낌에 입술 사이로 날숨이 후우, 새어 나왔다. 그 숨이 그의 가슴에 닿았다.

"……어떻게, 여전히……."

무슨 소리인지 이해가 되지 않았다. 뻑뻑하고 지나치게 빠듯해서 허리가 저절로 뒤틀렸다. 본능적으로 밀어내려는 순간, 귀신같이 입술이 물렸다. 질척하게 물리고 빨렸다. 가슴을 쥐고 쓰다듬는 손길이 마치 달래는 것 같다.

싫어. 정은은 고개를 저었다.

더 아프게. 평소처럼 함부로 대하며, 가장 아프게 나를 안아주어야 했다. 그래서 이 치졸한 죄책감이 모두 사라지도록. 또한 이 하룻밤으로 차라리 내가 너를 미워할 자격이 주어지도록.

정은이 다리로 그의 허리를 감았다.

"그냥……."

그의 귓가에 그렇게 애원하듯 속삭였다.

"아무렇게나……, 더."

더 깊이, 마음대로.

그 소리에 그의 눈에 불꽃이 튀었다. 낮게 중얼거리는 욕설이 들리고 벌어진 틈을 그가 다시 밀고 들어왔다. 넓히려는 듯 사납게 몸을 밀어 넣었다. 등줄기부터 올라온 통증이 뒷머리까지 찌릿하게 울렸다. 축축하고 뜨거운 곳을 밀고 들어오는 게 혀인지 몸인지, 아니면 둘 다인지 알 수가 없다. 툭 터져 나오는 게 눈물인지 다른 무엇인지 분간이 되지도 않았다.

오래, 그를 기다리던 빈 부분이 마침내 채워졌다. 심장이 울컥울컥 뛰었다.

내 남자, 내 남자, 차신현. 정은이 마음속으로 속삭였다.

이제야 내게 돌아왔다.

마침내 다시 내 소유가 되었다.

지금 이 순간만큼은 오직 신정은만의 남자로.

움직임이 갑자기 부드럽고 느려졌다. 다정하고도 슬프게 느껴졌다. 정은이 수축할 때마다 갈라진 신음 소리도 들렸다. 떨어지지 않도록 그의 어깨에 이마를 댄 채로 허리를 들어 올렸다.

이 시간이 좋다고, 정은은 문득 떠올렸다. 아프고, 행복하고 짜릿했다. 잡아먹기라도 할 것처럼, 그가 내게 덤벼드는 이 순간. 서로에게 오롯이 서로만 존재하는 이 시간. 경멸도 미움도 없이, 오직 욕망으로만 정은을 대하는……, 이 시간.

쾌감이 짜릿하게 신경줄을 태워 가고 눈앞이 하얗게 바래졌다. 모든 감정과 떨림이 낱낱이 드러났을 것이다. 쾌락에 젖은 얼굴이 창피해서 가린 두 손을 그가 떼어 냈다.

살갗이 지속적으로 마찰되며, 정은의 몸이 솟구쳤다가 내려앉기를 반복했다. 계속 더 높아질 수 없는 곳까지 오르는 느낌.

더 오를 수도 있나. 이렇게 가다간 몸이 터져 버릴 것만 같은데.

정은이 자꾸만 고개를 저었다. 귓가에 바짝 닿아 들리는 숨소리도 점차 짙어져 갔다. 그 사이로 살이 맞부딪히는 질척거리는 소리가 들렸다.

거친 숨을 내쉬며 신현이 정점을 향해 달렸다. 손톱 아래 꽉 쥔 그의 근육이 수축했다. 점점이 흩어져 떨어져 있던 쾌락들이 한곳으로 뭉쳤다. 그렇게 점으로 응축되어 뭉친 열망이 펑, 한꺼번에 터졌다.

폭발이 몸 중심부에서 전체로 퍼져 나갔다. 높이 올라 있던 몸이 아래로 아래로 천천히 떨어지며 손끝의 세포까지 바르르 떨려 왔다.

관자놀이에 그의 입술이 부딪혔다. 후우, 길게 내려 쉬는 만

족스러운 숨소리가 익숙한 기억을 일깨웠다. 이렇게 칭찬해 주
듯 키스를 퍼붓다가도 신현은 곧…….

기분 좋게 눈이 감기던 순간 신현이 정은의 늘어진 몸을 다
시 끌어당겼다. 정은을 품에 안고는, 따뜻한 손으로 복부를 쓰
다듬었다. 탈력감에 손 하나 까딱하기 힘들어도 둔부에 닿는
움직임은 느낄 수 있었다.

역시, 싫었지만 우선 당장은 눈꺼풀이 내려앉았다. 도저히
지금은 불가능했다.

손으로 그를 밀어내며 그렇게 까무룩 정신을 잃었다.

예상대로였다.

처음엔 그저 등 뒤에서 안은 채, 부드럽게 매만지는 수준이
었다. 배, 허리, 팔…….

아직 잠이 안 든 건가, 싶을 수도 있지만 아니라는 걸 안다.
엉덩이에 닿는 그의 몸이 이미 단단했다.

감기 때문인지 지쳐서인지 눈이 떠지지 않았다. 잠을 자려
고 버티는 걸 알았는지 손길이 조금씩 집요하고 대담해졌다.
몸을 사리면서도 예전 기억을 떠올리며 소용없을 거라는 예감
도 했다.

가슴을 쓰다듬는 손이 결국 아래로 향했다. 빠르게 다시, 몸
을 데워 온다.

"힘들어……. 못 해. 더는."

잠결에 우물거렸지만 어지간히 급한지 가볍게 무시하는 느

낌이다.

　마침내 적당히 정은이 잠에서 깼다는 판단을 내렸나 보다. 괜찮은지, 묻는 과정도 생략되었다. 어깨와 빗장뼈 사이를 깊게 빨아들이는가 싶더니 몸이 돌려지지도 않고 그 자세 그대로 신현은 단번에 꿰뚫듯 들어왔다. 아직 속이 얼얼하고 아픈데 잠시간 정신이 확, 깨는 기분이었다. 속살이 한 번에 벌어지는 느낌.

　그렇게 잠에서 깼다. 허우적대는 기분으로 그 몸을 받았다.

　"아, 응."

　잠결이어서 무방비하게도 부끄러운 신음이 흘러나왔다. 뱉어 낸 소리를 주워 담을 수가 없었다. 눈을 감고도 얼굴이 붉어졌다.

　어떡하지.

　엉뚱한 생각이 들었다. 내일 회사에서, 얼굴도 마주칠 텐데. 그런 생각.

　신현이 정은의 허리를 쥐고 몰아치듯 들어왔다. 속살과 속살이 그대로 닿아, 부딪히는 소리가 난잡했다. 귓가에 닿는 뜨거운 호흡이 정은의 얼굴을 더 붉게 만들었다.

　자극이 파도처럼 밀려왔다. 다시 신음이 튀어나올까 봐 손등을 무는데 신현이 귓가에서 속삭였다.

　"소리 내."

　도리질을 쳤지만 좀 늦었나 보다.

　"응."

수긍이 아니었다. 치받아 오는 몸짓에 밀려 나온 신음이었다. 분명 '아니,'라고 말하려 했었다.

신현이 다시 푹, 밀려 들어왔다. 저릿저릿한 느낌이 두 번째 시작을 알린다.

이미 한차례 탈진할 만큼 몸을 움직인 건 신현도 마찬가지였다. 아까보단 가볍겠거니 예상하며 정은은 감각에 몸에 맡겼다.

깊은 수렁에서 헤엄쳐 나오는 기분으로 잠에서 깼다. 아마도 바깥에서 울린 휴대폰 진동을 들어서 깼는지도 모르겠다. 여기가 어디지, 느리게 눈을 깜빡이다가 흠칫 놀라 벌떡 일어났다.

희뿌연 여명 속으로 곤히 잠든 남자가 눈에 들어왔다. 흐트러진 머리칼 사이로 곧은 이마와 쭉 뻗은 코, 부드럽게 이완된 입술이 보였다. 이렇게 느슨한 모습의 그를 그리워하던 시간은 길었지만, 일부러 눈길도 주지 않은 채 조용히 일어났다. 잠잘 때는 누가 업어 가도 모를 사람이라는 걸 알면서도 급하게 서둘렀다. 몸살이라도 되려는지 이곳저곳의 근육이 아파 왔다.

침대 옆 바닥에 아무렇게나 떨어져 있는 속옷과 슬랙스를 챙겨 들고 재빠르게 방을 빠져나왔다. 나머지 옷이 어디 있을까 더듬다가 어제 있었던 일이 뇌리에서 거꾸로 되감겼다. 거실 한가운데 서서 니트를 챙겨 입는 동안, 옷감이 가슴 끝을 스쳐 간신히 비명을 참아 냈다. 깽깽이 발로 슬랙스에 다리를 넣다가 넘어질 뻔하기도 했다.

탁자 위 핸드백엔 역시 현금도 카드도 없이, 화장품만 잔뜩 있었다. 망설이던 정은은 옆에 있는 그의 재킷을 들어 안주머니를 뒤졌다.

지갑 안에 권면별로 차근차근 잘 정리되어 있는 지폐 중에서 5만 원짜리 네 장을 꺼내고 내려놓으려던 때였다. 사진을 넣는 칸에 접혀 끼워진 노란 포스트잇이 시선을 잡았다. 차신현의 비밀 캐내기에 있어선 도덕도 윤리도 없는 그녀였지만 지금은 시간이 없었다. 지폐만 손에 구겨 쥐고 정은은 정신없이 그 집을 나왔다.

엘리베이터 거울에 비친 얼굴이 하얗게 질린 것처럼 창백했다. 목은 울긋불긋했고 풀어진 머리는 아무렇게나 어깨 위로 늘어져 있었다. 코트를 놓고 나온 걸 1층까지 내려오고 나서야 깨달았다. 다시 올라가서 찾아오려면 벨을 눌러야 했다.

코트를 포기하고 1층 출입문으로 나가기 전, 정은은 긴장한 채로 바깥 동향을 살폈다. 아무 인적도 없는 걸 확인하고 나서야 도망치듯 빠른 걸음으로 문을 나섰다.

한겨울이라 아직 주변은 어둑하고 살이 에일 만큼 추웠다. 칼바람 속에서 옷은 얇은 니트 하나였다. 몸은 이곳저곳 가리지 않고 욱신거렸다. 역시 감기 기운 때문일 것이다. 그런데도 정은은 바로 택시를 잡지 않고 그 추운 거리를 잠깐 걸었다. 죽을 만큼 좋았던 일이어도 이미 끝난 일이었다. 충동으로 저지른 일을 어떻게 수습해야 할지 감이라도 잡아야 했다.

찬 바람 속에서 어딘가를 응시하며 한참을 서 있었다. 방법을 떠올려야 하는데 감정을 가라앉히기가 쉽지 않았다. 여전히 벅차고 한편으론 착잡했다.

마침내 머리가 맑아졌다는 판단이 들었을 때에서야 정은은 손을 들어 택시를 잡았다.

"한남동이요."

털썩, 좌석에 앉는데 몸이 욱씬욱씬 아파 왔다. 움직일 힘도, 기운도 남아 있지 않았다.

택시 기사가 백미러로 흘긋 정은을 응시했지만, 핸드백을 뒤져 휴대폰을 꺼냈다. 부재중 전화는 조 전무였다. 6시 정각에 평소처럼 정은의 집으로 출근했다가 없는 걸 확인하고 전화를 걸었나 보다. 금방 돌아올 거라는 정은의 말을 믿고 밤새 집에서 기다린 경호원만 깨어 있을 거였다.

[오찬 보고는 차에서 받을게요.]

손가락이 떨려서 꾹꾹 누르며 메시지를 보냈다.

한남동에 도착해서는 택시 기사에게 빌라 안까지 데려다 달라고 부탁했다. 내리고 나서 주변을 살폈으나 다행히 이곳에도 수상한 인적은 없어 보였다.

샤워를 끝내고 나온 정은은 어떻게 하면 최대한 신현을 마주치지 않을 수 있을까를 고민했다. 공과 사를 잘도 구분하던 남자였다. 하룻밤이라는 단서에 합의를 했으니, 신현도 당분간은 정은과 부딪히지 않는 게 덜 불편할 것이다.

휴대폰을 들고 어제저녁에 업데이트된 본부장 일정을 확인하니, 오전 8시의 부사장 보고 이후엔 하루 종일 임원 워크숍이 잡혀 있었다. 점심도 워크숍 일정에 포함되어 있으니 출근을 조금만 늦게 하고, 점심시간 바로 전에만 짧게 스치면 될 것이다. 그렇게 계산하며 조 전무에게 연락해 조금 늦게 출근한다고 일렀다.

거울을 보니 잠을 못 자고 시달린 얼굴이 퍼석했다. 스팀 타월을 만들어 정은은 얼굴 위에 한참을 올려 두었다. 어느 때보다 정성 들여 화장을 했고 세심하게 옷을 골랐다.

차량 옆에 조 전무가 서서 먼저 기다리고 있었다. 깊이 몸을 숙여 출근 인사를 하고는 차 문을 열어 주었다. 정은의 표정을 읽지 않으려 노력하는 눈치였다.

"업무 보고 시작하겠습니다."

차에 오른 조 전무가 여느 날처럼 하루를 시작하며 한 말이었다. 정은이 고개를 끄덕이며 서류를 받아 들었다.

깨었을 때 정은은 없었다.

비어 있는 침대에는 아무 흔적 없이 엉망으로 구겨진 시트만 남아 있었다. 깨길 기다려 줄 거라 예상하지도 않았지만 이 최악의 침대 매너는 여전했다.

잠든 중간에 설핏 무슨 소리를 들었던 것 같은데, 그게 떠나는 소리였나 보다. 얼마나 급했는지, 그 성격에 코트도 놓고 갔다. 이 추운 날 어떻게 집에 돌아갔는지 알 수 없었다.

휴대폰을 확인하니 어제 미룬 부사장 보고가 아침 8시에 잡혀 있었다. 이후 하필이면 하루 종일 워크숍이 연결되어 있어서 신 팀장을 호출할 수도 없는 상황이었다. 어제, 정은이 그와의 관계를 거절할까 봐 미리 말하지 않은, 꼭 해 두어야 할 말이 있었다.

출근하는 동안 차 안에서 통화 버튼을 눌렀으나 정은의 휴대폰은 꺼져 있었다. 배터리가 없어서일 수도 있지만 딱히 그럴 것 같진 않았다.

오늘 워크숍에선 프레젠테이션이 있었다. 그를 줄 세우고 싶어 수시로 일을 만들어 내는 CFO 때문에 요즘엔 모든 회의에 발표가 잡혀 있었다. 차 뒷좌석에 앉아 몇 개의 수치를 급하게 눈에 익히는 동안에도 머릿속으로는 어젯밤의 일이 스쳐 지나갔다.

회사 주차장에 도착한 뒤 다시 통화 버튼을 눌렀으나 마찬가지였다. 하룻밤이라는 단서를 달던 정은이 기억났다. 그 '하룻밤' 만에 내쳐진 불쾌한 기분은 잠시 접어 두고 이후 이어질 정은의 행동을 예측해 봤다. 분명 아침에 그의 일정부터 체크했을 것이다. 그가 출근할 시간을 계산하고 그가 부사장실에서 보고를 시작할 8시쯤 출근할 거라는 생각이 들었다.

사무실에 들어서면서 정은의 자리를 흘낏했다. 비어 있다. 평소보다 늦은 출근이었다.

7시 50분. 집무실을 떠나야 할 시간이지만 신현은 이메일을 체크하며 잠시 기다렸다. 이미 한 차례 미룬 보고였고 10분 정도 더 늦는다고 큰일 날 것도 없었다. 시계가 8시를 넘겨서야 신현은 집무실을 나섰다.

때마침 출근하던 정은이 그와 눈을 마주쳤다. 귀신이 봐도 밤새 푹 잤나 보다, 감탄할 만큼 깔끔한 화장. 당황함을 잘 감춘 뻔뻔한 눈빛.

정은은 아무렇지 않다는 듯 고개를 숙여 인사했다.

"안녕하세요, 본부장님."

신현은 고개를 숙여 인사를 받았다.

체취까지 느낄 만큼 가깝게 스쳤지만, 정은은 그에게 따로 말을 걸지도 않고 빠르게 스쳐 지나만 갔다. 이렇게 정은이 잔뜩 무장한 모습을 보이거나 내빼려고 할 때면, 어딘가 순진한 모습이 남아 있는 것 같아서 오히려 안심이 되곤 했다.

엘리베이터를 타고 부사장실에 도착하는 동안 잠시 과거를 뒤돌아봤다. 정은이 그를 정리하던 때가 정확히 언제였던가를. 그가 닥쳐올 미래와 죄책감을 감수하면서도 용기를 내고 더 나은 관계를 위해 한 발짝 나아가려던 그날이었다. 영화를 보자고 했었고 고개를 끄덕이는 것도 확인했지만, 결국 정은은 그 자리에 나오지 않았다. 순진했고 정은에 대해 잘 알지 못했던 시절이었다. 이번엔 그렇게 끝낼 수 없었다.

평생 다시 넘지 않을 거라 수천 번 다짐했던 선을 어제 또 넘었다. 어떻게든 방법을 찾아내야 했다. 이 판을 뒤집어서 그렇게 끝까지 갈 거였다.

부사장실 앞에 도착하자 비서가 자리에서 일어나 인사를 해 왔다. 신현은 보고 내용을 떠올리며 부사장실로 들어섰다.

업무를 하면서도 정은은 수시로 시간을 체크했다.

11시 반, 신현이 점심 전 사무실에 들를 시간. 휴게실로 커피를 가지러 간 척하려다가 참았다. 피한다는 인상을 주고 싶지 않았다. 최대한 뻔뻔하게 마주치고 점심시간엔 근처 스파에서 잠시 눈이라도 붙일 참이었다.

마침내 신현이 사무실로 돌아왔다. 워크숍에 참석 대상인 CEO, 주요 스태프 임원들과 오찬이 예정되어 있으니 준비된 차량이 정문 입구에 기다리고 있을 것이다. 상은의 책상 옆에 선 채로 신현은 기획팀장에게 회의 중 발생한 지시 사항부터 전달했다. 회의가 끝나면 잊기 전에 바로 결정 사항을 전달하는 스타일이었고, 근처 다른 직원들도 업무에 집중하는 척하면서 같이 듣곤 했다.

안경 밑에 손가락을 댄 채로 목소리가 날카로운 게 제법 중요한 안건인가 보다. 밤을 새우다시피 한 정은이 녹초가 된 것과 달리 신현은 잘 정돈된 여유 있는 모습이었다. 체력 좋은 건 여전했다.

곧 점심 장소로 이동해야 할 시간이었다. 나름 안심하던 중에 팀장 한 명이 신현에게 뛰어와 급한 결재 서류를 건넸다. 고개를 숙인 채 내용을 훑던 신현이 아무렇지 않게 질문했다.

"신 팀장, 오늘 점심 약속 있습니까?"

직원들이 신현을 어리둥절하게 쳐다보았다. 이어진 자리는 CEO가 주관하는 오찬 자리였다. 상은도 양쪽을 번갈아 보며 당황한 눈치였지만 막상 신현은 서류를 읽어 내는 데 집중해 있었다. 대충 서명을 한 서류를 팀장에게 돌려주고 나서야 느긋한 눈길이 정은을 향했다.

　대답을 기다리듯 눈썹이 슬쩍 들렸다. 자리에서 일어나며 정은은 의도적으로, 그래도 어쩔 수 없다는 표정을 지었다.

　"죄송합니다만, ……네, 본부장님."

　신현이 갸웃하고는 미소를 짓는다.

　"나랑 식사합시다. 밥 좀 사 주게."

　"괜찮……."

　"오늘 유난히 피곤해 보여서."

　말문이 딱 막힌 정은은 차라리 싸늘하게 웃어 보였다. 여기서 또 거절하면 더 곤란한 말이 나올 걸 예감해서였다.

　눈치 빠른 정은이 썩 마음에 든다는 듯, 신현이 고개를 끄덕였다.

　"비서실에 불참 통보하고 식당 예약해요. 신정은 팀장 자주 가는 데로."

　상은에게 간단히 지시하고 집무실로 들어서는 신현의 뒷모습을 정은은 가만히 쏘아보았다. 청와대에서 날아오는 식사 초청도 잘만 거절했는데, 가끔 저 범생이가 정은의 기지를 쉽게 뛰어넘을 때가 있다.

내가 다시 돌아올 때까지

    운전기사가 차를 세워 준 남도 밥상이라는 간판 앞에서 정은은 멈칫하지도, 당황함을 내색하지도 않았다. 분명 정은이 상은에게 예약을 부탁한 건, 바로 먹고 일어나야 하는 평범한 백반집이었는데도 말이다.

    이 근처에선 꽤 유명한 굴비 정식 전문집이었다. 신현의 뒤를 따라 식당에 들어서자 룸으로 안내되었다.

    업무 관계인 것처럼 끌고 가려면 부하 직원처럼 물이라도 따라 줘야 하나, 속으로 유치한 고민을 했는데 식당 직원이 가져다준 컵에는 물이 채워져 있었다. 직원이 메뉴를 건네자 정은에게 먼저 건네준 다음에서야 자신 걸 받아 든다.

    시간이 촉박하여 오늘 아침은 굶었을 것이다. 회의와 발표까지 했으니 무척 출출하기도 할 거였다. 뭘 먹어야 하나, 신현은 메뉴를 훑고 있었다. 아마 먹을 수 있는 게 없을 것이다. 해물을 뺀 음식은 딱 공깃밥만 있는 집이었다.

신현이 해물을 안 먹는 건 갑각류 알레르기 때문이 아니라 어릴 때 해물을 먹고 되게 체했고 이후 식생활을 바로 잡아 줄 사람이 없어 아마 교정 시기를 놓쳐서라는 게 혜조의 추측이었다. 혜조가 신현의 알레르기에 대해 알게 된 것도 신현이 열다섯 살 때 즈음이었다. 공부하느라 힘들겠다며 전복 삼계탕을 사 줬는데 결국 다 토하는 걸 보고 이것저것 캐물으니 그제야 실토했다고 한다.

다 골랐는지 신현이 메뉴를 치워 두었다. 시선이 느껴져서 정은은 다시 메뉴에 시선을 두었다. 민망하고 껄끄럽다는 말뜻을 이제 이해했다. 섹스하는 동안 자신이 내지른 신음과 표정을, 이 남자는 다 보았을 것이다. 뒤엉켜 함께 밤을 보내고 회사에서 얼굴 마주치는 것도 고역인데 앞에 두고 밥까지 먹어야 한다니, 여간 어렵지 않았다. 메뉴의 글씨가 눈에 들어오지 않았다.

보리굴비를 고른다는 걸 정신이 없어서 아무거나 골랐다.

"난 연포탕 정식."

다행히 목소리는 차갑게 흘러나왔다. 고개를 끄덕인 신현이 기다리고 있던 직원에게 주문했다.

"연포탕 정식 하나, 보리굴비 정식 하나 주세요. 그리고……."

신현이 덧붙였다.

"따뜻한 차 한 잔도 함께 부탁합니다."

직원이 고개를 끄덕였다.

"네."

정은은 이미 깔려 있는 반찬을 살폈다. 새우찜, 복어초회, 고등어무조림, 죄다 해물이었다. 심지어 멸치볶음까지, 해물이 들어가지 않은 반찬이라곤 나물과 감자조림뿐이었다.

신현은 반찬의 자리를 바꾸고 있었다. 해물전과 복어초회가 정은 앞에 놓였다. 정은이 물끄러미 바라보자 신현은 '별로 안 좋아하는 반찬이어서.' 대충 그렇게만 답했다. 정은의 입맛을 아는 건 아닐 테고 본인이 해물을 싫어하는 것은 사실이니 그럴 수도 있었다.

오늘 이 자리를 왜 만들었을까. 정은은 그 의도부터 짚어 봤다. 밀어내는 말을 할지, 혹은 구슬리는 말을 할지도 예상되지 않았다.

차 안에서도, 식당까지 들어오는 동안에도, 그리고 지금도 충분히 가까운 거리였지만 손끝 하나 대지 않는 걸 정은은 민감하게 인식했다. 정은이 만나던 일반적인 남자들은 서너 번만 만나도 은근슬쩍 스킨십을 시도하곤 했던 반면, 마치 직원이랑 밥을 먹는 상사처럼 신현은 충분히 거리를 지키며 정중하기만 했다. 그렇게 하나하나 따지며 혼자 생각에 잠겨 있을 때였다. 직원이 따뜻한 주전자를 가져왔다. 자신이 마시려고 주문한 차인가 했는데, 다기 찻잔에 차를 따른 신현이 찬물을 조금 섞어 정은에게 건넸다.

"두 번째 때······."

사무적이라 할 만큼 건조하지만, 어딘가 모르게 곤란함이 담긴 어조였다.

"……피임을 안 했어."

목에 무언가 콱 걸린 느낌이었다. 자꾸만 예상할 수 없는 상황이 되는 것 같아서 정신이 하나도 없었다. 조심하지 못해 미안하다는, 그러니 약이라도 먹어 두라는 뜻으로만 우선 받아들였다.

잠시의 시간을 두고 정은은 조용히 대답했다.

"괜찮아."

깨워서라도 꼭 두 번은 안아야 잠이 들던 습관은 여전했다. 첫 번째보다 더 격렬했다. 그 순간 아무 생각도 못 한 건 정은도 마찬가지였으니 굳이 비난할 생각은 없었다. 못 한다고 피해 놓곤 결국 내지른 비명만 기억나서 빨리 이 대화를 끝내고만 싶었다.

"약 먹고 있었어."

흘낏, 차갑게 관찰하는 시선에 자세한 말은 피하겠다는 듯 정은은 눈만 내리깔았다. 천천히 찻잔에 손을 뻗어 한 모금 마시자 적당히 따뜻한 물이 정은의 아픈 목을 가라앉혀 줬다.

직원이 뚝배기 한 개와 보리굴비, 다기 그릇에 소복이 담긴 두 개의 밥을 들고 왔다. 자신의 앞에 놓인, 잘 분해된 보리굴비를 신현은 상 가운데로 옮겼다.

"먹어. 난 별로 안 좋아해서."

무뚝뚝한 말투다. 생각을 감춘 얼굴로 정은은 말없이, 시키는 대로 했다.

최악의 밥상일 텐데 신현은 나물과 감자조림으로 그럭저럭 먹는 눈치였다. 생각해 보니 성인이 되고 나서 처음 둘만 같이 먹는, 정은에게는 나름대로 의미 있는 자리였다. 거의 맨밥을 먹였지 싶어 달걀프라이라도 주문해 주려다가 마음을 접던 때였다. 신현이 종업원을 조용히 불러 정은이 비운 복어초회를 한 접시 더 주문했다. 보통 남자들이라면 '너 이거 좋아하지?' 혹은 '이거 먹어 볼래?' 하며 한두 마디 생색이라도 낼 텐데 그러지 않는다.

자꾸만 쏟아지는 시선에 어젯밤 일을 떠올리는 건가 자꾸 신경이 쓰였다. 불편해서 두통이 날 지경인데 왜인지 신현은 아무 생각 없이 정은이 밥을 먹는 모습을 지켜만 보는 눈치였다. 다행인지 불행인지 밥은 잘도 넘어갔다.

차라리 대화를 하는 게 낫겠다는 생각이 들었다. 어느 정도 식사가 마무리되었을 때였다. 거리를 둬야 할 사람이라 정은은 의아했던 것만 묻기로 했다.

"장 책임이랑 아버지 관계, 언제 알았어?"

수초 동안 신현은 대답을 하지 않았다. 어딘가 곤란한 표정이다. 조심히 수저를 내려놓으며 정은은 기다렸다.

한참 뒤에서야 신현은 어렵게 말문을 떼었다.

"가깝게 지내는 선배가 하나 있는데……."

곽윤기. 집중한 채 들으면서도 정은은 컵을 들기 위해 손을 뻗었다.

"둘이 결혼 예정이었어. 9년 전에 헤어졌고."

정은의 손이 잠시 허공에서 멈췄다. 형욱의 연구에 투입된 시기와 곽 대표와 헤어진 시기가 같다. 아무 대꾸 없이 정은은 고개만 끄덕였다.

휴대폰이 짧게 울렸다. 본부장의 다음 일정을 알리는 상은의 메시지였다. 안도의 한숨을 삼키며 정은도 시간을 확인했다.

12시 40분. 워크숍은 1시 15분에 재개한다. 곧 이 자리를 벗어날 수 있게 되는 거다.

그나저나 대체 무슨 할 말이 있는 걸까. 초조해지는 건 주도권을 빼앗기는 것 같아서 싫었다. 상대방이 어떤 말을 할지 예상이 안 되니, 차라리 먼저 말을 꺼내는 게 낫겠다는 판단이 섰다.

정은은 침착하게 말문을 열었다.

"어제는 실수였어. 술에 취해서……."

매일 회사에서 마주쳐야 할 사람이니 좀 더 분명히 해 둘 필요가 있었다.

"또?"

하도 건조하게 되물어서 이죽거림이라는 걸 몰랐다. 아스라이 떠오르는 장면이 있었다.

기억력도 비상하지. 또한 그녀는 어찌나 응용력도 없는지. 수년 전 아침에 똑같은 변명을 했었다.

"없었던 일로 했으면 좋겠어. 어제 일."

안면 몰수하고 말했다. 기분 나쁘게 들릴 수 있을 테지만 일을 저지른 지금, 그게 그녀가 해 줄 수 있는 최선이었다. 사실 신현 입장에서도 태희를 생각한다면 나쁠 것은 없었다.

쳐다보는 시선이 느껴졌다. 비웃음을 당할까 숨을 죽이면서도 정은은 무심하고 냉정한 얼굴로 벽을 세웠다. 역시 별로 기분 나쁘지는 않았던 건지, 신현은 자연스럽게 다른 질문을 해 왔다.

"왜? 만나는 사람 있어?"

대답하고 싶지 않은 상황에선 은근슬쩍 다른 화제로 넘어가는 성향의 사람이라는 게 떠올랐다. 정신을 바짝 차리면서도 잠깐 강태준을 떠올리긴 했다. 목적이 있는 관계지만 종종 만나는 건 사실이니까. 뭐라 대꾸해야 하나 고민하며 그를 마주 볼 때였다.

"정리해야겠네."

부드러운 말투인데 잘 눌러 둔 불쾌감이 비어져 나왔다. 변명하는 어조가 되지 않게 조심하며 정은은 가볍게 대꾸했다.

"업무상으로 가끔 만나는 정도야. 별뜻 없⋯⋯."

신현의 입매가 단단하게 굳었다. 분위기가 무섭게 가라앉았다. 날카롭게 한마디 하겠구나. 정은의 신경도 곤두서고 바로 대응 태세를 갖출 때였다.

"정리해."

담담하고 신경질적인 어조에 정은이 날카롭게 그를 살폈다. 문득, 어젯밤 일이 충동적인 섹스가 아니라 어떤 목적이 있어 진행된 거라는 생각이 스쳤다. 느닷없이 데리러 온 것도 그렇고. 혹시 정은이 만나는 상대가 강태준이라 알고 있는 걸까. 그렇다면 진짜 강태준을 싫어하네.

하지만 아무리 머리를 휙휙 돌려도 정은에게서 강태준을 떼어 놓는다고 이 사람이 얻을 반사 이익이 무언지 딱히 떠오르지 않았다. 나랑 계속 관계를 할 것도 아니면서.

정은이 상황을 느슨하게 만들기 위해 입가에 웃음을 띠었다.

"안 만날 수 있는 관계의 사람이 아냐."

"누군가와 밤을 지냈으면, 다른 상대는 정리해야지. 기본 아닌가?"

대답할 말을 찾지 못하고 정은은 잠깐 입을 벌린 채 그를 마주 보았다. 이어 어색하게 웃으며 반박했다.

"어차피 하룻밤이었잖아."

"난 동의한 적 없고."

"이……런 일로 말장난하지 마."

"진심인데. 그러니까 정리해."

피곤한 웃음 속에서 노여움이 느껴졌다. 하룻밤이 아니라는 뜻인가. 뭐가 됐든 말로 때울 수 있는 상황이 아니라는 걸 깨달았다.

누구와 어떤 협상을 해도 얻어 낼 수 있는 조건과 양보해야 할 조건을 빠르게 캐치해 내는 정은이었다. 지금은 분명 물러나야 할 때였다. 강태준을 정리한다고 아쉬울 것도 없었다. 정은이 순순히 고개를 끄덕였다.

알면 알수록 용의주도하고 매서운 구석이 있다고. 그렇게만 알아 두었다.

마음을 먹기가 쉽지 않았을 뿐, 출생 신고서를 열람하는 건 어렵지 않았다.

이른 아침, 출근하기 전 신현은 관할 지방 법원을 찾았다. 관할 법원마다 보관 연한이 다른 건지, 지금도 열람이 가능하다고 했다. 서류를 신청하고 기다리는 동안, 오래전 수능을 치던 날이 기억났다.

초조하고 절박한 하루였다. 단 한 문제라도 놓칠 수 없어서 손에 땀이 가득하도록 집중했었다. 2학년 모의고사에서 전부 만점을 맞았던 것은 아니니, 모르는 문제를 만날 확률이 컸다. 정말로 물리 마지막장에서 생전 처음 보는 난해한 문제를 만났다. '하나 틀릴 수도 있겠구나.' 낙담하면서 문제를 풀었다. 근접한 해답을 골라 답안지에 체크하며 정은을 떠올렸었다. 가채점을 하면서도 정은을 떠올렸다. 유일한 만점자로 성적 발표가 나던 그 아찔한 순간에도, 그가 떠올린 사람은 정은이었다.

정은을 마음에 두고부터는 늘 그렇게 살아왔다. 정은 주변의 어떤 놈들보다 잘해 내려 했고, 그래서 죽기 살기로 준비했고, 중요한 고비를 넘길 때마다 정은을 생각했다. 정은이 말한 그 '별 볼 일 없는 남자'가 되지 않도록 정은이 지나치며 언급한 대로, '수석 졸업'하도록 아등바등했다. 매일매일 그리워하며 타들어 가는 마음으로 살다가도 막상 얼굴을 보던 때에는, 이번엔 어떤 심한 말로 내쳐야 하나, 머리를 짜내야 했으면서도 말이다.

하지만 지금은 모든 상황이 달라졌다. 인생에서 가장 원해 온 것이 두 번째의 기회가 되어 그의 눈앞에 찾아왔다. 더 초조하고 더 절박했다. 해 볼 수 있는 모든 것들을 다 시도해 봐야 했다. 애써 외면했던 출생을 마주하는 것까지 포함해서.

그가 신청한 서류가 손에 쥐어졌다. 이걸 볼 수 있다는 걸 예전에도 알았지만 찾아보지 않은 건 역설적이게도 아무것도 변하지 않는, 더 나빠지지 않는 삶을 원해서였다.

사람 많은 민원실에서 신현은 선 채로 서류를 확인했다. 부친의 성명 자리는 비어 있고 모친의 성명만 채워져 있었다. 김효영. 처음 듣는 이름이었다. 부친의 성이 차씨였을까.

하지만 그의 시선을 잡은 건 다음 칸이었다. 신고인. 출생 후이 서류를 제출한 사람의 정보였다.

"이게……."

윤혜조.

머릿속에 쓰나미가 몰려오는 기분이었다. 한자도 주민 등록번호도 주소도 모두 동일했다.

진짜로 혜조였다. 바이러스라도 먹은 컴퓨터처럼 꽉 멈춘 상태로, 신현은 당황스럽게 입가만 쓰다듬었다.

자동적으로 맨 아래에 신고서 제출 날짜를 응시했다. 그가 병원에서 출생한 날짜로부터 사흘 뒤였다.

이게 어떻게.

이게 어떻게 가능하지.

이 정보로는 태어났을 때부터 혜조가 그를 알았고 출생 신고를 했다는 뜻이다. 출생하자마자 복지원에 입소했다면 혜조가 출생 신고를 하는 게 이상하지 않지만, 그가 복지원에 입소한 것은 세 살 때였다고 들었다.

충격에 숨을 후욱 들이쉬었다.

대체 혜조가 그와 무슨 관계이기에. 이 김효영이라는 사람하고는 어떤 관계인 거고.

자신을 둘러싼 세상에 대해 그가 알고 있는 정보 중 가장 큰 것이 틀렸다는 뜻이었다. 혹시 다른 정보가 더 있을까 해서 나머지 내용을 마저 확인했다. 출생 정보에 그가 태어났을 당시의 체중과 임신 주수가 있었다. 출생자의 모친 사항에 김효영의 학력이 대학 이상이고 사무직이라고 체크되어 있다.

김효영에 대한 정보가 눈에 들어오지 않았다. 다시 신고자의 이름만 반복해서 확인했다.

윤혜조. 그를 비참한 세상에서 끌어올려 준, 무지개 같은 이름, 정은의 어머니, 형욱의 아내, 혜조.

혜조.

이게 어떤 뜻인지 당장 와 닿지 않았다. 그냥 토할 것처럼 속이 울렁거렸다.

이사장실에서 늦게까지 그의 수학 숙제를 검토해 주곤 했었다. 정기적으로 건강 검진을 해 주고, 그가 좋은 성적을 내면 감탄해 주고, 그가 해이해질 때마다 엄한 조언들을 해 주기도 했었다. 그건 결코 꾸며 낼 수 없는 얼굴이었고…….

어지러웠다. 정은의 얼굴이 떠올랐다. 내일은 혜조를 만나기로 되어 있었다. 혜조에 대한 감정은 이미 너무나 복잡해서 터질 듯한데,

이게 대체 무슨.

민원실의 한가운데에서 서 있다가 신현은 멍한 상태에서 우선 시간을 확인했다. 회사로 복귀해야 할 시간이었다. 서류를 든 채로 출구로 향했다.

차를 어디다 뒀는지 기억이 나지 않았다. 자신도 모르게 1층 건물 바깥으로 나와 있었다. 사람들이 오가는 인도 한가운데에서 신현은 길을 잃은 기분으로 서 있었다.

혜조의 이름만 뇌리에 웅웅거렸다. 출생에 대해 모든 것을 알고 있으니 확실히 반대하는 거였다.

그래서 그게 무엇이었냐면…….

한국 생명과학 연표가 뇌리에 그려졌지만 신현은 이내 고개를 저었다. 아니었다. 그땐 그런 것들이 기술적으로도 불가능했다.

주변 차도에서 차 움직이는 소리가 귀를 울렸다. 심장 고동이 산발적으로 뛰었다. 클랙슨 소리도 들렸다.

"죄송합니다."

누가 말한 거지, 하며 쳐다보니 자신이 말한 소리였다. 누군가와 부딪혔나 보다.

동시에 한 가지가 떠올랐다. 혈액으로 검사한 염색체와 머리카락으로 검사한 염색체가 다른 이유.

내가…….

내가, 키메라라면 가능하다.

혜조는 두 손을 잡은 채 신현을 기다리고 있었다. 하루 종일 창문 밖, 차고 근처를 바라보며 안절부절못했다. 초조하고 절박한 마음이었다.

마침내 벨 소리가 나자, 김천댁을 제지하고 문 앞까지 나가 신현을 맞이할 뻔했다. 간신히 참고 평소처럼 여유 있는 얼굴로 서재에서 기다렸다. 언제나 그렇듯 신현은 말끔한 정장 차림에 혜조에게 줄 선물을 들고 왔다.

"저 왔습니다."

안경 너머로 눈을 마주치고 신현이 고개를 숙였다. 참고 있던 숨을 쉬며 혜조는 인자한 웃음으로 마주 인사했다.

"어서 오너라. 오랜만이네."

점심을 먹기로 했기에 둘은 다이닝 룸으로 향했다. 김천댁이 준비한 반찬 외에도 혜조가 새벽부터 주방을 드나들며 특별히 만든 갈비찜도 있었다.

둘은 일상적인 대화로 전채부터 함께했다. 조급한 마음이 한가득이었지만 숙련된 대화가였기에, 혜조는 섣불리 주요 화제를 꺼내지 않았다. 현일의 동향을 비롯해서 일반적인 대화부터 했다. 먼저 슈퍼 진을 다녀온 이야기를 꺼낼 것을 예상했지만 신현은 담담한 태도로 혜조의 질문에 대한 답을 하고 혜조의 일상 이야기에 귀를 기울여 줄 뿐이었다. 형욱의 연구가 화제로 떠올랐을 때도 마찬가지였다.

식사가 끝날 때 즈음 혜조는 가장 근접한 질문을 떠올렸다.

"요즘 김 회장님은 뵌 적 있고?"

국의 마지막 숟갈을 뜨며 신현은 잠시 답을 머뭇거렸다.

"네. 일주일에 한 번씩 점심 식사를 함께하고 있습니다."

놀람을 삼키며 혜조는 고개만 끄덕였다. 설마 매주 독대를 한다는 뜻은 아닐 것이다. 좀 더 자세히 알아봐야겠다고 생각했고, 그저 현일에서의 위치가 완전히 바뀌었다는 뜻으로만 우선 받아들였다.

김천댁이 커피를 가져왔다. 똑같은 커피 잔이 그들 앞에 놓였다.

"그래, 요즘엔 어떤 지시를 수행하고 있니?"

슈퍼 진의 CFO를 비밀리에 만난 것을 알고 있음에도 혜조는 완곡히 물었다. 각설탕을 하나 넣은 뒤 신현은 스푼으로 커피를 저었다.

"중장기 사업으로 진행할 투자 건입니다."

딱 거기까지의 답변이었다. 커피 잔을 드는 걸 지켜보며 신현의 낯을 살폈다. 아무 표정도 드러나지 않았다. 거의 키우다시피 한 아이인데, 이런 어려운 자리는 생전 처음이었다. 회사에서의 위치뿐만 아니라, 어느새 그들 사이의 관계도 많이 뒤바뀌어 있었다.

얘가 이런 면이 있었나. 손바닥에 땀이 차는 느낌에 혜조는 가볍게 손을 오므렸다가 커피 잔 손잡이를 쥐었다. 이쪽에서 먼저 더 자세히 캐묻는다면 오히려 불리한 위치가 되겠다는 판단이 들었다. 이걸 어떻게 뒤집어야 하나. 머리가 지끈거렸다.

곰곰이 생각하던 혜조는 부드럽게 화제를 전환했다.

"정은인 잘하고 있니?"

표정 변화가 없다.

"네."

혜조도 아무 감정을 드러내지 않았다.

"잘 가르쳐 주렴. 개가 노력은 많이 하는데 아직 경험이 많이 부족해서."

빙빙 도는 대화라는 걸 모를 리 없을 텐데도, 신현은 화제에 맞게 적당히 대답했다.

"사업감이, 남다른 편입니다."

혜조는 가만가만 고개를 끄덕였다. 그리고 평이한 어조로 목적했던 화제에 접근했다.

"강 상무 쪽에서 찾아왔었다. 엎어졌던 혼담이 다시 진행될 거 같은데……."

커피 잔을 꾹 쥐고 있는 남자다운 관절이 혜조의 눈길을 끌었다. 어쩔 수 없었다. 혜조에게는 연구가 최우선이었다.

"사위로 눈에 딱 차는 건 아니다만, 강 상무가 베이징 사업에 투자금을 끌어 주려 한다고 해서."

누군가 혜조에게 아무 조건 생각 없이 단지 자신의 마음에 드는 사윗감을 고르라고 했다면, 백번을 고민해도 눈에 차는 사람은 사실 단 한 명이었다. 어쩜 저리 인물도 좋고 다부지게 자라서 때마다 혜조를 아쉽게 하는지 알 수 없었다. 게다가 죽을 때까지 정은이만 사랑해 줄 텐데.

"그래서 혹했던 것이 사실인데. 너 또한 이 일에 관여되어 있다고 들었거든."

혜조가 단도직입적으로 물었다.

"네가 말한 중장기 사업이 이거니?"

신현이 시선을 맞춰 왔다. 주변만 돌던 대화가 끝났다.

"네."

짧고 담담한 대답에 혜조는 직감적으로 느꼈다. 강태준이 아무리 나서도 김 회장은 끄떡도 안 할 거라는 걸. 김 회장이 계약서에 펜을 들게 할 사람은 아들도, 회사 대표도 아니고, 혜조가 훌륭하게 빚어낸 신현이라는 걸.

그럼에도 생전 처음으로 혜조는 입이 떨어지지 않았다. 정적이 흘렀다. 이 투자를 이끌어 주면 정은이 짝으로도 생각해 보마, 그런 저열한 거짓말을 해 볼까 하는 유혹까지 들었다.

신현이 커피 잔을 내려놓았다. 이번엔 혜조가 신현과 시선을 맞췄다.

"곧 슈퍼 진과 다른 투자 안 중 한 가지를 택해 김 회장님께 보고를 올릴 생각입니다."

무릇 모든 연구는 의외로 돈이 그 성과를 결정한다. 중국에서 김 회장의 위치가 막강한 만큼 문제가 생길 때마다 힘을 빌리기도 수월했다. 신현이 중간에 있다면 연구 관련해서 김 회장의 간섭도 최소한으로 조정할 수 있었다. 그러므로 이 투자는 반드시 신현을 통해 이끌어 내야 했다.

혜조는 마른침을 삼키며 이어질 말을 기다렸다.

"슈퍼 진 투자를 고민하는 데 있어 필요한 정보가 있습니다."

아마도 경영진을 통해 얻을 수 없는 정보일 것이다. 혜조는 조심히 고개를 끄덕였다.

"말해 보렴."

고민하듯 안경을 올리던 신현의 손가락이 반듯한 콧날 위, 안경테 중간에 멈춰 있었다. 혜조는 참을성 있게 기다렸다.

"유전자 편집 아이 관련해서 이제까지 성공 및 실패 사례입니다. 근 몇 년간이 아니라, 좀 오랜 시간 동안의."

강태준이 요구했던 것과 비슷했다. 아마도 과거 사례를 살펴야 미래의 성공을 예측할 수 있어서일 것이다. 게다가 신현은 전공자이니 그 사례를 통해 더 정확한 판단을 내릴 수 있을 테니까. 하지만……. 하지만.

엄지손톱이 톡톡, 검지 손톱을 파고들었다. 신현이 그 움직임을 주시하자, 잠시 불편하게 웃은 혜조는 그 손을 들어 빈 목을 쓰다듬었다.

곤란할 때의 혜조의 버릇을 신현은 유심히 살폈다.

"그렇다면 얼마나?"

답이 뻔한 필요 없는 질문이었다. 그 필요 없는 질문에도 신현은 침착하게 답변했다.

"박사님이 처음 이 실험을 시작한 때부터의 기록이어야 합니다. 하지만 아시다시피 제가 요구하는 건 일반적인 유전자 조작 실험에만 국한되지 않습니다."

이보다 긴장되는 순간이 없던 것 같다. 혜조가 억지로 미소를 만들며 신현을 마주 보았다.

"유전자 조작의 시초라고 할 수 있는, 키메라 실험부터요.

그러니까 약 30여 년 전, 또는 그 이전부터의 자료입니다."

우연일 것이다. 어떻게 자료를 조작해야 신현을 속여 넘길 수 있을까를 고민하며, 혜조는 부드럽게 고개만 끄덕였다.

워크숍은 화요일이었고 점심도 같이 먹었는데 신현은 다시 연락해 오지 않았다. 신 팀장을 따로 호출하는 일도 없었고, 대여섯 개 전달받은 업무 이메일을 반복해서 뜯어봐도 개인적인 내용은 없었다.

수요일, 신현은 늦게 출근했고 그의 얼굴에선 아무 감정도 읽히지 않았다.

목요일, 점심시간을 포함해 약 두 시간 사무실을 비운 것은 청담동 집에서 혜조를 만난 것으로, 조 전무가 보고했다.

마주쳐도 다른 직원처럼 인사만 받고 지나쳤다. 팀장 회의에서도 업무 지시가 전부였다. 무언가 딴 데 집중한 느낌이긴 했다. 하루 종일, 회의와 회의 사이 틈틈이, 뭐가 바쁜지 해외와 통화를 하기도 했고 책상 위엔 읽을 자료도 잔뜩 쌓여 있었다.

공과 사를 철저히 구분할 줄 아시네. 삐뚤어진 마음으로 그를 평가하면서도 정은은 자신을 단념시키려 노력했다.

'어차피 이렇게 되어야 할 일이다.'

금요일, 그리고 주말에 정은은 일부러 일에 집중했다. 평소보다 더 많은 운동을 하다가 발목을 접질리기도 했다. 일요일 밤, 정은은 뜨거운 물이 잔뜩 담긴 욕조에 앉아 그날 일을 뒤돌아보았다.

기억해 보니, 그날 없던 일로 하자고 한 말에 대한 대답은 듣지 못했다. 그래도 그렇게 해 줄 모양이었다. 다행이긴 한데, 왠지 버려진 것 같은 이 서글픈 심사는 뭔지 모르겠다. 아마 정은이 부탁하지 않았어도 일은 이렇게 흘렀을 거라는 생각이 들었다. 그럴 거면 강태준은 왜 정리하라고 했어.

'하룻밤, 잘 놀았네.'

손을 저을 때마다 거품과 물이 찰랑찰랑 섞였다. 함께 나눈 행위가 선명했다. 당분간 두고두고 기억해 볼 만한 추억은 하나 건진 셈이다. 만날 때마다 느끼는 이 어색함과 불편함은 곧 사라질 거고.

즐거웠고 뜨거웠다. 그러니 손해 본 것 없다.

그렇게 냉정히 정리하고 욕조에서 일어날 때였다. 탁자에 놓인 휴대폰이 한 번, 울렸다.

일요일 저녁의 문자 메시지. 신현과 통화하던 개인 휴대폰이 아니라 업무용 휴대폰이었지만 혹시 싶어 가슴이 두근거렸다. 휴대폰을 노려보다가 정은은 얼른 손을 뻗어 내용을 확인했다.

[크리스마스에 뭐 해?]

강태준이었다. 어깨에서 힘이 빠지고 성질이 돋았다. 간단히 답변하고 정은은 휴대폰을 어딘가에 휙 던져두었다.

샤워를 한 뒤 아이크림을 잔뜩 바른 정은은 침대에 털썩 누워 버렸다.

우리 본부장님은 주말에 뭐 했나. 크리스마스에는 누구랑 뭐 하려나. 던져둔 휴대폰을 슬그머니 찾아 들고는 하염없이 그의 일정을 체크했다. 별다른 건 없었다.

크리스마스는 수요일이었다. 크리스마스 밤을 함께 지낼 계획이었다면 지금쯤 연락했을 거였다.

'하룻밤 아니라면서.'

접질린 발목이 괜히 시큰거렸다.

'진심이라면서.'

그날 밤 정은이 별로였을 수도 있다. 아니, 그건 아니었다. 다른 건 몰라도 그 문제만큼은 확신할 수 있었다. 그래서 예전에도 섹스가 개입되고 나서는, 분명 정은을 쫓는 입장으로 바뀌었다. 한 번 정도는 더 연락이 올 것 같은데 이번엔 아닌가 보다.

역시 태희가 낫겠다는 결론인 건가. 하긴 태희와의 섹스는 더 좋을 수도 있는 거니까. 뭐가 됐든, 이렇게 마무리되려는 모양이었다.

휴대폰을 내려놓고 정은은 다시 눈을 감았다. 잘된 거다. 팔목으로 눈을 가린 채 잠을 청했다.

요즘 범생이들은 다 줄 것처럼 열정적이다가도 끝나면 매몰차지고. 머리가 좋아서 그런가.

정리하는 것도 참, 신속하기도 하시지.

크리스마스 이틀 전 월요일, 퇴근하고 차에 오르자 조 전무가 탭을 건넸다. 엑셀로 정리된 파일이 떠 있었다.

"연말연시, 선물 보낼 명단입니다."

대충 훑으니 기업 회장, 협력 회사 대표, 과학계 원로, 복지

재단 직원 등 200여 명이 넘었다. 작년 명단에서 새로 추가된 이름은 형광색으로 칠해져 있었다. 펜을 들어 정은은 태블릿 화면에 이름 하나를 적었다. 최경호. 최 기사와 김천댁의 아들이었다.

"이 사람한테 옷 몇 벌 맞춰 주세요. 여자들이 좋아할 만한 거로."

여자 꼬시려면 옷이 필요하지 싶다. 조 전무가 최 기사를 흘끗하면서도 고개를 끄덕였다.

"신 박사님과 윤 이사장님께 보내실 선물은?"

"알아서 골라 보내세요. 제일 비싼 거로."

아버지가 뭘 좋아하는지도 모르지만, 관계를 부드럽게 만들어 놔서 손해 볼 것은 없었다.

"네. 크리스마스는 어떻게 지내실 건지. 뭘 준비해 둘까요?"

"DVD 몇 개 준비해 주세요. 애니메이션으로. 간단한 샐러드도 준비해 주시고."

"네."

차 안 교통방송에서 나오던 음악이 캐럴로 바뀌었다. 'All I want for Christmas is……'를 외치는 여자의 목소리가 한껏 높아지자 정은은 리모컨을 들어 음악을 껐다. 차내가 조용해졌다.

"연초에, 차 본부장은 중국 출장이 다시 예정되어 있습니다. 수뇌부 쪽인 것 같고요."

"그래요?"

역시 내 말은 무시하고 그냥 슈퍼 진에 투자하기로 했나 보다.

정은이 헤드레스트에 머리를 기대는 동안 휴대폰이 아무렇지 않게, 짧게 진동했다. 머리가 복잡해서 생각에 빠진 채로 휴대폰을 들었다. '차신현 본부장'. 액정 위에 뜬 메시지 발신자의 이름을 보자마자 심장이 뛰었다.

바로 확인하지 못하고 정은은 액정을 응시만 했다. 아마 업무 관련일 거였다.

"그리고 이건, 음, 연초에 참석하셔야 할 모임이고요."

탭의 화면이 바뀌었다. 정은은 휴대폰을 손에 쥔 채로 탭에 집중하려 노력했다. 제약·바이오 연례 모임이다. 머리를 귀 뒤로 쓸어 넘기며 정은은 참석자 명단을 확인했다.

"다들 주당이네요."

가슴이 자꾸만 두근거렸다. 어서 휴대폰을 확인하고 싶기도 했고 실망하고 싶지 않기도 했다.

"네. 조금 일찍 자리를 뜨시든지요."

워낙 여성 승계자들을 무시하고 배척하는 조직이라 쉽지 않을 거였다. 정은이 휴대폰을 몸 앞으로 들며 중얼거렸다.

"제약사 오너는 극한 직업이에요."

떨리는 손가락을 움직여 정은은 액정의 패턴을 풀었다.

[내일 저녁에 영화 보자. 데리러 갈게.]

수년을 돌고 돌아 찾아온 크리스마스에, 신현은 똑같은 제안을 해 왔다. 휴대폰을 떨어뜨릴 뻔해서 꼭 틀어쥐었다.

"아, 그리고, 장민희가 베이징 조양구区 내의 소아 병원에 방문했습니다."

건조한 얼굴로 고개를 끄덕였지만 무슨 뜻인지 잘 입력은 되지 않았다. 뺨에 열이 오르고 심장이 미친 듯이 뛰었다.

"결과 나오면 보고해 주세요."

지그시 입술을 깨물며 정은은 휴대폰을 들었다. 고민하면 안된다. 그냥 아무 생각 하지 말고 거절해야 했다.

어렵지 않아. 메시지 답변 정도야 아주 간단한 일이지. 이 사람도 다른 여자에게 이런 가벼운 제안, 데이트 신청, 분명히 해봤을 테니 별것 아닐 거였다.

불쑥불쑥 뱃속에서 치미는 충동을 누르며 정은은 손톱으로 답신을 써 내려갔다. '일정이 있어.' 그렇게 입력한 뒤, 전송 버튼을 누르고 휴대폰을 다시 그러쥐었다.

한 번쯤 더 연락이 올 거라 예상했던 대로 아마도 자자는 뜻일 거였다. 사실 의도가 뭐든 정은에겐 크게 상관은 없었다. 게다가 영화관은 사람이 많아 최악의 장소였으니 거절을 한 건 이성적인 판단이었다.

잘한 일이었다. 아무것도 아니고, 그냥 쉽게 잘 처리한 일. 하나도 어렵지 않았다.

정은은 고개를 차창 밖으로 돌렸다.

"이사님."

조 전무의 부름에 정은은 자동적으로 대답했다.

"네."

보고가 이어지지 않아 이상하다는 생각이 들었다. 별일 아니야. 다시 시작하자는 뜻도 아니잖아. 그 순간 다시 손안의 휴대폰이 진동했다. 조 전무의 시선도 느끼지 못하고, 얼른 내용을 확인했다.

[근처에서, 끝날 때까지 기다릴게.]

정은의 마음을 들여다보는 듯하다. 따뜻한 아버지가 없어서, 이런 다정한 말 한마디에도 온몸이 다 녹아내리는 기분이었다.

양손으로 휴대폰을 든 채 액정을 쳐다보았다. 글자 하나하나가 가슴에 꾹꾹 박혀 왔다.

"안 됩니다."

딱딱하고 단호한 목소리로 조 전무가 말했다. 조 전무가 때렸어도 이렇게 아프진 않았을 것이다.

"알아요."

다 안다. 너무나 잘 안다.

가슴이 울컥울컥 뛰었다. 문자 내용, 이름 둘 다에서 눈을 못 떼면서도, 정은은 담담하게 고개를 끄덕였다.

"여기서 멈춰야 합니다. 이러다가 윤 이사장님 아시게 되면 진짜 일 납니다."

그래, 그렇지.

"네, 멈출 거예요."

신현은 지금 정은의 답을 기다리고 있을 것이다. 지금 이 순간을 누리고 싶었다. 그가 정은을 기다리는 이 순간을 잠시만이라도. 나는 너를 처음 만난 후 모든 순간 동안 네 연락을 기다리며 살아왔으니까, 이번엔 네가 잠시만 내 연락을 고대하고 기다려 줬으면 좋겠다고.

손가락으로 그 글자들을 쓰다듬으며 정은이 물었다.

"남자가, 크리스마스이브를 같이 보내자는 건, 그래도 호감이 있다는 뜻인 거겠죠?"

조 전무는 대답을 하지 않았다. 이마를 쓰다듬으며 불편하게 뒤척였다. 그러다가 감정을 참는 목소리로 다시 입을 열었다.

"윤 이사장님은 한다면 하시는 분이라고요. 외동 따님이니까 그런 모습 감추고 사시는 거지, 다른 분에게는 무서운 분이신 거, 진짜 모르시겠어요?"

알고 있다. 정은은 혜조에 비하면 새끼 고양이 같은 존재일 뿐이라는 것. 그럼에도 지금은 귀를 막고 눈을 가리고 싶었다.

"그냥 궁금해서 묻는 거잖아요."

아, 미치겠네. 이제까지 봐 왔으면서도 조 전무야말로 왜 모르지. 정은은 자신이 이러는 이유를 설명했다.

"이 남자가 나한테 무언가를 같이 하자고 한 게 처음이어서 그래요. 연인들이 함께 지내는 날인데 나랑 같이 보내자니까, 내가……, 내가."

억울함에 목소리가 낮게 떨려 나와서 정은의 말이 막혔다.

"기뻐서요. 아픈데 너무 기뻐서."

현일바이오 가치가 하루 만에 몇천억 원이 올라도, 세계가 집중하는 신약의 3상을 성공해도 정은에겐 별 감흥이 없었다. 기적이 따로 있나. 높은 담 위에 있는 것처럼 고고했던 이 남자가, 드디어 정은에게 함께 시간을 보내자고 하는 이 순간이 정은에겐 인생에서 처음 만난 기적이었다.

"지금 내가 거절하면 다른 여자한테 연락할지도 모르고. 그 여자랑 영화 보고 저녁 먹을지도 모르는데, 어떻게 내가."

그게 태희일 수도 있었다. 아니, 어떤 여자여도 이젠 도저히 참을 수 있을 것 같지가 않았다.

눈가가 뜨거웠다. 그러면서도 오래 기다리게 할 수 없어서 정은은 손가락으로 답장 버튼을 눌렀다.

이번엔 어떤 말로 거절해야 하나. 다시 쳐다보기도 싫을 만큼 딱 자르는, 독한 말이어야 할 텐데.

[만나고 싶지 않]

거기까지 입력하다가 정은은 톡톡 백스페이스를 눌렀다. '원래 만나던 사람과 약속이 있어.', '미안, 바빠서 안 되겠어.' 모두 쓰다가 지웠다.

세상 모두에게 강하고 못되게 굴 자신이 있었다. 하지만 이 남자가 마침내 뻗어 온 손을 거절하는 건 죽기보다 힘들었다.

어떻게 해야 하지. 휴대폰을 다리 위에 올려 두고 정은은 두 손으로 얼굴을 문질렀다. 어느 순간 정은은 고개를 저었다.

"안 되겠어요. 그때 못 나간 게, 이렇게 두고두고 아픈데 이번에도 또 못 나가면."

정은이 손에 얼굴을 묻으며 속삭이듯 토해 냈다.

"알잖아요. 나, 진짜."

가고 싶었다. 내가 그 남자랑 영화를 보고 밥을 먹고 싶었다. 날 궁금해하는 눈길을 받고 싶었고, 오늘 예쁘다고 감탄하는 눈길도 받고 싶었다.

그런데 이 기회마저 날려 버리면.

"평생 후회할 거 같아서요."

정말 좋았을 텐데⋯⋯, 그러면서 말이다. 늙어 죽는 날, 눈을 감으면서까지 바보 같았다며 가슴을 칠 것이 분명했다. 젊은 날, 그렇게 좋아했던 남자랑 결국 데이트 한 번을 못 해 봤다고.

순간 정신이 들었다. 어떻게든 방법을 찾아야 했다. 이기적이고 비양심적이지만 이번 한 번만이라도 만날 방법을. 한참을 손에 얼굴을 묻은 채 고민했다.

그러다가 한 가지 생각이 떠올랐다. 정은은 다시 휴대폰을 들고 몇 가지를 검색했다. 현일백화점의 교통편, 화장실 위치. 가능할 것 같다.

정은이 숨을 들이쉬며 말했다.

"남자 경호원 한 명, 내일 저한테 붙여 주세요."

"그렇게까지 해서 가고 싶으세요?"

차 안에 침묵이 흘렀다. 정은이 그동안 생각하고 있던 말을 조심히 꺼냈다.

"차 본부장이 정말로 아버지 사업에 투자를 진행하는 중이라면 지금만큼은, 안전한 거 아니에요?"

조 전무가 정은을 응시했다. 이해가 안 된다는 눈길은 아니었다. 참 딱하다는 눈길이었다.

조 전무는 현실만 짚었다.

"어차피 미래가 없는 관계입니다. 언젠가는 들키게 되어 있다고요."

"이번뿐이에요. 고작 한 번으로 안 들켜요."

"이사님, 이 미련 많은 성격에 절대 한 번으로 안 끝나요. 혹시 들키면, 상처 입는 건 이사님이고요. 저번보다 더 힘들 거고."

"나는, 강해요. 어떤 상처도 다 이겨 낼 수 있어요. 이번에는, 같이 있는 걸 택할래요."

끄응, 앓는 소리를 내던 조 전무가 잠시 고개를 위로 젖히고 '아, 나 원.' 하고 소리를 내뱉었다. 이 고집을 못 꺾을 거라고 예상했는지 마침내 조 전무가 체념의 한숨을 내리쉬었다.

"백화점까지는, 제가 모셔다드리겠습니다."

고마웠다. 고개만 끄덕인 정은은 휴대폰을 들어 보내고 싶었던 답을 적어 내렸다. '영화관으로 갈게. 시간이랑 장소 알려 줘.'

인생을 통틀어 가장 간절하게 갖고 싶었던 한 가지가, 바로 눈앞에 있었다. 이뤄질 듯, 이뤄지지 않을 듯 정은 앞에서 아른거렸다.

뭐 입고 가지. 립스틱은 무슨 색깔로 발라야 하나.

전송 버튼을 누르며 정은은 간신히 웃음을 감췄다.

고작 이게 뭐라고. 가슴이 이렇게 아프고, 설레고 그러는지.

조 전무는 백화점 지하 3층에 정은을 내려 주었다. 그리고 일부러 정은을 기다릴 것처럼 주차장에 차를 세웠다. 그 모습을 뒤로하고 정은은 평소처럼 느긋한 움직임으로 백화점 에스컬레이터로 향했다.

1층, 명품 숍에서 정은은 팔찌를 구입했다. 잘 포장된 상자가 정은에게 건네졌다. 쇼핑백을 거절하고 정은은 팔찌를 핸드백에 넣은 뒤 화장실로 향했다. 화장실 안에서 정은은 옷을 갈아입고 마스크를 한 뒤 모자를 썼다.

화장실 밖에서 아이와 함께 기다리고 있던 남자 경호원과 가족으로 위장해, 백화점을 나선 다음 바로 택시를 탔다. 중간 즈음, 경호원이 짐을 갖고 아이와 함께 내렸고 정은은 영화관으로 향했다.

예전에 만나기로 했던, 삼성동 지하에 위치한 멀티플렉스였다. 그때는 정은의 집에서 가까운 곳이었지만, 지금은 둘의 집에서 가까운 것도 아니고 회사에서 가깝지도 않았다.

만나기로 한 시간보다 10분 정도 일찍 도착했다. 모자를 벗고 화장을 최종 점검하고 택시에서 내렸다.

크리스마스이브라 영화관은 꽉 차 있었다. 지나가는 곳마다 캐럴이 울렸고 직장인으로 보이는 커플들이 대부분이었다. 정은을 알아본 서너 명의 사람들이 휴대폰을 들었지만 이런 일에 익숙한 정은은 때맞춰 고개를 돌렸다.

신현은 먼저 도착해서 기다리고 있었다. 회사에서 바로 왔는지 슈트 차림이었다. 문득 시계를 내려다보며 고개를 들다가 정은과 눈이 마주쳤다. 정은을 가볍게 훑고는 눈을 맞춰 왔다. 느슨해지는 눈매에 정은의 심장이 낯설게 박동했다.

신현은 정은 쪽으로 천천히 걸어왔다. 그가 정은에게, 정은만을 향해 걸어오는 걸 지켜보며 선 채로 기다렸다.

"언제 왔어?"

가까이 다가온 그에게 정은이 먼저 인사했다. 목이 껄끄러웠다.

"좀 전에."

신현이 들고 있던 여성용 코트를 정은에게 입혀 주었다. 당황하고 의아해하는 정은의 눈빛에 신현이 여유롭게 대답했다.

"코트를 두고 나와서."

코트를 그의 집에 두고 나온 건 아예 잊고 있었다. 하지만 이건 그 코트가 아니었다. 정은이 좋아하는, 얇지만 대신 따뜻한 토끼털이었다. 정은의 코트보다 컬러도 옅었다. 달아오른 뺨을 숨기며 정은은 엉뚱한 말만 했다.

"사람이 너무 많아."

불평하는 줄 알았나 보다. 누군가와 부딪힐 뻔한 정은의 어깨를 잡아 주며 신현이 달래듯 말했다.

"크리스마스이브니까."

정은은 그냥 고개만 끄덕였다.

상영관 쪽으로 그와 나란히 걸어가며 정은은 희한한 경험을 했다. 누구와 함께 있어도 정은은 시선을 끄는 당사자였는데, 오늘은 대부분의 사람들이 신현을 바라봤다. '신정은, 신정은.' 속삭이면서도 신현에게서 눈길을 떼지 못하는 사람들을 보며 기분이 좋기도 했고 못마땅하기도 했다.

정은을 상영관 입구에 앉혀 두고 신현은 잠깐 기다리라고 했다. 매점으로 향하는 신현을 지나가던 여자들이 또 흘끔거렸다. 짙은 슈트에 넥타이를 맨 신현은, 보통 여자들이 소녀 시절에 한 번쯤 짝사랑했을 만한, 까칠하고 잘생긴 남자들 특유의 분위기를 갖고 있었다. 아무리 고백해도 받아 주지 않는, 어딘가 어려워 보이는 분위기까지.

팝콘과 콜라를 사 들고 오는 신현을, 안경 낀 두 명의 여자들이 잡았다. 그의 팔을 툭 치는 손길에 정은의 신경에 경계가 섰다. 얼굴에 여드름이라도 있나, 심술궂게 찾아봤지만 학교 친구이거나 동기인지 학구적이고 지적이게만 보인다. 여자들이 반가워하자 신현의 얼굴에도 쑥스러운 반가움이 스쳤다. 여자들이 그의 손에 들린 팝콘과 두 개의 콜라를 손짓했고, 특유의 낯선 표정으로 곤란하게 대답하던 신현이 잠깐 이쪽에 시선을 던졌다.

아마도 누구와 함께 왔느냐는 질문을 받았을 것이다. 정은이 시선을 피하자 다시 신현은 여자들 쪽으로 고개를 돌렸다. 다가가 인사를 나누고 싶은 건 정은 자신이었지만, 표정 없는 시선으로 구두 끝만 응시했다.

얼마 후, 적당히 자리를 마무리한 신현이 뚜벅뚜벅 정은 쪽으로 돌아왔다.

애니메이션이었다. 정은의 기호에도 맞아떨어졌다.

"더빙이네."

정은이 먼저 좌석에 앉으려는데 신현이 정은의 팔을 잡으며 대답했다.

"영어, 싫어할 것 같아서."

팔을 잡은 건 자리를 바꿔 앉기 위해서였다. 얼렁뚱땅 자리가 바뀌었다. 정은을 복도 쪽에 앉히고, 신현은 또 다른 정장을 입은 남자의 옆자리가 되었다. 영어가 질색인 건 사실이었다. 듣는 것도 메슥거릴 정도로.

눈이 얼굴의 반을 차지하는, 초능력을 갖고 태어난 여자가 주인공이었다. 자신의 능력의 비밀을 찾으며 탐험을 하는 것으로 영화는 시작했다. 웃긴 장면에서는 같이 웃었고, 감동적인 장면은 둘 다 침묵으로 지켜보았다. 팝콘을 집어 먹는 중간 너무나 당연하게 손이 스쳤다. 몇 번 시선이 닿는다는 생각을 할 즈음, 따뜻하고 건조한 손이 정은의 손을 감아쥐었다.

잠은 여러 번 잤는데 손을 잡힌 건 처음이었다. 아찔한 감각이, 키스를 할 때보다 더한 전율이 몸을 스쳤다. 발끝까지 저려왔다. 따뜻한 체온이 느껴지고, 부드러운 마찰이 느껴졌다. 어두컴컴한 상영관에서 정은의 얼굴이 붉게, 계속 달아올랐다.

곤란하고 어색해서 손을 뺄까 하다가, 태연함을 가장하며 화면만 바라보았다. 그렇게 손을 잡은 채로 끝까지 영화를 보았는데 뒷부분은 거의 정신을 집중하지 못했다. 상영관을 나가며 신현이 다음 어벤져스 시리즈엔 저 여자애가 합류하면 되겠다고 농담했을 때에서야, 정은은 긴장된 웃음을 터뜨렸다.

상영관을 나오며 신현은 저녁을 먹자고 했다. 지상으로 나오니 함박눈이 내리고 있었다. 두 시간 영화 보는 동안, 겨울 왕국처럼 온 세상이 하얗게 변해 있었다. 소복소복 쌓이는 눈을 밟으며 둘은 나란히, 골목골목을 걸었다.

이 추운 날 얼마나 비싸고 대단한 식당이기에 이렇게 멀리 가지, 했는데 익숙한 상호명에 정은의 가슴이 두근거렸다. 홍콩 체인의 유명 딤섬 전문점이었다. 가끔 정은이 배고픔에 지쳐 잠들 때마다 검색해 보던 식당 중 하나였다.

늦은 저녁인데도 식당 앞에는 줄이 길게 늘어서 있었다. 줄을 서는 동안 힐끔거리는 시선이 부담스러워 정은은 고개를 돌리며 딴 곳을 보는 척했다. 조 전무에게 시켜서 전화 한 통 넣으라고 할까, 고민했지만 그 시간조차도 불안했다.

"예약이 안 되는 곳이라 기다려야 하는데, 괜찮겠어?"

부드럽게 묻는 눈길이 정은을 향했다. 정은의 머리칼에 붙은 눈을 털어 주는 손길이 다정해서 잠깐 정신이 산만해졌다.

주변 기자가 정은을 알아볼 거였다. 누군가 SNS에 사진을 올리게 되도 혜조가 알게 되는 건 금방이었다. 휘몰아치는 수많은 흔들림을 접으며 차갑게 고개를 젓던 때였다.

"아니, 다른 데……."

"어머, 안녕하세요, 전무님."

밝고 화사한 목소리였다.

정은을 바라보던 눈길을 천천히 떼고 신현이 뒤를 돌았다. 번호표를 나눠 주던 직원을 알아보고 신현의 얼굴에 불편한 표정이 스쳤다. 예쁘장하게 생겨서 호들갑스럽게 반가워하고는, 잠시만 기다리라더니 워키토키로 누군가와 통화를 했다.

통화를 마칠 때 즈음 매니저라는 명찰을 단, 양복을 입은 직원이 뛰어나와 신현에게 꾸벅 인사를 했다.

"전화 주시지 그러셨습니까, 전무님. 이쪽으로 오세요."

진짜 홍콩의 딤섬집을 재현한 것처럼 식탁들이 다닥다닥 붙어 있는, 다소 앤틱한 느낌의 공간이었다. 매니저가 그들을 두 명만 간신히 앉을 수 있는 협소한 룸으로 안내했고 메뉴판이 정은 앞에 놓였다.

메뉴를 보는 것만으로도 정은의 가슴이 두근거렸다. 샤오룽 바오는 꼭 시켜야 한다. 하가우도 꼭 시켜야 했다. 그러면 완탕은 어떻게 하지. 게다가 망고 푸딩도 시켜야 하는데. 하지만 내가 세 개 고르면 이 남자가 고를 게 없어지게 된다.

메뉴를 보고 심각한 정은을 신현은 턱을 괸 채 말없이 구경했다.

"샤오룽바오랑 완탕……."

너무 많이 주문했나 싶어 살짝 눈치를 살피면서도 정은은 저도 모르게 덧붙였다.

"망고 푸딩."

메뉴판을 매니저에게 돌려주며 신현이 하나를 더 추가했다.

"하가우도 한 접시 주세요."

하가우에는 새우가 들어있다.

"맥주는요, 전무님?"

"한 병만 부탁합니다."

"아, 차량 가져오셨습니까?"

딱딱한 어조로 대답하자, 매니저가 더욱 나긋한 어조로 한 질문이었다.

"네."

"그럼 전무님을 위해선 차茶를 준비시키겠습니다."

눈치를 보며 슬금슬금 떠나는 매니저를 지켜보던 정은은 몰래 웃음을 참았다. 차신현 주변의 사람들은 늘 이런 식이었다. 거리를 두는 건 낯설어 그러는 건데 그 이유를 모르고 다들 저렇게 불안해하며 더 적극적으로, 과도하게 친절해지곤 했다.

음식은 10여 분 뒤에 도착했다. 대나무 찜기에 담긴 샤오룽바오에서 김이 모락모락 올라왔다. 샤오룽바오를 식당에서 직접 먹게 된 건 처음이었다.

멜라민 젓가락을 든 신현이 샤오룽바오 하나를 숟가락에 올리고는 절편 생강과 간장을 얹었다. 침착한 그 움직임을 지켜보며 정은이 물었다.

"매니저하고는 어떻게 알아?"

이 식당에 지분이 있는 건 아닌 거로 알고 있다. 샤오룽바오가 먹기 좋게 준비된 그 숟가락을 정은에게 건네며 신현이 대답했다.

"여기 대표 딸이랑, 선을 보기로 해서."

당황함을 감추며 정은은 숟가락을 받았다. 나 먹으라고 한 거였구나.

"여기 대표, 홍콩 사람인데?"

정은이 되묻자 신현이 우선 먹으라는 듯 숟가락을 눈짓했다.

대답을 기다리며 정은은 젓가락을 움직여 샤오룽바오의 포자를 약간 찢었다. 그 사이로 육즙이 흘러나와 초간장과 섞였다. 이거 먹으면 진짜 부산까지 뛰어갔다 와야 한다. 그럼에도 정은은 샤오룽바오를 천천히, 한입에 넣었다. 입 벌리는 모습을 신현이 지켜보는 것도 의식 못 했다. 뜨끈한 육즙이 입 안 가득 퍼졌다.

담백하고, 짜고 새콤하고.

아. 아아. 아아아. 그래, 이런 맛이었다.

"대학원 동기야. 한국에 스타트업할 때 내가 도와줬고."

이 사람의 학연은 달나라도 뚫겠다.

"되게 젊던데?"

예쁘고 진취적인 미혼 여자로 알고 있었다. 신현은 이번엔 하가우를 집었다.

"똑똑해. 내가 많이 배웠고."

똑똑하다니. 예쁘다는 말보다 더 겁나게 만드는 말이었다.

신현이 집은 하가우가 이번에도 정은의 빈 숟가락 위에 놓였다. 탱글탱글한 새우가 포자 너머로 비쳤다. 침이 꿀꺽 넘어간다. 그런데도 정은은 또 물었다.

"자주 연락해? 가까워?"

그렇게 떠보면서도 정은은 하가우의 반을 잘라 입 안에 넣었다. 정신없이 먹는 모습을 보여 줄 순 없어서 최대한 천천히, 우아하게 먹었다.

초록색 병에 담긴 맥주를 정은의 컵에 따르며 신현은 어려운 질문이라도 받은 듯 미간을 살짝 찌푸렸다. 그러고는 그 컵을 정은에게 건네며 이내 답변했다.

"아니. 가끔 일로 연락하는 정도."

아니긴 뭘 아냐. 아까 신현에게 완전히 굽실거리던 매니저의 모습이 떠올랐다. 상대방은 그렇게 생각하지 않는 거다. 이 남자는 가깝다고 생각하는 사람이 원래 없는 사람이고.

보글보글 거품이 오른 맥주를 한 모금 마시자 개운함이 입 안 가득 퍼졌다. 홍콩 여류 사업가가 좀 거슬리지만, 지금은 너무너무 맛있고 행복해서 위기감은 나중으로 미뤄 뒀다.

질투했던 상황을 감추기 위해 정은은 다소 여유롭게 말했다.

"도움 많이 되겠네. 나중에 나한테도 인사시켜 줘."

다기 주전자를 들어 자신의 찻잔에 차를 부으며 신현은 희미하게 웃었다.

"통역을 불러야겠네."

으윽. 찔렸지만 정은은 가볍게 고개를 끄덕였다. 홍콩 여류 사업가와 머리끄덩이 잡고 싸울 일이 생기면 말은 통해야 할 테니.

다시 먹는 데 집중하는 동안, 찻잔 너머로 쳐다보는 시선이 느껴졌다. 정은이 오물오물 씹는 모습과 냅킨으로 입가를 부지런히 닦는 모습을 보는 시선. 무표정한데 약간 호기심이 깃든 눈동자였다. 어째 웃는 것처럼 보이기도 했다. 설마 내가 웃기게 생겼나.

아닌데. 지금 반경 3km 이내에 나보다 예쁜 여자 없을 건데.

그나저나 이 남자는 뭐 좀 먹었나?

"왜 안 먹어?"

찻잔을 내려놓은 신현은 그제야 젓가락을 들었다. 자신의 그릇에 완탕을 덜탕 신현이 대수롭지 않은 어투로 물었다.

"맛있어?"

할 말 없어서 물어보는 건가. 그래도 너무 쉬워 보이면 안 되니까, 스테이크를 더 좋아한다고 대답할 예정이었다.

그런데……

"……응."

그렇게 대답하고 정은은 다시 먹기 위해 고개를 숙였다. 문득 그의 입가가 부드럽게 휘어지는 걸 본 것 같았다.

봉은사로를 지나던 차가, 학동역 주변에서 갑자기 북쪽으로 향하는 도로로 들어섰다. 정은이 의문의 눈길로 쳐다봤다.

"데려다줄게. 집 앞까지."

건조한 답변에 괜히 무안해졌다.

당연히 반포동이나 호텔로 향할 거라 예상했다. 상반된 감정들을 감추며 정은은 차창으로 고개를 돌렸다. 건물과 차들의 붉고 노란 불빛들이 그들을 스쳐 흘러갔다. 곰곰이 생각하다가, 정은은 자연스럽게 말했다.

"후문 쪽에 내려 줘. 잠깐 운동 좀 하려고."

늘 빌라 정문으로 출입했으니 오늘은 후문이 더 안전할 것이다. 신현은 아무 의심 없는 얼굴로 고개를 끄덕였다.

한남대로를 건넌 후 마침내 정은의 집에 도착했다. 신현은 시키는 대로 후문으로 진입했다. 방문객용 주차 구역에 차를 세우고 둘은 커뮤니티 센터 건물로 향했다.

차에서도 손을 잡지 않더니 이번에도 마찬가지였다. 또 거리를 두는 건가, 불안하고 초조했지만 내색하지 않았다.

둘 다 좁은 인도 위를 나란히, 말없이 걸었다. 지하 주차장이라 조용했고 그들의 발소리만 울렸다. 애매한 거리만큼 떨어져 걷다 보니 어느 순간 손이 스쳤다. 어색하게 눈이 마주쳤다. 손바닥에 괜히 땀이 찼다.

커뮤니티 센터 입구에 도착하고 정은이 멈춰 섰다. 정은이 돌아보자, 신현은 담담히 인사했다.

"갈게."

물끄러미 쳐다보는 시선.

"응."

정은도 감정 없는 목소리로 대답했다. 핸드백에서 꺼낸 카드 키를 입구에 태그 하려는데 신현이 뜬금없이 물어 왔다.

"주말에 뭐 해?"

낯빛이 바뀌지 않으려 정은은 최대한 노력했다. 기억을 더듬는 동안 신현의 시선이 정은의 이목구비에 차례로 닿았다. 머리칼, 눈, 코, ……입술. 저렇게 쳐다볼 때면 온몸의 신경 세포가 곤두서는 느낌이었다.

"글쎄, 운동하고, 모임 나가고 그럴 거 같은데."

괜스레 혼자만 속 끓이고 설레는 자신이 싫어서 퉁명스러운 목소리가 튀어나왔다. 순순히 고개를 끄덕이면서도 신현의 시선은 여전히 정은의 입술에 머물러 있었다. 매끈하고 얇은 입술. 문득 그의 귀 끝이 붉어졌다.

"바쁘네. ……다행이다."

바쁜 거 절대 아니라고 해야 하나, 대체 왜 다행이라는 거지. 이마를 찌푸리며 서 있는 동안, 신현의 손이 천천히 정은의 머리칼로 뻗어 왔다. 정은의 머리칼을 하나둘 귀 뒤로 꽂아 준다. 귓가에 닿는 따뜻하고 다정한 손길에 온몸에 전기가 흘렀다.

같이 지내자는 말을 할 것도 아니면서 대체 주말에 뭐 하냐고 왜 물어본 거지? 헷갈리고 화가 나서 쳐다보는 동안, 갑자기 목과 뺨에 손이 닿는가 싶더니, 끌어당겨지고 입술이 겹쳐졌다.

그렇게 주차장 지하, 사람들이 볼지도 모를 길에서 신현은 달콤하게 입을 맞춰 왔다. 입술이 빨리고 혀가 스며드는 동안 온몸이 삽시간에 달아올랐다.

가볍게 붙은 입술이 떨어졌다가, 다시 지긋이 쳐다보는 시선.

"서로에 대해 더 알게 되면 같이 자려고 했는데."

뭐? 이 남자가 미쳤나 봐. 아니, 대체 왜.

"난, 못 하겠어."

탁한 신음과 함께 신현이 그녀를 끌어당겼다.

몸이 밀착되며 더 깊은 키스가 이어졌다. 신현이 그녀를 벽으로 밀어붙이고는 코트 안으로 손을 집어넣었다. 심장이 가슴을 터뜨릴 것처럼 요동쳤다. 정은이 그의 어깨를 끌어안는 동안 속옷을 비집고 들어오는 손이 느껴졌다.

키스가 더욱 농밀하고 진해졌다. 정신이 아득해지고 다리가 후들거렸다. 한 번에 감싸 쥐고 눌러 오는 힘에 신음을 참기 힘들었다.

멀리서 차가 진입하는 소리가 들릴 때에서야 신현의 입술이 떨어졌다. 정은의 이마에 자신의 이마를 댄 채로 신현은 후우, 길게 숨을 내리쉬었다.

신현이 정은에게서 조금 멀찍이 섰다. 얼떨떨하고 실망스러운 기분으로 그를 바라보았다. 온몸의 세포들이 상실감으로 요동을 쳤다. 어떻게 나를 이렇게 만들고 떨어질 수 있어. 반포동으로 다시 가야 하나. 아니면 우리 집으로 가자고 설득할까.

신현이 숨을 고르고 통보했다.

"내일 아침부터 일주일간 출장이야."

황당함으로 입이 벌어졌다. 이 남자는 진짜, 미쳤다.

정신이 하나도 없는 와중에 정은이 그를 쏘아보았다. 지금 그녀를 손 위에 올리고 장난을 친다는 의심이 들었다.

"나는 그 일주일의 모든 순간, 그다음만 떠올릴 거야. 돌아와서 너 안을 생각만."

가슴이 쿵쾅거렸다. 정말로 터질 것처럼 쿵쾅거렸다. 그럼에도 감정 동요를 감추며 그를 바라보는 동안 신현은 눈 안에 정은을 가득 담았다. 마치 진심으로 그녀만 떠올릴 사람처럼.

"매일매일 미치는 기분일 테지. 그러니까 너도……."

정은의 시선을 잡으며 신현이 담담하게 부탁했다.

"……날 기다려. 내가 돌아와 다시 널 안을 때까지."

실험적 오류

신형욱 박사는 베이징에 아파트를 갖고 있었다.

연구소 근처의 가장 호화로운, 수영장까지 구비된 콘도 형식의 아파트였다. 하지만 신 박사는 그 콘도에서 자는 대신, 대부분의 날들을 연구소에서 지새웠다. 매일 늦은 밤까지 연구를 하다가, 연구실에 딸린 숙소에서 쪽잠을 잤다.

민희는 불 꺼진 그곳에서 그를 기다리고 있었다. 침대와 책상과 옷장 하나가 전부인, 아홉 평 남짓한 방이었다. 침대 옆에 책이 산처럼 쌓여 있었다.

신 박사는 아직 연구실에 있었다. 지금도 시험관과 페트리 접시를 들여다보고 있거나, 눈이 빠지도록 논문을 읽고 있을 것이다.

몸이 오들오들 떨렸다. 이 앞에 무엇이 다가올지 민희는 불안했다. 소슬한 어깨를 끌어안으며 민희는 신 박사에게 어떻게 말할지를 떠올렸다.

신 박사의 발소리가 들린 건 새벽 2시 무렵이었다. 어둑한 방으로 들어와 불도 켜지 않고 정수기에서 물부터 따라 마셨다. 그러다가 배고픈지, 정수기 옆에 있는 상자에서 초콜릿 하나를 꺼냈다. 민희보다 한 직급 아래이고 중국 연구원인 매향이 수시로 채워 놓는 초콜릿이었다. 컵을 손에 든 채 초콜릿을 오물거리면서도 깊은 생각에 잠겨 있다. 이제 양치를 한 후 바로 침대로 가서 쓰러져 잠들거나 또다시 책을 들여다볼 것이다.

저 사람은 인간적인 감정이 아예 없는 사람이라고 생각했었다. 오로지 연구에만 미쳐 있는 기계 같은 사람이라고. 생식 본능을 해결하기 위해 여자를 안는 순간에도 머릿속은 실험 결과에만 집중해 있는 그런 사람.

"종우가……, 발달 장애래요."

등을 돌린 채 물을 마시던 신 박사의 움직임이 멈췄다. 컵을 든 채로 잠시 생각에 잠긴 모양새였다.

과학을 좋아했던 민희였다. 공부를 하거나 실험을 할 때면 행복했다. 민희의 세계에서 신형욱은 우러러볼, 신 같은 존재였다. 석사를 하던 중 신 박사 연구소에 지원했고 합격했다. 모두가 축하해 주면서도 질투했다. 연구소에서의 모든 것들은 매일매일 파도를 타는 것처럼 행복했다. 연구가 한 발 한 발, 인간의 한계를 극복할 때마다 전율을 느꼈다. 신 박사의 연구는 세상을 개척하는 일이고, 민희는 그걸 함께 해내는 사람이라는 자부심을 갖고 있었다. 연구소에서의 자신의 위치가 올라갔고, 세상에 장민희라는 이름이 차근차근 알려지는 순간마다 희열을 느꼈다. 결국 민희는 자신을 위해 죽을 수도 있다는 남자와도 헤어졌다. 신 박사와 관련되지 않은 삶은, 가정이나 아이, 그런 것들은 그 시절의 민희에게 반짝거리지 않아서였다.

한참을 생각에 잠겨 있던 신 박사가 컵을 내려놓았다. 긴 한숨이 그의 입술 사이로 흘러나왔다.

"어떤 오류였는지, 찾아봐야지."

지치고 힘든 목소리였다. '오류'라는 말에 놀라서 민희의 말문이 막혔다.

형욱이 그녀를 돌아봤다. 어려운 도전에 부딪힐 때마다 그랬듯 피곤함도 잊은 눈빛이 형형했다.

"그리고 다시 또 그 오류를 수정하고."

크리스마스 당일 오전, 정은은 조 전무를 통해 신현이 스톡홀름으로 가는 비행기에 올랐다는 말을 들었다. 스톡홀름이면 유명 카터 연구소를 방문할 확률이 컸다. 아마 슈퍼 진 투자와 카터 개발 두 사안을, 양팔 저울에 올려놓고 똑같이, 신중하게 평가할 예정인 듯했다.

중간중간 휴대폰을 들어 정은은 액정을 확인했다. 거기 있는 동안은 연락을 안 할 건가. 분명 지금쯤 경유지는 떠났을 텐데.

나 같으면 공항에 도착했을 때도, 체크인을 할 때도, 커피를 살 때도, 비행기에 오를 때도……, 모든 걸음걸음, 그 남자를 떠올렸을 건데.

오랫동안 원하는 걸 가진 사람은 나인데 왜 늘 아쉬운 기분
인지 알 수 없었다.

퇴근하고 난 저녁, 정은은 온 집 안의 불을 환하게 다 켜고
샤워를 했다. 샤워 중 휴대폰의 작은 진동 소리를 들었다. 물기
를 묻힌 채로 얼른 손을 뻗어 휴대폰을 확인했다. 도착했고 내
일 오전 중에 전화하겠다는 메시지와 함께 비행기 티켓 PDF 파
일이 첨부되어 있었다. 본부장이 부하 팀장에게 비행기 일정을
보내왔다.

착하네. 주변 사람들 말대로 다정하고…….

물이 뚝뚝 바닥에 떨어지는데도 정은은 스케줄을 하나하나
확인하고 날짜를 세어 본 뒤 휴대폰을 내려놓았다. 미국까지
들러야 해서 다음 주 목요일에나 돌아오게 되어 있었다. 다시
샤워를 하러 들어가며 정은은 떠올렸다.

날 막 대할 때는 크게 느끼지 못했는데, 지금 겪어 보니 차근
차근하고 조심스러운 사람이었다.

잠까지 잔 사이인데 영화 보자고 할 때도 그렇고, 저녁 시간
이라고 우선 문자로 연락을 해 왔다. 다른 여자를 만나더라도
그 관계가 깊어지기까지 오랜 시간이 걸릴 거라는, 그런 안심
이 들었다.

내일 아침 정말 나한테 전화를 하게 될까. 얼마나 대단한 대
화를 하게 될까. 궁금함에 정은은 속절없이 미소만 지었다.

정은의 서재였다. 현일바이오 CEO, CFO가 분기 실적 보고를 하는 동안, 도우미가 정은의 잔에 커피를 따라 주었다. CEO인 황 대표가 개략적인 내용을 보고하면 조 전무가 정은이 궁금해할 내용을 물어보는 식으로 진행되는 회의였다.

새롭게 추진할 사업들에 대한 보고를 하던 황 대표가 곤란한 어조로 변명했다.

"사업개발 본부 차신현 본부장의 급작스러운 개인 휴가로, 제가 대리 보고를 하게 되었습니다. 이번엔 인사 좀 시켜드려야 했는데."

자료를 넘기던 정은의 손이 느려졌다. 옆에 서 있던 CFO가 설명을 덧붙였다.

"사실 김 회장님 라인이라 이 자리에 데려오기엔 조심스러운 면이 있습니다."

어딘가 모르게 불만이 많은 어조에, 조 전무가 움찔하며 눈치를 주는 게 느껴졌다. '사업개발 현황'을 쭉 훑던 정은이 느릿하게 입을 열었다.

"일 잘하면 그걸로 됐어요."

실내의 모두가 긴장했다. 보고는 일절 듣기만 하고 모든 의사소통은 조 전무를 통해 하던 정은이, 거의 처음으로 꺼낸 말이어서였을 것이다.

CFO가 조 전무의 눈치를 살피곤 더듬더듬 입을 열었다.

"사람 자체는 참 명석하고 판단도 빠릅니다만. 좀 콧대가 세달까요. 아니면 세상 이치를 잘 모른달까요. 엘리트 코스만 달려와서 그런 건지."

이쪽에 줄 안 서서 힘들다는 뜻이었다. 그동안 힘드셨겠네.

……우리 차 본부장이.

"아무래도 김 회장님이 총애하신다는 소문 때문이지 싶습니다."

다소 하소연하는 어조에 정은이 싸늘한 눈을 맞추자 CFO가 급하게 말을 멈췄다. 그만하면 충분히 들어서였다. 차신현과 김 회장이 항상 동시에 언급되는 게 기분 나빴다.

마침 책상 위에 있던 두 개의 휴대폰 중 정은의 개인 폰이 울렸다. 조 전무가 전화 상대방을 확인한 뒤 정은에게 건넸다. 김 회장 라인의 콧대 높은 그 사업개발 본부장이었다.

정은은 휴대폰을 손에 쥐고 자리에서 일어났다. 당연히 회의도 멈추었다. 테이블 옆에 선 채로 정은은 액정에 뜬 이름을 낯설게 쳐다봤다. 가슴 속에서 나비가 훨훨 날아다니는 느낌이었다.

최대한 차분하게 전화를 받을 준비가 되자 정은은 통화를 눌렀다.

"네, 본부장님."

정은의 등 뒤로 두 명의 당황한 숨소리가 들렸다. 존댓말 때문인지 휴대폰 저편에서도 머뭇거림이 느껴졌다.

— 아, 황 대표님 업무 보고 중이신가?

울림이 깊은, 익숙한 목소리가 귀에 휘감겼다. 감미로운 그 목소리를 듣는 것만으로도 몸이 뜨끈해졌다.

"네."

— 깜빡했네.

아쉬워하며 끊으려는 분위기에 정은은 서재 한쪽으로 멀찍이 서며 말했다.

"잠깐은 통화 가능해요."

전화기 너머로 답은 없지만 왠지 안심하는 게 느껴졌다.

— 아침은?

먼 곳에서 보내온 별것 아닌 질문이었다. 마치 매일 이런 걸 물어 왔던 사람처럼.

뭐라 대답해야 할지 잠깐 답을 못 했다. 질문이 어려워서가 아니라, 이 새로운 상황이 당황스러워서였다. 그 간단한 질문을 한 당사자도 전화 너머로 말없이 기다렸다.

"먹었어요."

— 뭐?

"간단하게요."

— 혼자?

직원들이 있어서 대답하기 어려웠다. 조 전무랑 먹었다고 하면 누구랑 먹었냐고 본부장이 물어본 게 되니까.

— 아니면, 조 전무랑 둘이?

"어……, 네."

잠시간 답이 없었다.

— 밥을 조 전무가 먹여 주나?

비스듬한 목소리였다. 멀리서 지켜보는 조 전무의 감정 없는 시선과 마주쳤다. 정은이 그 시선을 피하며 손을 들어 빈 목을 쓰다듬었다.

"그건 아니고……."

사실 갑자기 이 질문이 나온 배경이 이해가 되지 않았다. 이걸 왜 물어보지?

— 가능하면 조 전무하고는 사무실에서만 만나지, 집 말고.

톤이 바뀐 목소리를 떠나서 정은은 잠깐 혼란스러웠다.

혹시 이 사람은 뉴스 안 보나? 그래서 나 현일바이오 오너인 것 아직 모르나 싶었다. 비서가 24시간 따라붙어도 부족한. 대체 말이 되는 소리를 해야지.

"네……. 그, 오늘 베일리 연구소장 만나신다고 하셨죠?"

정은이 사무적인 어조로 화제를 돌렸다.

— 남자는 다 똑같아. 거리 지켰으면 좋겠다고.

분명하고도 엄한 목소리에 정은의 얼굴이 달아올랐다. 혼이라도 나는 기분이었다. 이상한 걸 트집 잡네, 싶었다. 조 전무가 어딜 봐서 남자라는 말인지, 웃음이 터져 나올 뻔했다. 학생 때 남학생들과의 술자리에서 조금이라도 늦을라치면 정은을 붙잡아 외할아버지 앞으로 곱게 데려다 놓던 게 조 전무였다. 수시로 철야를 함께하며 손끝 하나 건드린 적이 없는데 겨우 아침밥 먹은 것 갖고.

"네."

정은이 치솟는 성질을 꾹 누르며 대답했다. 그제야 신현은 숨을 내려 쉬며 정은이 질문한 내용에 답했다.

— 연구소 투어도 포함되어 있어서 밤늦게 들어갈 것 같은데.

한국은 아침 8시였고 스웨덴은 새벽 1시였다. 원래 1시에 자는 건지, 정은과 통화를 하기 위해 기다린 건지 알 수 없었다.

— 거기 저녁 시간 맞춰서 다시 전화할게.

부드러운 어조였다. 한껏 바뀐 분위기에 얼떨떨하면서도 사르르 마음이 풀렸다.

"네."

알고 보니 그녀는 쉬워도 한참 쉬운 여자였다.

— 따뜻하게 입고 출근해.

쉬워도 좋았다. 이 따뜻한 목소리를 들을 수 있다면.

"……네."

— 식사 거르지 말고.

"네."

업무 지시라도 받듯 정은은 그렇게 대답했다.

전화가 끊겼다. 자리로 돌아오니 황 대표와 CFO는 넋이 나간 듯 정은을 쳐다보고 있었다. 더 이상 현일바이오 내에선, 차신현이 김 회장 라인이라든가, 다루기 어렵다는 소리는 나오지 않으리라.

쳐다보는 시선이 느껴지는데도 불구하고 정은은 한참을 휴대폰을 내려다보았다. 이 사람과 이런 사소한 통화를 하는 사이가 된 게 신기하고 믿기지 않았다. 정은의 입 가장자리에 흐뭇한 미소가 어렸다. 좀 더 긴 통화를 하고 싶었는데 하필 회의 시간에 걸려서.

아무래도 하루 종일 그의 전화를 기다리게 될 듯하다.

조 전무는 회사로 복귀해 있었다.

현일바이오 경영기획 소속이긴 하지만 조 전무는 사실상 직책에 맞는 업무는 일절 하지 않았다. 황 대표와 경영기획팀을 통해 받은 회사 현황을 정은에게 보고하는 것이 그의 주업무였다. 또한 오늘처럼 정은의 재산 관리 회사로부터 받은 결산 내용을 정은에게 보고하는 게 또 다른 업무이기도 했다.

3시 즈음 휴대폰이 울렸다. 성미예. 너무 오래전에 통화했던 여자라, 처음엔 번호와 이름을 보고도 두 눈을 의심했다. 살뜰하게 안부를 챙길 사이는 아니었으니까.

통화가 끝나고 나서도 조 전무는 한참 동안 주변을 왔다 갔다 하며 안절부절못했다. 혹시 몰라 부하 직원을 통해 한 가지를 더 확인했다. 그 결과가 올 때까지 약 한 시간이 걸렸다. 우려가 맞아떨어졌다.

겁나는 보고는, 미루면 더 깨지는 법이다. 결국 휴대폰을 들었다. 연말이라 정은은 오전 근무만 하고 지금은 백화점에 있었다.

통화 연결음이 두 번 정도 울리고 정은이 전화를 받았다.

"보고할 게 두 가지 있습니다."

— 네. 짧게요.

통화 너머로 백화점 내의 잔잔한 음악 소리가 들렸다. 조 전무는 우선 작은 문제부터 보고를 시작했다.

"연예부 기자 한 명이 그 극장에 있었나 봅니다."

기자들 기가 막히게 눈치채고 잘만 피하던 신 이사인데 이번엔 경계가 풀렸었나 보다. 아니라면, 수십 장이 찍히도록 모를 수가 없었다. 언론에 뜨면 바로 윤 이사장에게 소식이 갈 거고, 그 뒤엔 진짜 답도 없다.

조 전무는 무거운 심정으로 사진을 쳐다보았다. 영화관으로 들어가는 모습, 영화관에서 나와 함께 걷는 모습, 식당 앞에 줄 선 모습, 차에 오르는 모습.

이상하게도 손을 잡거나 스킨십을 하는 사진은 한 장도 없었다. 겪으면 겪을수록 용의주도한 구석이 있는 남자다. 아마 차 본부장 쪽에서 주변에 기자가 있을 수 있다는 계산을 했지 싶다.

신 이사가 입살에 오르는 걸 염려해서일까, 아니면 강태희와의 관계를 남겨 둬서일까.

이 문제는 조 전무에게 무척 중요했다. 나중에 정은이 상처 입지 않으려면 어떤 쪽이 나을지 지금도 잘 모르겠지만 말이다.

조 전무는 우선 사진 속 신현의 표정을 유심히 살폈다.

강태희와 함께 있을 때와는 확연히 달랐다. 같은 남자인데 모를 수가 없었다. 그새 감정이 변한 건가. 김 회장을 설득해서 추진한 사업들이 정은에게 막대한 돈을 안겨 준 것도 그렇고 뭔가 계속 걸리는 부분들이 있었다. 물론 합의금을 두 배 요구할 때조차도 돈을 목적으로 접근한 남자는 아니라고 생각했었다. 단지 이별을 받아들이는 태도가 하도 냉정해서 신 이사가 유별나네, 했었지.

생각에 집중해 있는 동안, 정은이 평소처럼 침착하게 지시했다.

— 알아서 대응해 주세요. 두 번째 안건은요?

이미 알아서 대응했다. 그리고 이렇게 감정을 보이지 않는 정은의 목소리를 들으니 다음 보고를 할 마음의 준비도 됐다. 그다음 보고가 더 문제였다. 첩첩산중의 느낌이랄까.

땀이 나는 이마를 닦으며 조 전무는 목을 가다듬었다.

"차 본부장이 출생 신고서를 확인했습니다."

잠깐 정은은 답을 하지 못했다. 조 전무는 백화점 한가운데서서 감정을 추스를 정은을 떠올려 봤다.

— 네.

차분한 대답. 그리고 정은은 다시 물어 왔다.

— 그리고요?

입가를 문지르다가 조 전무는 천천히 입을 떼었다.

"보육실장에게 연락을 한 모양입니다. 아시다시피, 주소도 전화번호도 다른 사람에게는 조회 안 되게 해 놓았지만……, 그게 차 본부장하고는 드문드문 연락을 하던 사이었으니까요."

다른 사람으로부터의 수색은 막아 놔도 정작 차 본부장하고의 연락을 막을 방법은 없었다. 그렇게 하면 보육실장도, 차 본부장도 도리어 의심을 할 수 있으니.

— 네.

정은이 대답했다. 차 본부장 본인이 출생을 파기 시작하면 이쪽에선 어떤 대응도 소용이 없었다. 이게 어떤 의미인지도

254

정은은 잘 알 거였다.

이렇게 찾다가 그 끝에서 만나는 건, '그들의 끝'이라는 걸.

"여기까지입니다."

다음 대답은 한참 뒤에 들렸다.

— ……네.

연말에 태희는 길게 휴가를 냈다. 집에서 공부를 하다가 바람을 쐴 겸 백화점에 나왔다. 그곳에서 정은을 봤다.

유명인인 정은은 백화점 쇼핑보다는 퍼스널 쇼퍼를 선호했다. 그런데 화장품 매장에서 쇼핑백을 받아 들고 카드를 건네는 여자의 뒷모습이 낯익었다. 밝은 퍼fur 코트를 입은 정은이었다.

정은이 신현에게 관심을 딱 끊은 게 언제더라.

태희는 기억을 더듬어 봤다. 정확히는 스물두서너 살 즈음. 신현이 유학을 떠난 시기인 거로 기억한다. 그래서 마음을 놓았었는데.

태희는 옆에 선 비서에게 부탁했다.

"아는 사람을 만났어요. 먼저 차에 가서 기다려 주실래요?"

주변을 살피던 비서가 정은을 발견하고는 '네.' 하면서 자리를 비켜 줬다. 왜인지 태희는 멀리 선 채로, 선뜻 다가가지 못하고 정은을 지켜보기만 했다. 정은에게 중요한 말을 할 때는 시간을 두고 준비를 해 두어야 할 것 같았다.

이것저것 많이 샀는지 쇼핑백이 제법 여러 개였다. 그 쇼핑백을 들고 옆을 따르며 계산을 해야 할 조 전무가 오늘은 보이지 않았다. 화장품 매장에서 나온 정은이 명품 브랜드 매장으로 향했다.

그런 정은의 뒤를 태희는 똑같은 보폭으로 천천히 따라가며, 처음 정은과 신현에 관한 대화를 했을 때를 떠올렸다.

정은과는 사립 초등, 중등, 고등까지 모두 함께 다녔다. 태희가 어떤 학교를 다니던 그 학교는 그 일대에서 '강태희가 다니는 학교'라고 불렸다. 제일 부자였고 제일 예뻤고 제일 똑똑했다. 그런데 주변 남자들은 낄낄거리고 욕하면서도 계속 정은에 대해 떠들어 댔다. 온 학교에서 태희에게 굽실거리지 않던 유일한 여학생. 그래서 태희도 자꾸만 정은을 흘끗거렸다. 쟤도 참 외롭겠구나, 문득 그런 생각도 했다.

수학 때문에 한국대 진학이 어려울 것 같다는 말에 엄마인 김 회장이 과외 선생을 수소문했다. 후보들은 대부분 유명 전문 강사였지만, 오히려 대학생인 한 명이 발군이라고 했다. 윤 사장의 피후원자라는 말이 태희의 귀를 쫑긋하게 했다. 두 해 전, 자연계 수능 만점자로 뉴스에 났다는 말에 누구인지 단박에 알아챘다. 잘생기기까지 해서 온 대치동 학원가를 떠들썩하게 만든 그 사람이었다.

다들 공부만 하던 학교 쉬는 시간에 혼자 잡지를 들추는 정은에게 태희가 지나치듯 말을 걸었다.

'너는 왜 그 사람한테 과외 안 받아?'

무시할 줄 알았는데 의외로 정은은 움찔하며 태희를 휙 돌아 봤다.

'정신현? 아니, 차신현이라고 했나.'

수만 가지의 계산이 담긴 눈길이 태희를 응시했다. 그러다가 태희를 외면하며 차가운 목소리로 답변했다.

'못 가르친대. 아직 대학생이잖아.'

태희가 갸웃하며 정은을 응시했다. 김 회장이 전문 강사들을 제치고 그 대학생을 선정한 이유가 가르친 애들의 성적이 전부 눈에 띄게 향상되어서라고 했다.

호기심에 태희가 물었다.

'너네 할아버지가 후원하는 영재였다면서? 만나 봤어?'

패션 잡지를 내려다보던 정은이 무성의하게 책장을 넘겼다.

'아니.'

이상했다.

'너희 집 자주 온다던데. 이사장님이 예뻐해서.'

정은이 다시 책장을 넘겼다. 잡지에 더 관심이 많은 듯했다. 머쓱해져서 자리를 뜨려는 태희에게 정은이 무심한 목소리로 물었다.

'수학 과외 선생님 구해 줄까? 유명한 사람 아는데.'

태희가 정은을 돌아봤다. 그렇게 유명한 사람이면 왜 소개해 주려 하지? 그게 더 이상했다. 여유 있는 태도에서 왜 다급함과 불안함을 감지했는지 모르겠다. 정은이 그 남자에게 관심이 있다는 걸 그때 눈치챘다. 그 순간 흥미를 느꼈다.

'나 그냥 그 대학생 해 달라고 하려고.'

정은이 돌아봤다. 겁먹은 그 눈빛이 지금도 잊히지 않는다. 그렇게 신현을 만났다.

공부도 끝장나게 잘한다면서 얼굴이 어떻게 저래. 처음 만나던 날 데면데면하던 대학생을 보며 태희는 새침하게 생각했다. 말도 잘 안 하고 저렇게 어색해하는데 무슨 공부를 가르쳐.

그렇지 않았다. 연필을 들고 수학책을 앞에 마주하자마자 신현은 완벽하게 달라졌다. 늘 수학이 골치였던 태희에게 한 문제를 수십 가지 방법으로 풀어내며, 가장 쉬운 방법을 찾아 주었다. 어렵게 꼬인 문제를 만나면 어떻게 접근해야 하는지, 쉬운 문제는 어떻게 해야 실수가 없는지를 배우며 태희는 수학이 도전해 볼 만한 과목이라는 걸 깨달았다. 입시 준비로 힘들어할 때도 따뜻한 말 한마디 건네준 적 없이 늘 거리를 두면서도, 태희가 성공적으로 입시를 치를 수 있도록 다방면으로 고민하고 도와주었다.

보면 볼수록 매력이 있다고 느끼는 사람들이 있다. 신현이 그랬다. 겉으로는 그냥 잘생긴, 하지만 다소 심심하고 조용한 사람이었는데, 대하면 대할수록 새로운 면이 보였다. 태희 주변의 배경으로 빛을 내는 사람들과 많이 달랐다. 모든 언행에 신중했고, 성실했으며 겸손했다. 사람들에게 미소를 지어 주는 건 그렇게 어려워하면서도, 어떤 힘든 일이 닥쳐도 그저 꿋꿋이 잘 헤쳐 나갈 줄 알았다.

한 방에서 맡던 체향, 더운 여름날 코끝에 어린 땀을 보고도 가슴이 설렜다. 문제에 집중해 습관적으로 안경을 올릴 때면 홀린 기분으로 쳐다보기도 했다. 태희에게 유난히 따뜻했던 의붓아버지 정 회장도 저렇게 검지의 등으로 안경을 올렸기 때문이었다.

'되게 잘 가르치더라. 친절하고.'

태희가 정은에게 자랑했다.

'학과 결정 때문에 고민을 말했는데 잘 들어 줘. 사람이 어딘 가 모르게 지혜롭달까.'

신정은의 그런 눈빛을 처음 보았다. 무관심하려 애쓰면서도 부러움을 숨기지 못하는 눈동자였다. 그때부터 정은과 가깝게 지내려고 노력했다.

그렇다고 경계를 소홀히 한 건 아니었다. 정은에 관련해서는 남자들이 많다는 둥, 공부에 흥미가 없다는 둥, 안 좋은 이야기 들만 신현에게 전달했다.

때때로 정은에게는 거짓말을 하기도 했다. 대학 입학 후 신 현이 밥을 사 준 건, 태희 혼자에게가 아니라 같은 학년의 동기 들도 함께였다. 뭘 먹었는지, 어떤 대화를 했는지 정은에게 길 고 자세하게 설명했었다. 그때에도 정은은 아무 말 없이, 하지 만 끝까지 들었다.

그리고 지금 정은은, 브랜드 매장 하나에 들어서고 있었다. 카디건 하나와 투피스를 계산하는 동안 태희도 지켜보며 기다 렸다. 회사에서 입을 만한 복장이 아니라, 그냥 예쁜 옷이었다.

정은의 분위기가 많이 달라져 있었다. 옷차림과 화장, 전체 적인 색깔이 달랐다. 얇고 화려하게 입었지, 저렇게 따뜻하게 입던 정은이 아니었다. 그런데 더 생기 있어 보였다. 라운드 티, 베이지색 슬랙스까지, 오늘은 질투가 날 정도로 예뻤다. 무 엇보다 겉에 입은 파스텔 톤의 고급스러운 퍼 코트가, 빼앗고 싶을 정도로 잘 어울렸다.

태희는 오늘 아침 김 회장이 무심코 했던 질문을 떠올렸다.

'차 본부장이 신 이사랑 말도 안 섞는다지 않았어?'

아침 식사 자리에 눈이 통통 부어 내려온 태희를 보며 김 회장이 혀를 쯧, 찼다.

'복지 재단, 신 이사 소유야. 대치동 학원비부터 유학비까지 다 걔가 댔어. 차 본부장 그 인성에 아귀가 안 맞지, 안 그래?'

지금의 차신현을 만든 건 신정은이라고, 김 회장은 깔끔하게 정리했다.

정은이 포장된 옷들을 들고 그곳을 나왔다. 주소가 공개될까 봐 정은은 배달을 요청하지 않는다. 정은이 움직이는 대로 태희는 멀찍이서 또 따라 걸었다.

정은의 발걸음이 문득 멈췄고 태희의 발걸음도 멈췄다. 남성용 시계 매장이었다. 태희의 가슴이 두근거렸다.

쇼핑백 두 개를 든 정은이 바깥에 전시된 제품을 오래 내려다봤다. 매장 안을 보고, 다시 전시된 제품을 살피더니 한 번더 매장 안을 들여다봤다.

맘먹으면 이 백화점을 통째로 살 수 있을 정은이었다. 정은을 알아본 매장 매니저가 직접 바깥으로 나와 인사를 건넸을 때에서야 정은은 주춤주춤 매장 안으로 들어섰다. 점원이 골라 주는 시계 대신 정은은 진열대를 꼼꼼히 훑고는 두어 개를 직접 손으로 가리켰다. 점원이 꺼내 준 시계를 정은은 자신의 가는 팔목에 대 보기도 했다. 묘한 설렘이 스치는 표정.

소유하고 싶은 것이 있으면 저렇게 예뻐하며 쳐다보다가 결국 값을 치르던 정은이었다. 손목 위에 놓인 시계를 손으로 한참 만져 보며 정은이 이것저것 물었다. 점원이 해 준 설명에 어느 순간 정은이 눈가에 옅은 웃음을 지었다. 주변의 가까운 누구에게도 감정을 보이는 법이 없던 정은이었다. 그 순간 깨달았다. 정은의 감정 또한 결코 가벼운 것만은 아니었음을.

그때 정은이 코트에서 휴대폰을 확인하더니 귀에 댔다. 전화가 온 모양이었다. 통화는 길지 않았고 무표정한 얼굴로 정은은 서너 번, 짧게 '네.'라고만 답하더니 휴대폰을 다시 코트 주머니에 넣었다.

정은은 한동안 움직임이 없었다. 시계를 내려다보며 서 있기만 했다. 그리고 어느 순간, 매장 직원에게 인사를 하고 몸을 돌려 그곳을 나왔다.

걸음을 빨리한 태희는 시계 매장 바로 앞에서 정은의 팔을 툭 건드렸다.

"정은아."

정은이 뒤를 돌아 누구인지 확인했다. 정은의 눈빛이 굳은 것은 잠시였다. 태희의 가슴이 쿵쿵 뛰었다. 정은의 얼굴이 아까와 다르다는 느낌이 들었다. 약간 창백하다고 해야 하나.

태희는 우선 자연스럽게 물었다.

"웬일이야? 선물 사러 왔어?"

걷던 길을 마저 걸으며 정은은 고개를 끄덕였다.

"응, 넌?"

태희가 정은의 옆을 따라 걸었다.

"구경 왔어. 화장품 샀네? 목욕 용품도?"

정은이 가볍게 고개를 끄덕였다. 쇼핑백 안을 들여다보던 태희의 머릿속이 바빠졌다. 정은이 원래 쓰는 상표는 맞지만 화장품부터 샤워 젤까지 모두, 휴대하기 좋은 작은 사이즈였다. 저런 건 모두 비서들을 시켜도 될 텐데 굳이 직접 사러 나왔다.

"시계 구경하더라. 남자 시계."

넌지시 건넨 말에 정은이 태희를 돌아봤다. 짧게 스치며 표정을 살피곤 역시 고개만 끄덕였다. 태희의 등 뒤로 긴장이 흘렀다. 김 회장과 비슷한 대화법이다. 곤란하면 상대방의 반응만 확인하고, 오히려 가볍게 고개를 끄덕이며 아무렇지 않게 넘어간다.

"남자 친구 생겼어?"

정은의 발걸음이 멈췄다. 태희도 엉겁결에 같이 멈췄다. 정면을 응시하던 정은이 태희를 돌아보며 고저 없는 어조로 물었다.

"알고 싶은 게 정확히 뭐야?"

사무실에서 신현이 한 말들이 귀를 스쳤다. 혼자 오래 좋아한 여자가 있다고 했다. 그러니 더 이상 그 사람 오해 없게 행동해 달라고. 눈물이 쏙 빠질 만큼 냉정하고 깔끔한 어조였다.

울컥한 태희는 속에 담은 말을 뱉어 냈다.

"네가 신현 오빠 동기 이름을 다 기억하더라. 나도 기억 못 했는데."

눈이 빨개졌을 거였다. 태희에게는 이게 너무나 커다란 일인데 정은은 다른 생각에 잠겨 있는 것처럼 보였다. 태희는 다시 주먹을 틀어쥐었다.

"내가 먼저, 더 오래, 많이 좋아했어. 진심이었고."

무슨 말을 하는지 모르겠다. 두서도 없었고 핵심도 없었다. 그래도 정은은 알아들을 것이다.

"우린 친구잖아, 어떻게 내게 이럴 수 있어."

비난에도 정은의 얼굴엔 변화가 없었다. '우리가, 그랬나?' 하는 표정으로 태희를 쳐다보면서도 정은은 굳이 말로 표현하지도 않았다. 여전히 신경이 딴 데 가 있는 것처럼 보였다.

빼앗길 수도 물러설 수도 없어서 태희는 정은을 마주 보며 재차 말했다.

"너는 잘 알면서. 내가 얼마나 오래 그 사람만 생각했는지. 얼마나 노력했는지."

그 말에 정은이 태희를 돌아보았다. 딴생각에 빠져 있다가 이제야 정신을 차린 것처럼.

정은은 가볍게 물었다.

"어떤 노력을 했는데?"

"응?"

태희가 되묻자 정은이 부연해 주었다.

"그냥 궁금해서. 예뻐지려고 거의 굶으며 살고, 대충 살던

264

인생 제대로 살고, 갖고 있는 모든 힘 이용해서 돕고, 춘향이처럼 기다리고……. 뭐, 그런 거?"

뭔가 이상하다. 태희가 했던 노력을 정리하는 어조인데…….

어깨를 으쓱한 정은이 비꼬는 어조로 충고했다.

"넌 그래서 어디 사업은 하겠니? 알려 줄까? 겨우 그 정도로는, 네가 원하는 남자를 가질 순 없어."

기가 막혔다. 지금 내가 화날 상황인 것 모르는 건가. 이 말을 못 알아들을 만큼 머리가 나쁘지도 않았다.

"너 설마, 내가 그 사람 마음에 두고 있는 거 알면서, 내 등 뒤에서 그 사람한테……."

정은이 고개를 저으며 태희의 말을 정정했다.

"내 입장에선 '네가 내 등 뒤에서'였지. 하긴 뭔 상관이야. 네가 어제 데리고 살았대도 내겐 오늘 다시 빼앗아 올 남자인데."

태희의 얼굴이 새파래졌다. 살면서 이렇게 독한 말은 들어 본 적이 없어서였다.

"어떻게, 너는, 양심이."

한동안 말도 못 하고 마주 서 있기만 했다. 정은이 그런 태희를 냉정하고도 관심 없는 눈동자로 쳐다봤다.

그러다가 문득 피씩 웃었다.

"사실 너랑 내가 그 사람 갖고 싸우는 것보다 의미 없는 일도 없어."

자신을 향한 비웃음 같기도 했다. 도통 무슨 말인지 이해가 되지 않았다.

"……뭐?"

"왜냐하면……."

정은의 얼굴에서 순식간에 모든 감정이 사라졌다. 빛을 잃은 느낌이랄까. 딱딱하지만, 세상 재미있는 걸 가르치는 어조로 정은이 이어 말했다.

"이 드넓은 세상에 차신현이 만나지 말아야 할 여자가 딱 두 명 있는데……."

정은의 긴 손가락이 머리칼을 쓸어 올렸다. 순간 이상하게 도 정은이 떨고 있다는 느낌이 들었다. 또한 한 가지를 동시에 깨달았다. 왜인지 모르겠는데, 속내라고는 일절 드러내지 않던 정은이 오늘은 평소와 다르다고. 마치 폭발을 꾹 참고 있는 시 한폭탄처럼.

그런 정은이 빙긋 웃고는, 건조하게 정리했다.

"그게 너랑……., 나거든."

거기까지 말한 정은은 고개를 까딱한 뒤 등을 돌렸다.

신현의 집무실은 당연히 비어 있었다.

어제처럼 개발팀 팀장도 자리에 보이지 않았다. 상사의 갑작 스럽고 비밀스러운 공석에 팀장들은 호기심이 가득한 눈치였 다. 그중 몇 명이 상은에게 찾아와 본부장의 스케줄을 물었지 만, 상은은 개인 휴가 중이시라는 말만 반복했다.

책상 위 휴대폰이 다시 울렸다. 턱을 고인 채 정은은 휴대폰 에 눈길만 주었다. 위이잉, 위이잉, 계속 울리기를 반복했다.

액정 화면을 확인하지 않고도 누구인지 안다.

어제저녁에 신현은 약속대로 전화를 걸어 왔다. 백화점에 다녀온 지 몇 시간 후였다. 어째야 할지 모르면서도 휴대폰만 보고 있을 때 걸려 온 전화를, 정은은 최대한 귀찮은 어조로 받았다. 피곤하다며 짧게 통화하고 끊었다.

휴대폰은 지금, 여전히 울렸다. 12시면 칼같이 잠드는 사람으로 알고 있는데 그쪽 시간으로 새벽 2시에 정은에게 전화를 하고 있는 중이다. 시큰거리는 명치를 손으로 쓰다듬으며 정은은 그 움직임을 지켜보았다. 받으면 감정 없이 통화하고 세련되게 끊으면 되지만, 그러지 못할 거라는 걸 안다.

휴대폰 울림이 멈췄다.

곧 일이 터질 것이다. 혜조가 알게 되는 것으로 이 관계가 마무리될 줄 알았는데 다른 방법이 되려나 보다.

정은은 휴대폰 너머 상대방의 마음을 짐작해 봤다. 화났을까. 왜 하필이면 지금 출생을 뒤지고 다니는지 그것도 짐작해 봤다. 그 이유는 모르지만, 한 가지 정도는 알고 있었다.

이 끝에서 신현이 '그들의 끝'을 결정할 거라는 것을.

'아닐 수도 있잖아.'

달콤한 목소리가 자신에게 속삭였다. 어쩌면 마음이 깊어져서, 어떤 끔찍한 사실을 알게 되더라도 모두 덮어 둘 수도 있지 않을까. 날 위해 혹시 그래 줄 수는 없을까.

휴대폰이 또 울렸다. 다시 '차신현 본부장'.

펜을 든 채로 휴대폰의 진동을 지켜보다가, 정은은 손을 뻗어 휴대폰을 들었다.

[회의 중입니다.]

그렇게 자동 메시지 전송을 보냈더니 휴대폰이 우는 걸 멈췄다. 비겁하다는 걸 알지만 주말까지 마음을 준비하고 정은이 직접 전화할 예정이었다. 휴대폰을 두고 자리에서 일어나 아무도 없을 곳으로 향하던 때였다.

"신 팀장님, 통화 연결이요."

자리를 떠나던 정은을 상은이 벌떡 일어나며 잡았다. 돌아보자 상은은 정은의 자리 전화를 가리켰다.

"본부장님이요. 통화 안 되신다고 이쪽으로 전화하셨어요."

상은이 키폰을 눌러 전화를 연결했다. 마지못해 걸어간 정은은 자리에 앉아 수화기를 들었다.

통화 저편에선 잠시 말이 없었다. 상은이 흘끔거리며 지켜보고 있었다.

최대한 감정을 정리한 정은이 도리어 가볍게 대답했다.

"네, 본부장님."

주말 동안 신현은 미국으로 건너갈 테고, 거기서 일정을 빨리 끝내면 다음 주 수요일쯤 도착할 거였다. 그때까지 굳이 신현을 불쾌하게 만들 이유는 없었다.

아무렇지 않은 어조로 정은은 거짓을 말했다.

"회의 중이었어요. 곧 전화드리려 했는데."

제법 상냥하게까지 답변을 했다. 그런데.

— 신정은.

'신 팀장.' 대신 신현은 그렇게 불러 왔다. 남들은 잘도 속아 넘어가는데 이 남자는 속지도 않는다.

"네."

목이 깔깔했는데도 정은은 건조한 목소리로 답했다.

— 흔들리지 말고 기다려 줘.

아무것도 모르면서 신현은 그렇게 당부했다. 뭐라 답변해야 하지만 입술을 떼고도 아무 말이 나오지 않았다.

— 금방 돌아갈게.

신현이 대답을 기다리고 있었다. 상은의 조마조마한 눈길도 여전히 느껴졌다. 답은 정해져 있는데 쉽게 끊어 내지 못하는 자신이 한심했다. 조 전무에게 그렇게 큰소리까지 쳐 놓고 말이다.

누구라도 속아 넘어갈 만큼 정은은 가벼운 목소리를 냈다.

"제가 지금 회의가 있어서요. 다시 연락드릴게요."

신현은 대답하지 않았다. 침묵을 견디지 못한 정은이 먼저 수화기를 내려놓고 자리에서 일어났다.

휴대폰은 다시 울리지 않았다.

'오늘은 집에 아무도 없었으면 좋겠어요.' 가끔 정은이 지칠 때마다 조 전무에게 하는 지시였다. 다른 사람 앞에서 감정을 터뜨릴까 봐 겁이 나서였다.

퇴근한 집 안에는 적막만 가득했다. 기운이 없어 옷을 벗지도 못하고 화장도 지우지 못하고 누워 눈을 감았다.

토요일도 그렇게 지냈다. 휴대폰은 멀리 치워 두고 평소처럼 거의 굶고, 멍한 채 누워 TV를 보았다.

생각해 보니 문득 정은은 헤어져도 괜찮다고 생각했다. 어차피 백번을 헤어져도 죽을 때까지 또 곁을 맴돌고 얼굴을 훔쳐보고, 괴롭히면 되는 거니까. 헤어진다는 건 그냥 남들 눈속임일 뿐.

늦은 밤 잠들기 직전, 초인종이 울렸다.

화장품을 또 주문했나. 이 시간에 택배인가 싶어 정은은 갸웃했다. 어둑한 거실에서 홈 패드를 확인하고는 주춤주춤 뒤로 물러섰다.

신현이었다.

지금쯤 미국에 도착해 있어야 할 사람이었다. 금요일 스웨덴 현지에서 퇴근 후 바로 공항으로 뛰어가지 않고는 여기에 도착할 수가 없는데 지금 정은의 집 문 앞에 서 있다.

정은은 민얼굴에 분홍색 실내복 차림이었다. 다시 초인종이 울렸다. 집에 없는 척을 할까, 고민할 때였다. 쿵쿵, 문을 두드리는 소리가 들렸다. 초조함이 집 안까지 느껴지는 건지, 정은이 초조함을 느끼는 건지 알 수 없었다. 다시 쿵쿵, 신현이 문을 두드렸다. 그 소리가 마치 정은의 심장을 때리는 것 같다. 얼굴을 문지르던 정은은 표정을 가다듬고 떨리는 손으로 문을 열었다.

왈칵, 현관문이 젖혀졌다. 창백한 얼굴을 한 신현이 현관으로 추운 바람을 몰고 들어섰다. 업무가 끝나자마자 비행기를 타기라도 했는지, 슈트에 코트 차림이었다. 여기까지 뛰어온 듯 머플러도 머리칼도 모두 흐트러져 있었다.

신현의 등 뒤로 덜컥 문이 닫혔다. 한숨도 못 잔 초췌한 얼굴이다. 용솟음치는 수많은 감정을 누르며, 정은은 억지로 반가운 표정을 만들어 냈다.

"어떻게 된 일이야? 지금쯤 샌프란시스코에……"

정은의 말에 신현이 고개를 저었다. 그런 거짓 따위에 속지 않겠다는 듯. 신현은 그저 정은의 시선을 똑바로 마주했다.

"어떤 말로 헤어질까 고민하고 있었겠지."

현관 앞에 선 채로 신현은 울컥대는 감정을 누르듯, 우선 그렇게 입을 열었다. 정곡을 찔리고도 정은은 전혀 아니라는 표정으로 딱 잡아뗐다.

"갑자기 찾아와서 무슨 소리를."

"내게, 잠시만 기회를 줘."

정은의 얼굴에서 웃음이 무너졌다. 우뚝 멈춰 서서 그를 응시만 했다.

여전히 그는 현관에, 정은은 거실 한쪽에 멀찍이 선 채였다. 죄책감을 보일 수 없어서 오히려 오만한 표정을 얼굴에 덧씌웠다.

"나는, 너와 미래를 같이할 생각이 없어."

또박또박, 정은이 음절 하나하나에 힘을 주며 말했다.

"나는 그때처럼, 네게 금방 질릴 거고."

신현의 낯빛이 어두워졌다. 그런데도 신현은 인정하듯 고개를 끄덕였다.

"알아. 곧 끝날 거야. 그리고 그때까지……."

목소리가 낮고 어둡고, 까슬했다. 곧 끝날 관계라는 말에 헤어짐을 의도했던 건 자신이었음에도 마음이 꽃잎처럼 후드득 떨어졌다.

현관에 서 있던 신현이 한 발, 실내로 들어섰다. 거실 한쪽에 멀찍이 선 채였는데도 정은은 저도 모르게 한발 물러섰다.

"뭐든 다 할 테니까. 네가 원하는 건, 뭐든."

가슴이 울컥 뜨거워졌다. 여전히 창백한 얼굴로 신현은 어렵게 덧붙였다.

"……기쁘게 해 달라며. 가벼운 관계든 뭐든, 너 시키는 대로. 어떤 것도 다 할 테니까."

헤어짐이 못 참을 일이 아니라고 담대하게 생각하면서도 숨을 죽이고 그의 대답을 기다렸다는 걸 알았다. 나를 한 번쯤은 잡아 주기를. 저 성격과 자존심을 굽히고서라도 한 번 정도는 나를 잡아 주기를.

정말로 잡아 줄지 몰랐다. 그러므로 통쾌해야 했다. 분명 그래야 하는데…….

"제발, 잠시만."

신현이 한 발짝 더 내디뎠다. 저 남자는 자신에게 닥칠 일을 모르지만, 그녀는 알고 있다. 그러므로 매섭게 내쳐야 하는데.

"내게 한 번만, 더 기회를 줘."

신현이 다시 정은에게로 한 걸음 걸어왔다. 거리가 가까워졌다. 물러서야 하는데 발이 움직이지 않았다.

눈 안 가득 흰 와이셔츠가 들어찬 순간 꽉 끌어 안겼다. 목소리는 그렇게 차고 침착했는데, 이상하게도 그 품은, 몸서리칠 만큼 뜨거웠다.

커다랗고 단단한 손에 양 뺨이 잡혔다. 입술이 깊게 물리고 삽시간에 혀가 얽혔다. 뭐가 겁이 나고 뭐가 화가 나는지 모르겠다. 뒷걸음을 치고 도리질을 했던 것 같다. 안아 오는 손길에 가슴을 밀며 버둥거렸다. 밀착된 하체가 단단하고 뜨거웠다.

"싫어. 안……."

초조하고 불안한 그의 얼굴에 분노가 치밀어서 그의 어깨를 퍽퍽 쳤다. 떨어졌다가도 신현은 다시 설득하려 시도했다. 오늘은 꼭 하겠다는 고집도, 압도적인 힘 때문도 아니었다. 정은이 버티며 거절할수록, 계속 절박해지고 비참해지는 얼굴에 어느 순간 몸에서 스르르 힘이 빠졌다. 정은의 팔이 그의 목을 끌어안았다.

침대까지 갈 여력이 없었을 거였다. 소파 어디쯤……, 그렇게 예상했는데 등 뒤로 턱, 벽이 부딪혔다.

정신없이 탐해지고 빨렸다. 오늘 신현은 불같다고, 정은은 생각했다. 어딘가 모르게 다급하고, 정은을 숨 막히게 했다. 자꾸만 정은의 뺨을 쓸고 허리를 휘어 감고 입술을 섞어 와서, 눈을 감는 것도 숨을 쉬는 것도 쉽지 않았다. 그래서 오늘 정은도 쉽게 타올랐다. 그의 셔츠 한복판을 정처 없이 헤매다가, 미끄러져 내려와 벨트를 더듬었다.

그의 목에 입술을 묻고, 정은이 흐느끼듯 속삭였다.

"지금……."

정은이 고개를 들어 그와 시선을 맞췄다. 그의 암갈색 눈빛이 눈에 띄게 진해졌다. 빤히 쳐다보는 눈에 뺨이 붉어져서 눈을 내리깔았던가. 신현의 이마가 찌푸려지고 한숨과 같은 신음이 터져 나왔다.

벨트가 풀어지는 것보다 원피스 실내복이 올려지고 다리가 들리는 게 더 빨랐다.

"아플 거야."

그렇게 말한 신현이 단번에 몸을 밀어 넣었다. 뜨겁고 급하고……, 뻐근했다. 아래에 가해지는 통증에, 신음이 터져 나왔다.

"잠깐, 나……."

이미 늦었나 보다. 허리를 잡은 채로, 신현이 탁한 신음을 흘리며 다시 들어왔다. 정은이 그의 가슴을 밀며 허리를 틀자 구슬리듯 입술이 삼켜졌다. 그러면서도 또 밀려들고……, 나가고. 아래를 치받을 때마다 통증과 쾌감이 춤을 추듯 섞였다.

이상했다. 다른 날과 조금 달랐다. 자신의 쾌락을 취하기에도 충분히 정신없을 텐데, 정은의 약하고 예민한 곳들만 의도적으로 자극해 왔다. 숨이 차서 정은의 입이 벌어졌다. 으응,

그만. 뜻도 모를 말과 신음들이 터져 나왔다. 계속되는 마찰에 성급한 절정을 느끼려던 때였다. 기가 막히게 눈치챈 신현이 낮게 욕설을 중얼거리며 서둘러 몸을 살짝 뺐다. 시간을 끌려는 눈치에 순간, 혼자만 이런 절박한 기분인 것 같아 미칠 것 같았다.

"힘들어. 그러니까……, 이제……."

하소연하자 다시 달래듯 입술이 겹쳐졌다. 잠시만 참아 봐. 그렇게 더 큰 쾌락을 약속하는 목소리가 들렸다.

안 돼, 못 참아. 오늘 유난히, 정은을 극한까지 몰아세우는 이유가 진심으로 궁금했다.

벽에 지탱하고 있는 몸이 미끄러져 내리자 신현이 정은의 겨드랑이 사이로 손을 넣고 받쳐 왔다. 또다시 혀가 부드럽게 맞닿고 몸이 깊이 섞였다. 살이 마찰되는 소리가 들렸지만, 이 정도로는 아직 부족했다.

"제……발."

정은이 그의 목에 손을 매단 채 속삭였다. 이렇게 애원하면 버티지 못하고 곧 원하는 대로 해 줄 걸 알아서였다. 하아, 포기하듯 내뱉는 숨이 들리고 그의 부딪힘이 빠르고 격렬해졌다.

남녀 관계의 끝은 대체 어디일까. 짙어진 쾌락의 파도에 몸을 맡긴 채로 정은은 생각해 봤다. 섹스야말로 실은 온전한 끝일 수도 있겠다고. 이렇게 창피하고 적나라한 체위. 다 드러난 몸, 거친 호흡, 터질 듯한 심장, 욕망으로 발개진 얼굴.

마침내 온몸을 훑고 지나가는 빛나는 떨림. 팟, 안에서 터지며 서로가 섞이는 그런, 느낌.

바르작 떨며 무너져 내리는 정은의 몸을 신현의 팔이 받아 들었다. 신현이 약속한 대로 다른 날보다 길고 오랜 절정이었다. 뚫어지게 쳐다보는 눈빛을 보며 정은은 문득 이유를 깨달았다. 자신의 쾌락을 위해서가 아니라 이런 정은을 보기 위해서였다는 걸. 기쁨에 떨며 만족한 한숨을 흘리는 정은의 얼굴을 확인하고 나서야 신현은 지친 정은을 안아 들었다.

침대로 옮겨지며 정은은 신현이 길게 내쉬는 숨소리를 들었다.

옷 입는 소리, 샤워기 소리, 슬리퍼가 바닥을 스치는 소리. 조용한 움직임이지만 정은은 꽤 예민한 편이었다. 소리를 듣자마자 긴장이 되었다. 일어나면 늘 혼자였던 터라 어젯밤 일이 바로 연상됐다.

온몸에 경계를 세우며 정은은 잠에서 깨어났다. 시트가 가슴 밑으로 흘러 내려와 있었다. 분명 먼저 일어나 준비를 해야 했는데 지쳤었나 보다. 얼굴, 머리칼 모두 엉망일 텐데 어쩌지. 그냥 잠든 척할까. 아, 가슴만 좀 가렸으면 좋겠는데.

"오전 10시 비행기야."

낮고 굵은 목소리. 눈치도 빠르셔라.

정은은 시트를 두르며 반쯤 몸을 일으켰다. 떠지지 않는 눈으로 시계를 확인했다. 아침 6시. 10시 비행기면 이제 나가야 했다.

밤새 그 꼴을 보였더니 눈을 마주하기가 쉽지 않았다. 게다가 상대는 다 차려입고 정은은 거의 맨몸이었다. 다 드러나서, 불리해지는 기분이었다. 오히려 아무렇지 않게 행동하는 게 낫겠다, 싶었다.

침대 헤드에 등을 기댄 채 정은은 무심한 목소리로 물었다.

"아침은? 뭐라도 먹고 갈래?"

어제 입고 온 슈트를 다시 입은 채 신현은 거의 준비를 마친 상태였다. 바닥에 떨어진 넥타이를 줍고는 주머니에 넣기 좋게 둥글게 말고 있었다. 밤새 정은을 몰아세우던 남자는 완벽히 사라지고, 다시 숨 막히게 샤프한 남자로 돌아와 있다. 밤낮으로 저렇게 완벽하게 바뀌는 저 모습만큼은 아무리 시간이 지나도 익숙해지지 않을 것 같다.

"너 먹을 것 준비해 놨어. 난 지금 출발해야 하고."

먹을 거라고? 배고프고 궁금했지만 정은은 고개만 끄덕였다.

"깨우지 그랬어."

피곤해서인지 목소리가 잠겨 나왔다. 평소처럼 보일 말이 뭐가 있을까 고민하다가 정은은 이어 물었다.

"공항까지 기사 대 줄까?"

차가운 목소리에 힐끗 쳐다본다. 사실은 운전을 잘한다면 데려다주고 싶다는 생각을 했다. 대답 없이 신현은 잘 감은 넥타이를 슈트 상의 주머니에 넣었다. 멀리 선 채로 정은을 바라보는 눈길에 알 수 없는 빛이 스쳤다.

신현이 출근 준비를 마쳤는지 침대 쪽으로 걸어왔다. 시트가 내려갈까 봐 손으로 단단히 감아쥐었다. 마음을 무장하고 정은이 인사하기 위해 그를 올려다볼 때였다. 신현이 몸을 숙여 왔다.

흠칫, 하는 동안 신현의 손이 뺨에 닿았다. 그 손에서 상쾌한 스킨 향이 스쳤다. 샤워 다 하고 출근 준비까지 마친 터라 숨이 막힐 정도로 근사했다. 손가락으로 정은의 턱을 살짝 올리고는 얼굴을 자세히 들여다본다.

"눈이 부었어."

실망스럽다는 어조에 심장이 쿵, 바닥으로 떨어졌다. 이 굴욕감을 어째야 하나. 대체 이 사람 어디가 내성적이라는 거지. 표정 하나 변하지 않고 정은은 그를 노려보았다. 이 정도 싸늘한 눈빛을 보내면 보통 남자들은 겁먹고 물러나곤 하는데, 신현은 빙긋 웃더니 정은의 턱을 당겨 입술만 부딪혀 왔다. 가볍게 아랫입술만 빨렸다가 아쉽게 떨어지는 동안 정은은 발가락까지 오므리며 숨을 죽였다.

"별 뜻 없어. 아무것도 해 주지 못했던 시절들이 늘 마음에 걸려서."

담담한 어조로 꺼낸 말이었다. 해석이 되지 않아 정은은 미간을 모으며 묻는 뜻으로 그를 쳐다봤다. 좀 맹해 보였던지 잠시 웃은 것도 같다.

뺨을 스쳤던 손이 머리칼을 스치더니 차례로 시선이 따라온다. 온몸의 솜털이 곤두섰다. 이번엔 그 커다랗고 따뜻한 손이 머리칼을 귀 뒤로 넘겨 주고 귓등부터 벗은 어깨까지 길게 쓸었다. 다시 또 몸이 뜨거워졌다.

"곧 돌아올게."

무덤덤한 목소리로 말하면서도 지긋이 정은의 귀를 쳐다본다. 그때 알았다. 이물감이 느껴지는 걸.

아아, 자다가 귓불을 만지는 손길을 느끼긴 했다. '고개 돌려봐.', '잠시만.' 그런 소리를 들었었다. 하하, 옅은 웃음소리를 듣기도 했지만 너무 힘들어서 계속 쳐 냈는데.

"……예쁘네."

불안함과 체념이 담긴 목소리. 정은의 뺨을 톡 치곤, 신현은 방을 떠났다.

감쪽같은 관계

'휴가'라고 알려졌지만 사실상 출장이었던 일정에서 신현이 돌아왔다.

인천에 도착할 시간이라고 짐작할 즈음 정은의 휴대폰이 울렸다. 잘 도착했고 잠시 집에 들러 씻은 다음 출근한다고 했다. 뜨뜻미지근하게 답변하자 잠깐 정은의 숨소리를 듣는 것 같았다.

갸웃하고 통화를 끝내면서도 정은은 픽 웃었다. 이런 부분들은 자신의 예상과 맞아떨어지지만 그래도 신기하다고. 사소한 통화를 위해 전화를 하는 법은 거의 없어도, 어디로 움직이든 꼬박꼬박 행선지를 보고한다.

통화 후 서너 시간 정도가 지나고 신현이 사무실에 도착했다. 시선이 느껴졌지만 쳐다보지 않다가 집무실로 들어가는 뒷모습만 확인했다. 신현이 몇 개 중요 보고를 해치우기까지 또

서너 시간이 걸렸다. 마지막 보고자가 나가자마자 신현이 키폰으로 지시했다.

— 신 팀장 들어오라고 해 주세요.

"곧, 회의 있으신데요? 어, 기획실장님 보고요."

— 갈 겁니다. 신 팀장 잠깐만 보고. ……곧.

수화기를 든 상은이 당황한 얼굴로 정은을 쳐다보았다.

정은이 집무실 문을 열고 들어섰다. 이제 본부장이 일어나서 문을 열어 주고 상석을 양보하지 않는 상황도 어느 정도 익숙해졌다. 신현은 안경을 벗어 닦고 있었다. 씻은 지 얼마 안 되어서인지 깔끔한데, 잠을 못 잤는지 눈가는 움푹했다.

신현이 책상 옆 의자를 가리켰다. 시키는 대로 앉고 보니 너무 가까웠다. 무릎이 닿을 듯 말 듯 했다. 안경을 다시 낀 신현은 정은의 얼굴을 확인하고는, 표정이 부드러워졌다. 지친 머리를 팔에 편하게 기댄 채로 정은을 살폈다. 정은의 얼굴과 모든 부분을 고요하고도 면밀하게. 선물받은 귀걸이 대신 착용한 사파이어 귀걸이까지.

피곤함을 감춘 목소리로 신현은 가볍게 물었다.

"8시면 퇴근할 수 있겠는데. 같이 밥 먹고 들어갈까?"

언제부터지, 이 남자가 정은에게 무언가를 같이하자는 말을 꺼내는 게.

예전에 정은은 버킷 리스트를 작성하듯 훗날 자신이 차신현에게 돌려줄 말들을 작성했었다. 그래, 너 그렇게 나 싫어해서 오늘도 짓밟았지. 두고 봐. 보기 좋게 무너뜨릴 거고 언젠간 내

가 다 거절해 줄 테니까, 그런 마음이었더랬다. '너랑 왜?', '미
쳤니.', '싫은데.' 그런 말들을 연필로 꾹꾹 눌러쓰며 리스트에
적었었다.

여전히 정은의 얼굴에 시선이 닿아 있다. 이상한 감정이 뱃
속에 들어찼다. 그런데도 정은은, 최선을 다해 건조한 어조로
답했다.

"안 될 것 같은데."

조금은 완곡하게 정은은, 그가 정은에게 준 거절의 말을 마
침내 돌려주게 되었다. 그리고 또 이런 제의를 받게 될 때마다
반복하기 번잡해질 것 같아서 처음부터 솔직해지기로 했다.

"외부에서 만나는 건……, 꺼려져서."

기분 나쁘지 않게 포장할 말이 없었다. 다치게 하고 싶지 않
아서라는 말도 할 수 없었다.

다만 그 말에 까만 유리알 같은 시선이 정은을 빤히 바라봤
다. 상처 입은 얼굴도 화난 얼굴도 아니었다. 다소 가라앉은 눈
빛뿐.

어느 순간 신현은 정은 쪽 책상에 손을 뻗어 이면지를 끌어
왔다. 그동안 무릎이 닿아 다시 시선이 마주쳤지만, 그는 펜을
들어 맨 이면지에 숫자 하나를 적는 데 집중해 있었다.

여섯 자리 숫자인데, 숫자 하나하나가 간격을 두고 띄엄띄엄
적혔다. 그 숫자가 적힌 종이가 정은이 보기 좋은 위치에 놓였
다.

1, 1, 2, 3, 5, 8.

"이다음에 어떤 숫자가 나올지 맞힐 수 있어?"

이 청천벽력 같은 시추에이션은 뭘까, 생각할 여유가 없었다. 숫자 사이의 어떤 규칙이 있는 수열인 듯하다.

되게 쉬워 보이는데 이걸 못 맞추면 왠지 창피할 것 같았다. 담담한 눈동자가 정은을 바라보고 있었다. 왜 이런 걸 물어보냐, 벌떡 일어나며 화내지도 못하고 정은은 최대한 침착한 시선으로 신현을 마주 보았다.

안다는 듯 모호한 표정을 지었는데도 신현은 희미하게 웃고는 중얼거렸다.

"요즘 초등학교 1학년 문제집에 나오던데……."

1, 1, 2, 3, 5, 8. 시간이 째깍째깍 흘렀다. 각 숫자마다 차이를 구해 볼까. 아아, 난 정말 모르겠다. 약대를 졸업했지만 수학은 여전히 젬병이었다. 손바닥에 땀이 찼다.

"연속한 앞의 두 수의 합이……."

신현이 힌트를 주기 위해 입을 연 순간 마침내 깨달았다. 앞의 두 수의 합이 다음 수가 되는 규칙이다. 정은은 표정 변화 없이, 이런 쉬운 것쯤은 원래 알고 있었다는 어조로 느슨하게 대답했다.

"14."

"13."

순간적으로 암산을 실수했다. 5와 8을 더해 14라고 계산했다.

"1 차이인데."

아, 창피해. 당장 먼지로 소멸하고 싶었다.

"수학에서 1 차이는 하늘과 땅 차이야."

웃음을 참는지 신현의 눈에 이채가 돌았다. 노란색 메모지 한 장을 뜯어 신현은 여덟 자리 숫자를 다시 적었다. 11235813.

"피보나치 수열. 원리를 알았으니 이제 잊을 일은 없겠네."

신현이 손을 뻗어 정은의 손을 가져왔다. 손을 잡아당기자, 바퀴 있는 의자 덕택에 그에게 끌려갔다. 무릎이 또 닿아 움찔하는 동안 신현은 손바닥에 그 종이를 올려 주곤 주먹을 쥐여 줬다.

"현관 비밀번호야."

정은의 입 안이 말라 왔다. 닿은 무릎이 신경 쓰였다. 이미 회의 시작 시간이 지나 있었고, 상은의 불안한 등이 보였다. 스치는 무릎 때문에 온몸이 저릿한데도 신현은 인식도 못 하고 있는 것 같아서 분하기도 했다.

"……약속이 있어."

무심한 목소리로 정은은 거짓이 뻔한 핑계를 댔다.

"네 집처럼 아무 때고, 불시에 드나들었으면 좋겠어."

설레는 마음을 들킬 순 없었다. 무슨 뜻인지 못 알아듣겠다는 듯 정은은 이맛살을 살짝 찌푸렸다. 그리고 신현은 정은의 그 표정에 오히려 더 친절하게 설명해 주었다.

"그래서 어느 날 내가 퇴근해 문을 열면……, 네가 있게."

신현이 의자에서 일어나며 자리를 정리했다. 다시 또 그의 얼굴에 피곤함이 스쳤다.

"결재만 처리하고 최대한 빨리 퇴근할게."

마치 오늘부터 기다릴 사람처럼 신현은 그렇게 말했다.

약 일주일 동안, 정은은 그 숫자들을 메모지에 써 보며 망설였다.

11235813. 벌써 외웠나 보다. 그런데도 또 써 봤다. 앞의 두 수의 합이, 바로 뒤에 나오는 수가 된다고 했다. 앞의 두 수가 1과 1이니까 합은 2, 그 뒤의 수는 1과 2를 합한 3……

마지막은 13. 남들은 여자 친구 생일로 비밀번호를 만든다는데 이름도 희한한 피보, 무슨 수열. 겉으론 멀쩡한데 특이한 남자라는 걸 자신은 알고 있을까.

정은의 지시대로 조 전무가 렌터카를 구해 주었다. 거의 포기했다는 표정을 간신히 숨기며 정은에게 차 키를 건넸다. 그래도 그날 당장 찾아갈 만큼 정신이 나가 있지는 않았다. 하루하루 날짜를 세며 기다리다가, 일주일째 되는 날 조 전무가 운전해서 정은을 유명 술집이 있는 건물에 내려 주었다.

지하에 있는 술집으로 향하는 척하며 정은은 주차장으로 향했다. 거기에 정은의 렌터카가 있었다. 차에 오르던 정은은 휴대폰으로 회사 업무 시스템에 접속했다. 오늘 오후에 올린 전자 결재 보고 옆에, 본부장 승인 완료라는 아이콘이 반짝였다. 퇴근 준비를 하고 있다는 뜻이다. 요즘 만찬 없이 매일을 일찍 퇴근하는 거로 알고 있었다.

잘하지도 못하는 운전 솜씨로 늦은 저녁, 정은은 반포동으로 향했다. 차에서 내리기 전 사이드미러로 우선 주변을 살핀 뒤 인기척이 없는 걸 확인하고 나서야 차에서 내렸다.

20층 신현의 아파트 현관에서 키패드를 열려던 때였다.

[차 본부장 급한 전화 받고 퇴근했답니다. 김 과장이 엿들은 내용으로는 오늘 곽 대표 생일이어서 그 자리로 이동하신다고. 연희동 '가온'입니다.]

조 전무 메시지였다.

낙담해서 자리에 주저앉을 뻔했다.

어쩌지. 진짜 007 작전 수행해서 왔단 말이다. 검색을 해 보니 곽 대표 생일이 맞긴 했다. 이 기회를 날릴까 하다가, 혹시 싶어 정은은 메시지라도 보내보자 했다. 생일 파티가 끝나면 늦게라도 얼굴을 보기 위해서였다.

[반포동 와 있어.]

메시지를 보내 놓고 정은은 현관 키패드를 열어 외운 숫자들을 눌렀다. 마지막 3까지 누르자, 아무 저항 없이 띠리릭 소리를 내며 문이 열렸다. 동시에 휴대폰이 한 번, 낮게 진동했다. 차신현 본부장.

— 금방 갈게.

다행이다. 얼굴만 보고 돌아가게 될 줄 알았더니. 정은은 혼자 기쁘게 웃었다.

집 안으로 들어서자 이상한 기분에 목적 없이 서 있기만 했다. 아무도 없는 남의 집에 온 것은 처음이어서인지 낯설었다.

구두를 가지런히 벗어 두고 슬리퍼를 신었다. 주방 아일랜드 식탁 위에 놓인 것들이 문득 시야에 들어왔다. 뚜껑이 덮인 케이크 접시, 찻잔, 카드 키.

천천히 걸어간 정은은 코트와 핸드백을 정리해 두고 아일랜드 식탁 앞 스툴에 앉았다. 테이블 위로 턱을 고인 채 한참을 카드 키만 응시했다. 동 출입용이다. 코트 주머니에서 카드 키 홀더를 꺼내 첫 번째 자리에 꽂힌 자신의 집 카드 키를 빼고 그 자리에 신현이 준 카드 키를 꽂아 두었다. 집 카드 키를 훨씬 자주 사용하지만 그래도 이 키를 메인 자리에 두고 싶었다.

케이크 접시 뚜껑을 열어 보니, 생크림 케이크 조각이 있었다. 내 인생에 저런 케이크는 아예 눈길도 주지 말아야지, 맹세하던 그런 류였다. 잠시 턱을 고인 채, 매일 사 놓는 걸까, 어디서 이걸 사 왔을까, 기분 좋게 고민해 봤다.

이 남자가 요즘 왜 이러지. 정말로 내게 마음을 열기 시작한 걸까……

그랬으면 좋겠는데.

아니야, 그러면 안 되는데…….

같이 밥을 먹던 날의 몇 개의 영상이 떠오른다. 굴비 정식, 복어초회, 따뜻한 차. 복잡한 생각을 하는 대신 불안함을 약한 한숨으로 지우며 정은은 그 리스트에 이 케이크를 추가만 해 두었다.

텅 빈 위장에, 케이크의 자태는 유혹적이었다. 예쁘지만 칼로리가 엄청날 거였다. 정은은 포크를 들고 케이크의 끝부분을

살짝 잘랐다. 입가에 묻히지 않게 조심하며 정은은 생크림이
섞인 케이크를 한입에 넣었다. 혀끝에 닿는 맛이 말 그대로 어
마어마하게 달았다.

달콤하다.

아주 잠깐만 이렇게 살까. 칼로리 생각하지 않고. 닥쳐올 미
래 같은 것도 생각하지 말고.

한 번 더 잘라 먹고 나서 정은은 찻잔의 뚜껑을 열었다. 씁쓸
한 홍차가 케이크와 잘 맞았다. 한 모금 마시고 정은은 우선 씻
자고 생각했다.

정은은 쇼퍼백에 챙겨 온 휴대용 샤워 젤과 샴푸, 거품 배스,
속옷을 꺼냈다. 자쿠지가 설치된 욕조가 거실 욕실에 있었다.
욕조에 뜨거운 물을 틀며 정은은 옷을 벗었다.

어떻게 해도 끝은 찾아오게 되어 있다. 무시무시한 결론으로
끝이 날지도 모른다. 그러나 지금처럼 이렇게 조심만 한다면,
혜조에게도, 신현에게도 어쩌면 자신에게조차도 잘만 숨긴다
면 한동안은 괜찮을 거였다.

거품 배스를 풀자 욕실 안에 기분 좋은 향이 가득 찼다. 어떤
향을 좋아할까 고민하며 고른 제품이었다. 정은은 천천히 욕조
에 들어가 앉았다. 따끈한 물이 온몸을 감쌌다. 향이 살갗 전부
에 스며들도록 정은은 깊게 몸을 담갔다.

평소처럼 거품을 갖고 장난을 치다가 정은은 지금 이 시간을
떠올렸다. 신현을 그의 집에서 기다리는 이 시간. 인생에서 두
번 다시는 찾아오지 않을 이 중요한 시간을 헛되이 보내고 싶

지 않았다.

　나랑 헤어져도 다른 여자한테 한동안 얼씬도 못 했으면 좋겠
다. 그러려면 바라지만 말고 전략을 세워야 했다. 거품이 잔뜩
묻은 정은의 손가락이 톡톡 욕조의 한 부분을 두드렸다.

　약한 부분을 파고들어야 했다. 그 부분이 뭔지 모르겠지만.

　하긴 의외로 섹스에는 탐닉하는 남자이긴 한데…….

　곰곰이 생각하던 정은의 눈이 옷걸이에 걸린 속옷에 닿았다.

　물소리 때문에 그가 들어오는 걸 몰랐나 보다.

　정은이 욕실에서 나왔을 때 신현은 냉장고에서 생수를 꺼내
고 있었다. 정은이 욕실에 들어간 후 고작 20분이 지난 시간이
었다. 연희동으로 가는 길에 차를 틀었지 싶다.

　도착한 지 얼마 되지 않았는지 상의도 벗지 않은, 슈트에 넥
타이 차림이었다. 다소 먼 거리에서 시선이 마주쳤다.

　젖은 머리, 촉촉한 얼굴, 가는 끈에 드러난 어깨.

　깊게 잠긴 시선이 정은을 훑었다. 검은색 실크 슬립 위로 도
톰하게 드러난 정점과 둥근 가슴, 그 아래로 이어지는 유려한
선까지.

　정은이 천천히 움직여 소파 반대편으로 걸었다. 거실 커튼을
등 뒤로 멈춰 서고 신현을 마주 보았다. 생수 뚜껑을 따는 그의
손등 위로 힘줄이 섰다.

　지금은 아무런 감흥도 없어 보이는데.

　초조함을 숨기며, 정은은 부드럽게 질문했다.

"벗을까?"

신현이 생수를 한 모금 마시며 정은을 흘낏했다. 물이 그의 건조한 목을 적시는 동안 목울대가 느리게 올라갔다 내려갔다.

신현이 비스듬하게 대답했다.

"포장 푸는 건 내가 하고 싶어서."

허공에서 긴장을 잘 숨긴 두 개의 눈빛이 마주쳤다. 정은이 입술 끝을 올리며 웃었다.

"그럼 그 전에, 날 잡아야 할 텐데?"

도전적인 눈빛을 한 정은이 실크 슬립의 치마 끝을 살짝 올렸다. 천천히 오른쪽 허벅지 위의 가터벨트를 풀어내는 걸 신현은 동요 없는 눈길로 응시했다. 정은이 한쪽 스타킹을 벗어 어딘가로 툭 던지는 모습까지.

다른 쪽 가터벨트에도 손을 올린 정은이 한쪽 눈썹을 올리며 그의 반응을 요구하자 신현이 생수병을 아일랜드 식탁 위에 내려놨다.

천천히 다가온다, 정은에게.

그의 슬리퍼가 바닥을 스치는 소리가 정은의 등을 느리게 긁었다. 정은이 소파 뒤를 향해 뒷걸음질을 했다. 소파를 사이에 두고 대척하는 사람처럼 서 있었다. 신현이 한 발 움직이면 정은이 쫓기듯 한 발 움직였다.

흔들림 없는 시선이 정은의 시선을 밧줄처럼 붙든 채였다.

"그렇게 느려서……."

정은은 아까 만지작거리던, 남은 가터벨트의 후크에 다시 손을 올린 채였다. 그의 손이 닿기 전에 언제든 멋대로 벗어 버릴 것처럼.

"……오늘 밤 안에 잡을 수 있겠어?"

그렇게 말하며 방심한 순간 그의 발걸음 속도가 빨라졌다. 한 바퀴 휙 돌더니 정은이 선 코너 쪽에 바짝 다가왔다. 그의 손이 닿기 직전, 정은이 '꺄아악.' 소리를 지르며 등을 돌려 달리기 시작했다. 호흡이 흐트러졌다. 신현의 팔이 정은의 허리를 낚아챈 건 순식간이었다.

"잡았다."

선언처럼 뱉은 소리에 정은의 발꿈치에서 머리끝까지 짜릿한 흥분이 내달렸다. 신현이 정은을 짐짝처럼 안아 올렸다.

아빠가 어린 딸을 안듯, 다리가 그의 허리를 감싼 채 안겨진 자세가 되었다. 긴장감 속에서 정은은 도리어 소리 내어 웃음을 터뜨렸다. 그렇게 빙글, 돌다가 정은이 고개를 숙여 그의 입을 맞췄다.

벌린 입술 사이로 혀를 넣고 그 안을 훔치고 도망갈 생각이었지만 신현이 더 빨랐다. 정은의 혀를 감싼 채로 놔주지 않는다. 뜨거운 호흡이 입 안으로 밀려들었다.

깊고 질척한 입맞춤이 이어졌다. 그의 넥타이를 풀겠다고 매듭을 만지작거렸으나 키스에 빠져 까먹었다. 정신을 차렸을 땐 소파 위였다. 한쪽 가터벨트도 슬립도 벗겨지지 않은 그대로였다. 신현의 손에 의해 엎드려지고 고양이 자세로 만들어졌다.

움찔하며 기어 도망가는 순간, 커다란 손에 허벅지가 잡혔다. 당황함을 감춘 어조로 정은이 아무렇지 않게 물었다.

"오늘, 곽 대표, 생일 아냐?"

목소리가 끊어져 나왔다. 정은의 목덜미에 열기를 띤 입술이 닿았다.

"……응."

조심성 없는 커다란 손이 얇은 슬립 안, 허벅지를 타고 올라가며 매끄럽게 쓰다듬었다. 정은의 눈이 커졌다. 그 손이 안에 입은 속옷을 확인하며 정은의 욕망을 일깨운다.

"뭐라고 하고, 안 갔어?"

검지인가. 솜털을 가르듯 그 손가락이 실크를 다 적실 때까지 표면만 느릿하게 문질렀다. 정은을 애태우듯 절대 속을 헤집지는 않는다. 흥분을 드러내지 않기 위해 정은은 질끈 눈을 감았다.

"집에……."

목덜미를 타고 흘러내린 입술이 매끈한 어깨에 닿았다. 늘 명확하던 목소리가 살짝 뭉개졌다.

젖은 실크가 밀려 젖혀지고, 손가락이 예고도 없이 예민한 속살을 파고들었다. 정은의 입술 사이로 아찔한 소리가 터져 나왔다.

그의 거칠고 더운 숨이 어깨에서 산발적으로 흩어졌다.

"……케이크 사 놨다고."

괴로운 쾌감에 피식 웃음도 나오지 않았다. 아마도 저쪽에서는 정말 진심인가, 의심할 정도의 진지한 어조로 딱 잘라 말했겠지.

신현의 입술과 치아가 먹어 치우듯 정은의 어깨, 여린 살을 핥고 깨물었다. 케이크가 정은을 뜻하는 은유였다는 걸 깨닫던 순간, 손가락이 깊숙하게 몸 안으로 들어찼다. 훑으며 달래는 손길에 온몸이 녹는 기분이다. 곧이어 주르륵, 액체가 흘러나오는 느낌에 정은의 뺨이 한껏 붉어졌다.

정은이 목적한 대로 뜨거운 밤이 될 눈치였다. 오늘은 절대 먼저 무너지지 말아야지. 그렇게 다짐하며 정은은 그다음 이어질 그의 모습을 예상해 봤다.

곧 그의 이마에 핏줄이 서고, 미간이 깊게 파일 것이다. 땀을 흘리며 정은을 짓이겨 올 거였다. 얌전한 그가 정은을 탐하며 일그러지고 망가질 때마다, 얼마나 큰 쾌락을 느끼는지 신현은 모를 거였다. 고상하게 생긴 입술 사이로 거친 신음과 질 낮은 욕설을 뱉는 걸 보기 위해, 시키는 대로 순순히 그를 삼킨다는 것을.

빠듯한 자극에 신음을 터뜨리면서도 정은은 혼자 희망해 봤다. 그들 사이엔 낮 말고 밤만 계속되었으면 좋겠다고.

훗날 나중에 다른 여자를 안게 되더라도,

깊이 사랑하는 여자를 안게 되는 행복한 시간이 찾아와도,

황홀한 그 순간순간마다, 가슴 한편으론 나를 아쉬워할 수 있도록.

보육실장이었던 성미예는 제천에서 작은 빵집을 했다.

아이가 셋이어서 따로 시간을 내기 어렵다고 했다. 신현 또한 곧 돌아가야 해서 미예가 출근하는 길에 틈을 내 보기로 했다.

미예의 집과 빵집 사이의 거리는 도보로 약 10분 거리였다. 쌀쌀하고도 청명한 날씨였다. '잠깐 걸을까?' 미예가 물었다. 기사가 기다리고 있는 차를 확인하고 신현은 고개를 끄덕였다. 양쪽에 가로수들이 길게 늘어선 길을 둘은 함께 걷기 시작했다.

"서류 요청하면 그쪽에서 다 내어 줄 텐데……. 너처럼 조심스러운 애가 나까지 찾아온 건 뭔가 사정이 있어서겠지."

"……네."

그들이 걷는 속도에 맞춰 뒤를 따라오고 있는 고급 차를 흘 끗하면서도 미예는 생각에 잠긴 채였다. 미예는 우선 그의 소식을 물었다.

"그래, 한국 와선 무슨 일 하고 있니?"

"현일바이오에서 일하고 있습니다."

미예의 눈동자가 놀라움으로 커졌다. 의문의 눈길로 쳐다보자 미예가 바로 대답했다.

"네가 다 커서 나를 찾아오면 '저는 과학자입니다.'라고 말할 걸 예상했거든. 어려서부터 과학을 좋아했고, 과고 갔고, 대학도 그런 거 전공하기에."

신현은 엷게 웃고는 반쯤의 사실을 답했다.

"순수 과학은, 돈이 안 되니까요."

미예가 의외라는 눈빛을 했다. 이런 말을 하면 그를 알던 모든 사람들이 쳐다보던 눈빛과 동일했다.

"아무리 본인이 창업하신 회사라 해도, 돌아가신 윤 사장님은 너 과학자 안 된 것 아쉬워하실걸. 그래도 내 눈엔 넌 늘 놀랍고 기특했단다. 아기 때부터 봐 와서 그런가."

미예는 그때를 떠올리듯 웃었다.

"걷는 것도 다른 애들보다 1년 가깝게 늦어서 사실 무슨 문제 있는 건가, 그랬었는데, 세상에. 수석 입학에 수석 졸업에. 우리 복지원 이름은 네가 다 알렸지."

매번 반복되는 이야기에 신현은 예의 있는 웃음으로 듣기만 했다.

"가만 조 전무, 걔도 거기 있지 않나? 그 집 딸 밑에서 일하고 있다고 들었는데. 걔는 맨날 전무라, 이젠 이름이 전무인가 싶어."

"조재수 전무요. 네, 저희 회사에서 같이 근무합니다."

"그래, 맞다, 조재수. 걔가 우리 복지원에서 네 명이나 입양했지."

수십억의 연봉에도 그 네 명을 책임지느라 결혼도 못 하고 있다고 들었다. 아이 네 명의 아버지인 데다가 이른 새벽에도 고용주의 부름에는 정장을 차려입고 뛰어가야 하는 직업이라 결혼은커녕 화장실도 못 간다고. 아이 교육을 맡는 전담 선생님과 가사 도우미만 여럿 고용했다고 들었다.

바이오 오너의 수행 비서로 일하면서 지저분한 일도 많이 맡았을 것이다. 정은의 성격도 만만치 않았다. 조 전무가 이 모든 걸 묵묵히 해내는 건 아마도 윤 사장에 대한 충성심과 자식들에 대한 책임감 때문일 것이다.

"네가 언젠간 물으러 올 줄 알았다."

미예가 걸음을 멈추자 신현도 따라서 걸음을 멈췄다.

"다 커서 자기 출생 궁금하다는데, 사실 감출 것도 없지."

그렇게 말하면서도 미예는 또 시간을 들였다. 무언가 망설이며 상황을 따지는 눈치였다.

"윤 이사장님은 자주 찾아뵙니?"

차가운 겨울바람이 마치 그들 사이가 계곡이라도 되는 양 빠르게 스치고 지나갔다.

"네."

"그래, 네가 당연히 그렇겠지. 근데 사실은 윤 이사장님보다 그 댁 딸, 이름이 뭐더라. 신문에 자주 나오는. 화장 잘하고 모델 같은."

"신정은 이사입니다."

맞아, 하며 고개를 끄덕이고는 뭔가 떠올랐는지 미예는 짤막하게 웃었다.

"걔가 예전에 너 좋아했었어. 너 알아? 매양 네 소식 묻고 다니고 장학금도 내고. 난 너희 둘 어울린다고 생각했는데. 다른 사람들 말로는 네가 걔 많이 싫어했다고 그러더라."

미예의 말 중 걸리는 것이 있었지만 신현은 바로 묻지 못했다. 더 궁금한 것이 있어서였다.

신현이 미예의 시선을 잡은 채 침착하게, 또박또박 질문했다.

"여대생이 데려왔다고 들었습니다. 맞습니까?"

미예의 얼굴에 곤란함이 스쳤다. 하지만 더 이상 피할 수 없다고 생각했는지 미예는 신현과 눈을 맞췄다.

"응."

미예는 우선 그렇게만 답했다.

"나이는 어느 정도 되어 보였습니까?"

답답한 마음에 신현이 더해 물었다. 그 질문에 미예는 다시 시선을 피했다.

"스물세 살. 아니다. 스물네 살."

서류에 있던 김효영의 나이와 같다.

"세 살 때 입소했다고 들었습니다."

"아니야. 돌 지나기 전에 왔어. 생후 10개월인가 그랬을걸."

그가 혜조로부터 들은 건 세 살이었다. 하지만 우선 듣기만 했다.

"원래 그렇게 어린 애는 그 당시에 받지 않았었거든. 그래서 기억나."

사실이었다. 그가 아는 한 그때는 세 살 이전의 아이는 받지 않았다. 미예가 차마 마무리 못 한 말이 짐작이 갔다. 그래도 받았던 건 다른 이유가 있었다는 뜻이었다. 입이 말랐다. 머릿속으로 출생 신고서가 다시 떠올랐다.

"혹시, 그 대학생이 이사장님과 아는 사이였습니까?"

미예가 고개를 저었다.

"아냐. 왜 그런 생각을 했어? 그때 윤 이사장님은 복지원 일 안 하시던 때인데."

예상이 맞았다. 혜조가 그의 출생 신고까지 했는데도 사람들이 그 사실을 한 번도 언급하지 않은 것이 이상했었다. 이유를 누구도 몰랐기 때문이었다. 보육실장조차도.

"이사장님은 그때 신 박사님 수원 연구소 관리하셨었어. 연구소에 큰 화재가 났던 때라 신 박사님 대신 경찰서 드나드시고, 윤 사장님까지 뵈러 경찰들이 여기까지 왔었기 때문에 나도 기억이 나."

아, 하고 소리를 낸 미예가 문득 생각났다는 듯 말했다.

"혹시 윤 사장님께 뭐 들은 게 있는 거니? 효……."

그러다가 미예는 당황한 듯 말을 멈췄다. '효'로 시작하는 단어는 많지 않았다. 안경을 올리며 신현은 되물었다.

"제 생모의 이름을 기억하십니까?"

그렇게 오래된 일인데도 말이다. 미예는 설핏 신현의 눈치를 살폈다. 신현은 주위 사람들의 감정에 예민한 편이었다. 미예는 무언가 불안해하는 눈치였다.

어느 순간 미예는, 마음을 먹은 듯 신현과 눈을 맞추고는 천천히 고개를 끄덕였다. 그리고 살아오면서, 또한 이곳에 오면서 해 봤던 수많은 가정 중에서 신현이 단 한 번도 예상하지 못한 한 가지 사실을 전달해 주었다.

"그럼. 우리 복지원에서 자란 애인걸."

생판 모르던 이름이 그의 인생에 불쑥, 하나 더 추가되었다. 김효영.

예쁘고 건강하고 미래에 대한 욕심이 많았다고 한다. 괜찮은 대학에 진학했는데도 생활이 어려웠다고. 남자라곤 관심도 없는 눈치였는데 졸업하던 해에 느닷없이 미혼모가 되어 찾아와서 미예는 놀랐다고 했다. 그리고 아이를 맡긴 후에 어찌된 일인지 미국으로 떠났다고 했다.

신현은 혼란한 마음으로 차 뒷좌석에 올랐다.

"판교로 갑니다."

"네, 본부장님."

가는 동안 신현은 미예가 전해 준 소식을 하나하나 곱씹었다.

효영은 복지원에 연락해 아들의 생사에 대해 물은 적이 없었다. 복지원 선생님들과도 연락을 끊고 지냈다. 그런데 우연히, 신현이 열 살 때쯤 미예는 미국에 있는 지인으로부터 효영의 소식을 듣게 되었다. 결혼도 잘했고, 미국에서 영주권을 땄으며, 오리건주에 있는 연구소에서 일하고 있다고. 미예는 더듬더듬, 이름도 잘 기억 못 했지만 신현은 그 연구소를 한 번에 알아들었다. 이 바닥에 있으면 누구나 알 만한, 노벨상 수상자를 세 명이나 배출한 분자 생물학 연구소였다. 신형욱 박사도 한때 그곳 연구원이었고 그의 학과 선배들도 몇 근무하는 곳이었다. 효영은 전공도 아닌데 유명 연구소에 취업할 수 있었던 셈이다.

미예가 말한 것 중 걸리는 것이 두 가지가 더 있었다.

'윤 사장님이 너 각별히 신경 쓰셨지. 병원도 여러 번, 직접 데려가셨고. 그래서 처음엔 그 집안 친척 사생아인가, 사람들이 그

랬었거든. 그리고 얼마 전⋯⋯.'

그의 출생을 묻기 위해 찾아온 사람이 이제까지 총 네 번이
라고 했다. 다 모른다며 안 만났는데 얼마 전 찾아온 사람은 만
났다고 했다. 그 말을 하며 미예의 얼굴이 새빨개졌다. 꽤 큰
금액을 건네서 놀랐으나 한사코 거절했다고 했다. 오히려 그
사람이 생부인가 궁금해서 만났다고.

'어차피 아는 것도 없어서, 그냥 우리 복지원 출신 애가 낳은
아이라고만 했는데 그쪽은 오히려 효영이 재정 상태를 묻더라
고. 그리고 신 박사님이 혹시 가끔 널 보러 온 적 있냐고도 묻더
라. 그 사람 근데, 네 생부는 아닌 거 같았어. 너랑 전혀 안 닮았
었거든.'
'뿔테 안경을 끼고 비싼 정장을 입은 남자였고. 아, 왼손에 글
자가 새겨진 반지를 끼고 있었어.'

중키에 뿔테 안경⋯⋯, 반지.
머리가 지끈거렸다. 그 사람이 누군지 그다지 궁금하지 않
았다.
이런 것들 다 모르고 살았으면 좋겠다. 혼자 힘으로 충분히,
원하는 것들 이뤄 낼 자신 있었고 단 하나도 더 알고 싶지 않았
다. 알게 될수록 신물이 났다. 왜 나만 이렇게.
지금 이 상황에서 분노는 아무 도움이 되지 않는다. 눈을 감

으며 우선 지금 알고 있는 사실들을 차분히 정리해 봤다.

김효영, 생모 추정, 복지원 출신, 오리건 연구소 취업.

출생 신고를 한 사람은 혜조. 윤 사장의 각별한 관심.

알고 있다. 이 모든 사실은 결국 하나의 이름으로 모인다. 신형욱. 그의 출생 뒤엔 형욱이 있는 게 분명했다.

김효영, 신형욱. 그의 이 '엉뚱한 추론'이 맞는다면 진짜 친모는 다른 곳에 있을 것이다. 가슴이 울렁거렸다.

깊은 한숨을 쉬며 신현은 브리프케이스에서 서류를 꺼내 들췄다.

"지금 제법 막히는데요. 판교까지 1시간 40분 찍히네요."

기사가 백미러를 통해 전해 주었다.

"괜찮습니다."

오늘 판교에선 항암 사업본부 신설을 위한 회의가 있었다. 곧 미국 제약사 하나와 자산 양수도 계약을 할 건도 보고받아야 했다. 얼마 뒤 미국 현지에 네트워크 법인 하나를 세울 계획도 있었다. 그렇게 몇 개의 계획이 순서대로 진행되면 내년쯤 회사의 이익 구조가 얼마나 더 다양해질지 구체화해 봤다. 김 회장의 기대에 부응할 수 있도록 나름 차근차근 준비하는 중이다. 수익과 주가, 디스커버리, 1상, 2상, 3상…….

볼펜으로 예상 이익을 적어 보다가 차창 밖의 고속도로를 응시했다. 곧 겨울을 벗어나려는지 드문드문 푸른 잎들이 보였다. 시간이 흐르고 있다는 뜻이다. 재킷 주머니에서 휴대폰을 꺼낸 신현은 액정을 손가락으로 길게 문질렀다.

초조해진 손가락이 꾸욱, 단축 번호 하나를 눌렀다. 뚜르르, 뚜르르. 휴대폰을 확인하고 있을 정은의 모습이 자연스레 그려졌다. 무심한 눈길로 내려다보다가, 서너 번 정도 울리고 나서야 받을 것이다. 그리고 '응.' 하고 대답할 것이다.

— 응.

서늘하고 감정 없는 목소리.

10대 때는 이러지 않았는데. 아쉬움이 가슴에 찼다. 너는 대체 어떤 이유로 이렇게 차고 강해졌을까. 대기업 오너로 치열하게 사는 정은이 가끔 이해가 되지 않았다.

마냥 놀면서 꾸미기만 하고 살 것 같았다. 대체 무엇이 정은을 이렇게 바꾸었는지 궁금했다.

"판교로 가고 있어. 오늘은 사무실 복귀 못 할 것 같은데."

잠시 대답이 없다. 이제 정은은 누구를 상대해도 침착하고 느긋했다. 가끔 그 머릿속이 궁금해진다.

— 알았어.

역시 목소리로는 감정을 알 수 없었다. 전화기 너머로 깃털 같은 한숨만 들렸을 뿐.

오늘은 수요일. 내일 아침 일찍 정은에겐, 조찬 회의가 있었다. 윤기도 참석하는 업계 정례 회의였다. 그렇게 되면 내일 오후에나 볼 수 있게 된다.

— 어딘데?

정은이 역시 무심한 목소리로 물어 왔고, 신현은 솔직히 대답했다.

"제천. 개인적인 일이 있어서."

정은은 아무 말 없이 듣기만 했다. 당황한 일도 없을 텐데 잠시간 숨소리도 들리지 않았다.

문득 신현은 전화한 목적을 떠올렸다.

"오늘 모임이 있어. 늦을 거야."

대관 만찬이라 공개된 일정표엔 없는 일정이었다.

시간을 두고 대답할 거라고 생각했다. 미리 정해 두고도 상대방이 성급해질 때 즈음 답을 주는 게 정은의 대화법이었다.

그런데 이번에 정은은 바로 대답했다.

— 응.

그리고 이어 덧붙였다.

— 오늘은 한남동으로 퇴근할게.

가볍게, 아무렇지도 않은 목소리를 잠시 듣고만 있다가 신현은 조용히 요구했다.

"잠깐 들를게. 집 앞에서, 얼굴만 보게."

사실은 기다리겠다는 대답을 기대했다. 하지만 정말로 그의 집에서 혼자 기다릴까 봐 걱정이 되기도 했다. 꼭 얼굴은 보고 잠들고 싶으니 그가 한남동에 들리면 되겠다 싶었다.

하지만 정은은 분명 거리를 두는 대답을 할 것이다. 미예마저 알 정도로, 그의 주변 모두가 수군거릴 정도로 정은은 티 나게 그를 쫓았었다. 참으로 요란하게 구애를 해서 함께하게 되었는데도 막상 그와의 관계를 드러내지는 않는다. 다른 것들을 하려 하지 않고 오로지 그의 집으로 찾아와 섹스만 한다.

아파트 주차장에 들어서다 보았던 차량 번호가 문득 떠올랐다. 정은이 들고 다니는 차 키에 붙어 있는 번호와 동일했다. 주차 구역을 만들어 줬는데도 방문 차량용에 세워 놓은 렌터카. 혜조를 닮아서일까, 정은은 용의주도했고 그 사실을 그에게 들키기 싫어했다. 그렇다면 그는 평생이라도 맹인 역할을 해 줄 테지만 씁쓸한 기분은 마찬가지였다.

미래를 같이할 생각이 없다는 차가운 선언이 그를 비참하게 했다.

— 일찍 자고 싶어, 오늘은.

그가 예상했던 대답을 하고, 정은은 대안을 제시했다.

— 내일은 반포동으로 퇴근할게. ……그때 봐.

통화가 끊겼다. 휴대폰을 손에 쥔 채 신현은 잠시 이마를 문질렀다. 내일까지 어떻게 기다리지. 난 못 기다릴 것 같은데.

그러면서도 비틀린 마음으로 예상했다. 내일은, 또다시 뜨거운 밤이 되겠다고.

기뻐하고 만족스러운 얼굴을 봐야 오늘은 정은이 떠나지 않을 거라는 안도감이 들곤 했다. 그의 쓸모는 딱 섹스뿐이라고 늘 한정 짓는 정은이었으니까. 그런데 마찬가지로 정은도, 적어도 침대에서만큼은 그를 만족시키기 위해서 최선을 다했다. 해가 뜨면 그와 눈도 마주치기 어려워하면서도, 평소엔 이렇게 깔깔하게 대해도 어떤 행위도 서슴지 않았고 그가 절정에 오를 때까지 무너지지 않으려 버텼다.

대체 왜지. 그가 싫증을 낼까 두려운 것도 아닐 텐데……

싫증이라……. 그의 입 끝에 비틀린 조소가 걸렸다. 안을 때마다 이 현실이 믿어지지 않아, 매번 심장이 터질 것 같았다. 과연 싫증을 느낄 날이 오긴 할까.

네게서 벗어날 수 있는 날이 내게, 찾아오기는 할까.

복잡한 생각에 신현은 다시 서류에 시선을 주었다. 1시간 40분 동안 일에만 집중했다. 정은과 함께 있지 않은 모든 시간은, 밥 먹는 시간조차 아끼며 일에 정신을 쏟으려고 노력하는 요즘이었다.

"도착했습니다, 본부장님."

정신을 차리고 신현은 차창 밖을 보았다. 그새 회사 건물 정문이었다. 노트와 서류를 챙기는 동안 기사가 당부했다.

"만찬이 7시니 여기서 6시 이전에 떠나야 합니다."

차 문을 열다가 멈칫했다. 신현은 메모지 한 장을 꺼내 식당 이름을 적어 기사에게 건넸다.

"5시까지 나오겠습니다."

"이 식당은, 오늘 만찬 장소가 아닌데요?"

메모지에 적힌 식당 이름을 보고 기사가 갸웃했다.

"거기 들렀다가 본사로 갈 겁니다. 그리고 만찬 장소로 다시 이동합니다."

"네, 시간 맞춰 기다리겠습니다."

차에서 내려 신현은 로비로 향했다.

모지리. 등신. 윤기의 말이 맞았다. 정상적인 사고방식의 남자라면 이 관계를 당장 때려치우려 할 것이다. 아무런 교류도 약속도 없이 쾌락만 추구하는 그런 관계 말이다.

그런데도 신현은 앞으로 해야 할 일들만 순서대로 떠올렸다. 그들의 관계가 얼마나 지저분하든, 불평등하든, 그 까닭이 무엇이든 당장은 중요하지 않았다. 그는 그저 속절없이, 끝까지 끌고 나갈 거였다.

그의 출생 뒤에 무엇이 있는지. 대체 혜조가 그를 반대하는 이유가 뭔지. 정은이 왜 그를 부끄러워하는지. 그 진실이 무엇이든, 우선 이 관계를 지속되도록, 정은의 마음을 얻도록 최선의 노력을 할 거였다. 이제까지 살아오며 했던 그 어떤 노력보다 더한 마음으로 부딪혀 볼 거였다.

그럼 이루어지지 않을까……. 한숨을 내쉬며 신현은 그런 허황된 희망을 가져 봤다.

제천이라. 오늘 신현은 제천에서의 일정이 없다. 보육실장을 만났을 거라고 정은은 추측했다. 참 성실히도, 차근차근 조사하고 다닌다.

정은은 손목시계로 시간을 체크했다. 가끔 이렇게 미치게 보고 싶을 때가 있다. 아까 제천에서 전화 왔을 때가 오전 9시였고 판교 사업장에 도착한 게 11시쯤이었다. 지금쯤 여의도로 들어왔을 시간인데. 오늘 정말 사무실에 안 들리는 걸까. 혹시 일정이 바뀌진 않았을까. 기사에게 확인할 수도 없었다.

상은이 어디에 있지.

둘러보니 탕비실 열린 문틈으로 상은의 뒷모습이 보였다. 망설임도 없이 탕비실로 향했다. 커피 잔을 씻고 다기를 정리하려던 상은이 놀라서 정은을 돌아봤다.

"신 팀장님이 어떻게, 여기를."

자연스러운 움직임으로 정은은 커피와 차를 모아 둔 선반으로 향했다.

"커피 한 잔 마시려고요."

상은이 살짝 갸웃하며 믹스 커피를 드는 정은을 바라봤다.

"좀 전에 드시지 않으셨어요?"

은근 놓치는 구석이 없다. 이래서 신현이 신뢰하나 보다. 김 과장이 원두커피를 갖다 준 게 한 20여 분 전이었다.

"믹스 커피 한번 먹어 보고 싶어서요."

"아, 네에."

상은의 목소리가 길게 끌렸지만 믹스 커피를 뜯느라 눈치채지 못했다. 상은의 움직임을 살피니, 다기 정리가 거의 끝나는 모양새였다.

"차 본부장님, 오늘 사무실 들른다는 말 없었어요? 결재 많이 쌓였던데?"

커피 물을 따르는 데 열중한 척하며 지나가듯 물은 말이었다. 정은에게 등을 보인 채로 움찔하다가, 상은은 천천히 입을 열었다.

"좀 전에 전화 왔는데, 곧 여의도……."

상은의 말이 딱 거기서 멈추었다. 어떤 반푼이가 하필 지금 문자 메시지를 보낸 듯했다. 메시지를 확인한 상은이 하던 일을 바로 내려놓고 현일바이오 신정은을 탕비실에 혼자 놔둔 채 후다닥 떠나 버렸다.

세상에, 어떻게, 저런.

그래서 지금 여의도에 들어왔다는 건가? 신현의 만찬 장소는 여의도였다.

결국 회사엔 안 들른다는 소리인가 보다. 정은은 참담한 기분으로 믹스 커피를 내려다보았다. 버리기도 애매해서 싱크대에 기댄 채 한 모금씩 홀짝홀짝 마시기 시작했다. 다 비운 종이컵을 쓰레기통에 버리던 때에 탕비실 문이 다시 열렸다. 상자를 든 상은이었다.

"팀장님."

저 호칭은 참 변하지도 않는다. 그래도 상은에게는 잘 보여야 했다.

뛰어온 건지 흥분한 건지 상은의 얼굴이 발그레했다. 정은이 싱크대에서 몸을 일으키며 대답했다.

"네."

상은이 현일바이오라고 찍힌 문서 발송용 상자를 정은에게 건넸다. A4 용지가 한 팩은 들어갈 만한 크기였다.

"본부장님이 전달하셨어요. 부, 탁하신 서류들이라고."

뭐지? 상자가 정은에게 들렸다.

"아, 그거요."

하고 답변하고 정은이 되물었다.

"본부장님 들르셨었어요?"

상은이 고개를 끄덕였다.

"네, 시간이 빠듯해서 차에서 내리지 못하시고 이것만 주고 가셨는데."

차창으로 상자만 건네고 바로 출발하는 신현의 모습이 정은의 머릿속에 그려졌다.

"신 팀장께 직접 내려오라 하면 직원들 시선 안 좋을 것 같다고, 그래서 저한테 부탁하신다고요."

외부에서 만나는 건 꺼려진다는 말을 아주 충실히 들어주는 모양이었다.

상은이 탕비실 문을 닫고 나갔다. 상자의 뚜껑을 열자, 가장 먼저 보인 건 포장용 노란 종이와 상호명이었다. 여의도 유명 초밥집.

혼자 맛난 것 먹으러 가서 미안했나. 정은은 희미하게 웃으며 상자에서 봉투를 꺼내 내용물을 살폈다. 연어, 광어, 도다리, 방어…… 싱싱한 횟감이 하얀 밥 위에 골고루 얹혀 있다.

언젠가 했던 말이 귓가에 울렸다.

'식사 거르지 말고.'

밤중에 휴대폰이 울렸다.

— 집 앞이야. 잠깐 나와.

거절은 듣지 않겠다는 어투였다. 분명 오늘 일찍 잘 거고, 내일 반포동으로 퇴근하겠다고 했었다. 말한 대로 진짜 집 앞에 찾아온 셈이다. 좀 거리가 있는데도, 정은은 후문 쪽에서 보자고 했다.

'기어이 왔네.'

하긴 남들 모르게 제법 고집 있는 남자였지.

그러면서도 가슴 속은 요란스러웠다. 뭘 입고 가야 하나, 초조하게 옷장을 헤집는 그 짧은 시간, 정은은 혼자 별의별 생각을 다 했다. 차량 등록은 조 전무가 해 두었을 것이다. 술을 마셨을 텐데. 그렇다고 운전기사를 끌고 온 것은 아니겠지.

옷장 구석에서 얼굴을 가릴 만한 버킷해트 하나를 찾아냈다. 늦은 밤, 옅은 진눈깨비가 내렸다. 차가운 공기 속에 신현이 서 있었다. 누가 그들을 지켜보고 있는 건 아닐까, 주변을 살피는 걸 신현에게 들키지 않게 조심했다. 그렇게 걸어오는 그녀를 신현은 물끄러미 바라봤다. 긴장을 풀기 위해 정은은 몰래 손을 쥐었다 폈다.

경비실이 가까운 자리라서 조심스러웠다. 신현과의 사이에 어느 정도의 거리를 남겨 두고 정은은 걸음을 멈췄다.

겨울바람이 그의 머리칼을 흐트러뜨렸다. 퇴근하는 길에 여자 집 앞까지 찾아온 사람치고 참 무심한 얼굴이라는 생각이 들었다.

신현이 천천히 입을 열었다.

"아직 안 잤어?"

"곧 자려고."

멀리 차 소리가 들리는데도 적막하게 느껴졌다. 가만히 뜯어

보는 시선에 무안해진다. 신현이 한 발, 걸어와 그들의 거리를 좁혀 왔다.

"차는?"

당황함을 감추며 묻는데 여전히 정은의 얼굴에 집중해 있다.

푹 눌러 쓴 모자, 그 아래로 보이는 콧대, 입술. 그렇게 차례로, 쳐다봤다.

"주차장에."

기사를 데려왔냐고 묻지 못했는데 신현은 차분히 덧붙였다.

"술 안 마셨어."

정은이 가볍게 안도의 숨을 내쉬었다. 그런데 이상하다. 대관 만찬이었을 텐데 어떻게 술을 안 마셨지? 왜?

골똘히 생각에 잠겨 있는 동안에도 빤히 쳐다보는 눈길이 느껴진다. 그리고.

"신정은."

부드럽게 불렀다. 정은이 그와 시선을 맞췄다. '응.' 하는 답을 기다리듯 물끄러미 쳐다보는 시선이 어딘가 모르게 뜨겁다.

그래서 정은은 답을 미루고 열심히 고민했다.

자고 가라고 할까.

설마 말한 것처럼 진짜 얼굴 보겠다고 술도 안 마시고 여기까지 온 건 아닐 것이다.

조심하면 가능할지도 모른다. 경호원이 잠들 때까지 기다렸다가 들어가고, 새벽에 조용히 나가면 될 테니. 침대 시트는 세탁기에 먼저 넣어 돌려 두고 휴지통도 내가 비우고. 어차피 정은의 공간은 직원들 공간과 분리되어 있었다. 가만, 이 집에 엄마나 김천댁과 직접 연락할 만한 사람이 누가 있더라.

함께 밤을 보낼 생각에 또 가슴이 뛰었다. 저 흰 셔츠에 얼굴을 묻고 안긴 채로 깊은숨으로 그의 체향을 맡고 싶었다. 하루라도 더 그에게 의미 있는 사람이고 싶었다. 그 생각에 괜히 얼굴이 발그레해졌다. 밤이고, 모자까지 쓰고 있어서 다행이었다. 키 차이 때문에 눈은 잘 보이지도 않을 거였다.

'혹시, 자고 갈래.' 그 질문으로 답을 대신하려고 입술을 떼려던 때였다. 신현이 손을 뻗어 왔다. 유혹하는 키스라도 하려나 움찔하는데 얼굴이 드러날 만큼 모자를 올린다. 몸을 숙여 눈높이를 맞추더니 정은의 턱을 손가락으로 올렸다.

그렇게 얼굴을 가까이한 채로 신현은 한참 정은의 눈을 바라봤다.

"밤이어서 그런가."

한숨 같은 목소리였다.

"오늘따라 왜 이렇게 예쁘지."

당황해서 눈을 크게 뜨고 쳐다봤다. 맨정신 맞나?

입을 벌리고 있었나 보다. 그런 정은을 바라보며 피식, 신현이 웃음을 터뜨렸다. 역시 장난이었구나.

아, 예쁘다는 말을 기다리고 있던 것처럼 굴면 안 됐던 거였다. 마치 이런 말은 신경도 안 쓴다는 것처럼 세련되게 넘겼어야 했다.

그래도 밤공기 사이로 울린 시원한 웃음소리에 심장이 다 녹아내리는 것만 같다.

신현은 정은에게서 손을 떼고 다시 허리를 폈다.

"춥겠다. 들어가라."

담담한 인사였다. 아쉬움 따윈 하나도 찾을 수 없는.

"응."

"잘 자고."

"응, 너도."

어색한 답변에 신현이 잔잔히 웃고는 현관 쪽을 고갯짓했다. 먼저 들어가라는 뜻이었다. 머뭇거리다가 정은은 고개를 끄덕이고 순순히 돌아섰다.

현관을 들어서다 뒤돌아봤다. 예상대로 정은의 뒷모습을 지켜보고 있다. 눈이 마주치자 가볍게 손을 흔든다.

희한한 남자네. 자고 가라고 머리 쓰던 사람 무안하게 진짜 얼굴만 보고 간다. 밤에 찾아왔으면 키스 정도는 하고 가야 하는 거 아닌가. 입술이 안 되면 이마라도.

주변의 눈을 생각하면 다행이라 여기면서도 정은은 괜히 혼자 서운해졌다.

아니면 혹시 너무 눈치가 빠른 건가. 아무에게도 들키지 않으려 날을 세운 걸 혹시 알아챈 건가. 그럴 리는 없을 텐데.

그렇게 생각하면서도 집에 들어와 창밖을 바라봤다. 그리고 신현이 차에 타고 단지를 떠나는 모습을 끝까지 지켜보았다. 그런데 뭔가 이상했다.

반포동 향하는 도로에서 더 가까울 정문을 두고, 신현은 후

문을 향하고 있었다.

윤혜조 이사장을 만나려면 자택으로 찾아가야 한다고 들었다.

사람들을 만나기를 꺼려서, 혜조가 외출을 하는 유일한 경우는 형욱을 만나러 베이징으로 출국할 때뿐이라고 했다. 민희하고도 실제로 만난 적은 오래전 몇 번 있었으나 자택을 방문하는 건 처음이었다. 청담동에 위치한, 2층짜리 고급 주택이었다.

혜조는 우아한 옷차림으로 서재 책상에 앉아 있었다. 처음 만났을 때는 혐오감을 주는 얼굴이었는데 그새 외모가 많이 달라졌다. 의학의 힘을 빌렸는지, 예전보다 놀라울 만큼 나아져서 알아보지 못할 정도였다. 부드럽고 세련되었다. 그때와 같은 점이라고는, 표정에는 아무 감정이 드러나지 않는다는 것뿐이었다.

김천댁이라 불리는 여자가 차와 다과를 가져왔다.

"종우가 발달 장애예요."

민희는 그렇게 용건을 꺼냈다.

찾아오는 게 미친 짓일지도 모른다고 생각했었다. 하지만 지금 이 상황에서 민희가 기댈 사람은 혜조뿐이었다. 외부에는 잘 알려져 있지 않지만, 신형욱이 세운 세계에서 윤혜조는 막강한 존재였다. 신형욱이 내리는 모든 커다란 결정을 함께하는 진정한 동반자.

"저런."

안타까운 얼굴로, 혜조가 먼저 한 말이었다. 커피 잔을 쥐었다가 내려놓고는 한동안 마시지도 못했다. 고민하듯 시간을 두던 혜조는 연이어, 걱정스러운 어조로 말했다.

"마음이, 아프겠어요."

민희는 혼란스러운 기분으로 혜조를 살폈다.

신 박사의 여자로 살며, 언젠가 혜조가 자신을 찾아올 거라고 두려워했었다. 뺨을 때리고 연구소 밖으로 내쫓길 거라고도 예상했다. 매일매일 떨면서 살았다. 하지만 여기 찾아올 때는 그 정도의 두려움은 모두 사라진 후였다. 수모를 당할 테지만 그래도 종우를 위해서라면 그래야겠다, 그런 다짐이었다.

종우가 누구의 아이인지 모르지는 않을 것이다. 형욱으로부터 느낀 바로는, 윤혜조는 모든 것을 알고 조종하는 전능한 여자였으니까.

혜조가 이어 되물었다.

"정도가, 음, 심각한가요?"

사려 깊은 어조였다.

"네. 지능 발달도 늦고 운동 발달도 늦어요. 염색체 미세 결실이 원인일 거라고 보고 있어요."

말을 하는 그 자체로도 가슴이 아팠다. 염색체 이상으로 인한 장애이므로, 종우의 치료가 쉽지 않을 것을 민희는 이론적으로 잘 알고 있었다.

혜조가 신중한 어조로 입을 열었다.

"신 박사님의 연구는, 이럴 때가 가장 힘들죠. 돌이킬 수 없을 때. 착상 전 유전자 진단에서도 발견되지 않았으니, 아마 아주 사소한 오류일 텐데."

오류. 그 거슬리는 단어에 민희의 입가가 굳었다.

물론 오류일 수 있었다. 유전체학자와 생식생물학자 역시 얼마든지 실수할 수 있으니까. 아니면 크리스퍼-카스9, 즉 유전자 가위가 수정해야 할 표적 유전자를 잘못 찾아 엉뚱한 걸 편집해서 새로운 질병을 일으켰을 확률도 있다. 인간의 유전자는 아직 다 밝혀지지 않은, 깜깜하고 드넓은 우주처럼 미지의 영역이었다. 아무리 정교하게 편집을 했다고 하더라도, 어디서 어떤게 연결되어 이런 엄청난 결과를 가져왔는지 아무도 모른다.

혜조가 이어 말했다.

"교정을 당한 생명에게는 평생을 돌이킬 수 없는 큰일이 될 때가, 가장 어렵죠."

사실이었다. 그리고 민희는 절감했다. 그 생명뿐만 아니라 그 부모에게도 평생을 돌이킬 수 없는 일이 될 것이라는 것을. 다른 아이보다 좀 더 훌륭한 아이를 갖겠다고 시도한 일인데 오히려 아이는 더 부족한 아이가 되어 버렸다.

"'오류'라는 표현은 가급적 쓰지 않으셨으면 좋겠어요."

"왜? 우린 모든 GMO*생명체에게 그렇게 표현했잖아요. 종우가 아니라 HW-076이 프로젝트명이었고."

민희는 윤 이사장을 살피듯 쳐다보았다. 부드럽고 위엄 있는 어조였으나 어딘가 모르게 날카로웠다. 드디어 감정을 드러내

---

* Genetically Modified Organism, 유전자 변형 생물

는구나. 형욱과 민희의 관계가 생각나서 그럴 것이다.

"저 미워하시는 것 알아요. 하지만 종우 문제는 별개의……."

"논점을 흐리는 건 장 책임인데?"

"두 분 관계를 흔든 건 죄송하게 생각합니다만."

"신 박사님과 내 관계는 탄탄해요. 우린 안 흔들려요. 늘 이렇게 살아왔죠. 장민희 책임이 그러니까 몇 번째더라."

조금 멍해져서 혜조를 쳐다봤다. 단단한 표정으로 혜조는 설명을 덧붙여 주었다.

"일생을 힘든 연구에 매달린 사람이라 주변 누군가에게 기대는 것, 난 별로 거리낌 없어요. 내가 그쪽 면으론 효용 가치가 없는 것도 사실이고요."

얼음처럼, 민희는 혜조를 바라보기만 했다. 정말로 원망하는 어투가 아니라 현실을 전달하는 어투였다.

엄지손톱이 검지 손톱 밑을 파고드는 모습이 시선을 끌긴 했지만, 혜조는 부드러운 목소리로 이어 말했다.

"난 완벽한 인류를 만드는 원대한 꿈을 갖고 있어요. 신 박사는 어떤 목적 없이 오로지 새로운 연구만 하는 사람이고요. 내겐 내 꿈을 이뤄 줄 기술자가 필요하고 그에겐 나침반이 필요해요. 내가 늘 그의 다음 연구와 커리어를 결정하죠. 우린 그래서 깨지지 않고 영원할 수 있어요."

그동안 형욱에 대해 궁금해했던 한 가지가 해결이 되었다. '왜 완벽한 인류를 만들고 싶어요?'라고 물었을 때 형욱은 대답하지 못했다. 기계처럼, 하던 연구에만 미친 듯이 집중했다. 이 실험의 결과는 어떻게 될까, 늘 그것만 궁금해하고 초조해했다. 그 실험이 어떤 실험이든 크게 중요하지 않았다. 그냥 새로운 실험이면 되는 거였다. 굳이 이 분야에서 두각을 나타내게 된 것의 배경은, 혜조였던 거였다. 아내 혜조의 꿈, 혜조의 방향.

충격처럼 찾아온 깨달음에 한참 말을 잇지 못하다가 간신히 민희는 정신을 차렸다.

"이혼을 해 달라거나, 그런 부탁을 드리러 온 게 아니에요. 저는 단지 종우 문제를 해결하기 위해 왔어요."

굉장히 뻔뻔한 말일 텐데도 혜조는 동요 없이 고개만 끄덕였다. 민희의 사정을 이해했는지 판단도 빨랐다.

"제약사 사장 딸이지만, 회사는 내 딸에게 증여되었고. 내게 상속받은 모든 돈은 신 박사님 연구에 투자한 터라 현금도 별로 없어요. 내가 어떻게 도와주면 되겠어요?"

답이 나오지 않았다. 사실은 윤혜조가 답을 내어 주길 원했던 것 같다. 이 상황을 탈출할 답을 말이다. 민희의 생각을 아는 것처럼 혜조가 화두를 던지듯 물었다.

"왜 하필 나를 찾아왔어요?"

민희는 숨을 들이쉬고 또렷한 어조로 대답했다.

"신 박사님 아이니까요."

혜조와 눈이 마주쳤다. 이 부부의 관계가 이해되지 않지만 혜조가 나침반이라는 말은 이제 명확히 이해했다. 이 일도 그렇게 해결될 수 있겠다는 예상이 들었다.

한참을 둘 다 미동도 없이 서로를 응시했다. 보통 사람의 눈빛

같지 않다는 생각을 할 때였다. 혜조는 느리게 고개를 저었다.

"장 책임 아이는, 신 박사님 아이가 아닐 거예요."

무슨 뜻인지 이해가 되지 않았다. 민희는 잠시 멍한 상태로 혜조를 바라보기만 했다.

한 번 난자를 추출할 때마다 무시무시한 몸살에 시달렸다. 하혈을 한 달간 한 적도 있었다. 먹어야 하는 약들 때문에 신장이 망가질 뻔했다. 불안전한 착상으로 인한 낙태, 사산까지 겪으며 간신히 얻은 아이였다. 분명 신 박사의 정자와 수정을 시켰다. 아니다, 그렇게 보고를 받았다.

혜조가 민희를 향해 안타깝다는 표정을 지었다.

"장 책임은 그렇게 오래 박사님을 모셨으면서도, 아직도 그 사람을 잘 모르네."

불안한 예감이 엄습했다. 무슨 뜻인지 몰라 섣불리 말하는 대신 민희는 우선 기다렸다.

"유전자 검사, 왜 안 해 봤어요?"

그런 쓸데없는 일은 할 이유가 없어서였다. 그런데 왜 지금 가슴이 이렇게 뛰는 건지 알 수 없었다.

"신 박사님 정자와 수정을 시켰어요. 물론 제가 직접 한 건 아니지만."

목소리가 떨려 나왔다. 쯧, 혜조가 딱하다는 듯 소리를 냈다.

"그럴 리가 없어요. 신 박사님과 나는 일반적인 의미의 부부는 아니지만 그래도 함께 자식을 낳았어요."

그럴 리가 없다는 생각은 민희에게도 똑같이 든 생각이었다.

그런데 이 감정이 뭔지 잘 모르겠다. 종우가 태어났을 때부터 무관심으로만 일관한 신 박사가 떠오르며, 밀려오는 이 감정의 정체는.

"둘 다 부모니까, 뭐랄까, 딸에게 해가 될 일은 만들지 않아요. 장 책임도 이게 무슨 말인지 이젠 알 텐데? 아무튼 우리 연구로 출생한 아이니까 최대한 도울 방법을 찾아볼게요. 그런데……."

몸이 부들부들 떨려왔다. 그, 그럴 리가 없었다.

곰곰이 생각하던 윤 이사장이 민희를 똑바로 바라보며 한마디를 더했다.

"신 박사님의 연구 오류가 아닐 수도 있어요. 아이가 처음부터 염색체 이상을 갖고 있을 수도 있는 거니까, 아닌가요?"

민희가 떠나고 나서 시간이 제법 흐른 뒤에도 혜조는 창백해진 얼굴로 자신의 방으로 들어섰다. 한참을 서 있다가 화장대 의자에 앉았다.

실험적 오류.

혜조는 다시 HW-076에 대해서 찬찬히 돌아봤다.

분명 완벽한 프로젝트였다. 실험 자체에도 만전을 기했고 형욱이 직접 치환까지 한 작품이었다. 착상 전 검사에서도 오류 발생률이 제로라는, 실험에는 결코 나올 수 없는 숫자까지 확인했다.

그런데 결국 또 실패했다.

0.00001%의 확률에도 오류는 언제든 발생할 수 있다는 걸

다시금 뼈저리게 배우게 된 셈이다.

이걸 어떻게 무마해야 할지 혜조는 곰곰이 고민해 봤다. 민희는 보통 여자는 분명 아니었다. 가만히 있지 않을 확률이 컸다. 민희가 형욱에 대해 알고 있는 것이 어디서부터 어디까지인지를 떠올려 보고 다음 행동도 예측해 봤다. 어느 순간 딸인 정은의 힘을 이용하는 것이 가장 합리적이라는 결론이 섰다. 거슬러 올라가면, 신현과도 관련된 일이니 조 전무에게 작은 힌트만 줘도 어떤 수든 쓸 게 분명했다.

어느새 저녁이 되었는지 실내가 어둑어둑했다. 이렇게 시간이 지났는지도 몰랐다. 불을 켜기 위해 혜조는 자리에서 일어나 느릿느릿 움직였다. 속이 비었는지 위가 쓰려왔다.

전등 스위치를 누르려다가 문득 방 한구석에 있는 거울에 시선이 닿았다. 끌려가듯 걸어간 혜조는 거울 앞에 섰다. 커다란 거울이 어두운 방에서 혜조를 희미하게 비췄다.

남편의 여자를 만나는 일이란, 불쾌한 일이라는 걸 다시금 실감했다. 그 여자와 헤어지고 나면, 늘 이렇게 거울을 보게 된다.

의학의 힘을 빌려도 바꿀 수 없는 얼굴의 뼈대와 나이를 짐작하게 하는 주름, 그리고 퉁퉁한 몸매까지 혜조는 자신을 세세히 들여다보았다. 민희가 형욱의 몇 번째 여자였는지도 세어 봤다.

모두 젊고 아름다운 여자들이었다. 아마도 태어날 때부터 그렇게 완벽했을 것 같은 여자들이었다. 마주 앉아 있는 것만으로도 진 기분을 느끼게 만드는 그런 상대들 말이다.

의자가 있어 혜조는 끌어다 앉았다. 신경을 써서일까, 몸에

기운이 없었다. 배도 매우 고팠다. 보통 기분 나쁜 날이면 혜조
는 식욕을 멈추지 못하고 스트레스가 풀릴 때까지 무언가를 먹
곤 했다. 하지만 오늘은 왜인지 못 먹게 될 것 같다.

　이 집을 나가던 날, 정은이 울부짖던 소리가 실패한 현악기
의 음처럼 혜조의 귓가를 긁었다.

　'내게……, 내게, 영화를 보자고 했다고요. 마음이 열릴 뻔한
순간이었는데. 하필, 지금!'

　어리기만 한 정은은 이해하지 못한다. 인생은 길고 남자의
마음이 줄 수 있는 건 너무 가볍기만 하다는 걸. 사랑이라는
건, 젖은 낙엽처럼 지금 당장 떨어뜨리긴 어렵지만, 시간이 지
나 돌아보면 쉽게 부식되어 흩어져 있을 감정이라는 걸.

　그걸 알기에 엄마로서 결정한 일이었다.

　어두운 방 안에서 혜조는 그렇게 한참 동안 거울 속의 자신
을 바라보기만 했다.

　남들이 보기엔 상상할 수 없는, 감쪽같은 관계였다.

　일주일에 두어 번 정도 정은은 신현의 집에서 밤을 지냈다.
같이 퇴근을 한 적은 한 번도 없었다. 정은의 일상에서 바뀐 거
라곤 신현의 집을 방문하는 날 운동과 피부 관리를 못 한다는
것뿐이었다.

　신현의 일상에서도 크게 바뀐 것은 없어 보였다. 정은이 반

포동으로 퇴근한다는 메시지를 보내고 나면 한 시간 내에 상은이 본부장 일정에서 만찬을 취소하거나 기사에게 전화해 모임 자리 대신 바로 집으로 퇴근한다는 말을 전달하곤 했다.

함께하는 날이 많아지고 서로에 대해 더 알게 되고, 섹스의 수위조차 올라가도 그들의 관계는 신현의 집 밖을 넘어서지 않았다. 아침이 되기 전에 정은은 반드시 한남동으로 돌아갔고, 출근해서 마주치면 전날 오후에 마지막으로 본 사람처럼 신현에게 인사를 했다. 본부장과 팀장으로서 회의를 했으며 공적인 이메일만 오갔다.

지구상에서 조 전무 외에 그들 관계를 아는 사람이 없는 걸 보면, 정은은 신현도 만만치 않게 감쪽같은 남자라는 생각이 들었다. 그들 관계의 선을 정한 건 자신인데도 그 선을 잘 지켜 주는 신현을 보면 서운하다는 생각이 드는 건 대체 어떤 마음인지 모르겠다.

그래서 그런 것들이 좋았던 것 같다. 회의 중 종종 정은에게 멈추는 눈길, 둘만 있는 사무실에서 가만히 얽히던 손가락, 비상구에서 마주치던 날 몰래 나누던 짧은 키스.

아아, 맞다. 그런 일도 있었다.

비가 오던 날, 점심 약속이 있어 회사 로비에 서서 조 전무가 우산을 펴 주길 기다릴 때였다. 조 전무의 업무 보고 사이로 다른 목소리가 들렸다. '죄송합니다, 제가 할게요.' 정은의 등에 가볍게 손을 대며 신현이 자신의 우산을 씌워 줬다. 차 앞까지 데려다주고 차 문을 열어 태워 주는 것까지 몇 명의 직원들이 다 뒀었다.

문득문득 정은은 궁금해지곤 했다. 그 직원들의 눈에 신현은 매너 좋은 본부장이었을까, 아니면 신정은에게 다정한 한 남자였을까.

실은 그날, 그들이 보지 못하고 듣지 못했던 것도 있었다.

투둑투둑 비가 내리는 짧은 거리를 함께 걸으며 정은의 귓가에 속삭이던 달콤한 말.

차에 태우고 몸을 숙여 정은의 뺨과 목을 가볍게 쓸던 신현의 긴 손가락.

시간이 지나면 풍화되고 삭을 감정일지도 모른다. 아무도 모르고 끝날 관계이니 아마 신현과 정은의 기억 속에만 남게 되겠지. 그래도 괜찮다고 정은은 생각했다.

이 순간의 기쁨과 설렘, 만족이 살아오며 겪은 어떤 감정보다 자신을 행복하게 했으니까. 나이 들어 늙고 병들어 힘든 순간이 찾아와도 어쩌면 이 기억들로 웃으며 이겨 낼 수 있을 것도 같다고.

3권에서 계속.